Réviser son bac avec Le Monde

FRANÇAIS 1re

W0223421

Une réalisation de rue des écoles

À télécharger
et à écouter :
les podcasts des cours
+
Une carte mentale
pour bien retenir

Avec la collaboration de :
Marie-Antoinette Bissay
Aurélie Briquet
Ambre Cordet
Valérie Corrège
Glen Grainger
Adélaïde Jacquemard
Nicolas Le Flahec
Alain Malle

En partenariat avec MAIF

La réforme du baccalauréat

Depuis la session 2020, le baccalauréat a changé pour les élèves de première. Principales nouveautés : les séries générales (L, ES et S) ont disparu au profit de spécialités, le contrôle continu des classes de première et de terminale compte désormais pour 40 % dans la note finale et un grand oral est introduit en terminale.

Le fonctionnement général

Une moyenne générale de 10 sur 20 au minimum est toujours nécessaire pour obtenir le baccalauréat. Il n'y a pas de note éliminatoire ou de note plancher. Un oral de rattrapage est possible lorsque la moyenne obtenue se situe entre 8 et 10 sur 20.

Le socle commun et les spécialités

Les programmes de français (en première), de philosophie (en terminale), d'histoire-géographie, d'enseignement moral et civique, d'enseignement, de langues vivantes 1 et 2 et d'éducation physique et sportive sont communs à toutes les classes de la voie générale.

En première, les élèves choisissent trois spécialités dans la liste suivante, en fonction des propositions de leur établissement :

- arts ;écologie, agronomie et territoires ;
- histoire-géographie, géopolitique et
- sciences politiques ;
- humanités, littérature et philosophie ;
- langues et littératures étrangères ;
- mathématiques ;
- numérique et sciences informatiques ;
- physique-chimie ;
- sciences de la vie et de la Terre ;
- sciences de l'ingénieur ;
- sciences économiques et sociales.

Seules deux des trois spécialités sont conservées en terminale et font l'objet d'une épreuve.

Le contrôle continu : 40 % de la note finale

Le contrôle continu des classes de première et terminale compte pour 40 % de la note finale du baccalauréat.

Les épreuves terminales

En première, une épreuve anticipée de français, comprenant un écrit et un oral est organisée au mois de juin. En terminale, les élèves doivent passer deux épreuves de spécialité à la fin du mois de mars, une épreuve écrite de philosophie et un grand oral au mois de juin.

Message à destination des auteurs des textes figurant dans cet ouvrage ou de leurs ayants-droit : si malgré nos efforts, nous n'avons pas été en mesure de vous contacter afin de formaliser la cession des droits d'exploitation de votre œuvre, nous vous invitons à bien vouloir nous contacter à l'adresse bucquet@lemonde.fr.

SOMMAIRE

LE COURS À ÉCOUTER

Complétez vos révisions en téléchargeant et en écoutant les podcasts des cours, pour étudier en toute liberté où que vous soyez.

LE ROMAN ET LE RÉCIT DU MOYEN ÂGE AU XXIe SIÈCLE

Madame de Lafayette, *La Princesse de Clèves*

Madame de Lafayette.

Madame de Lafayette est l'auteure de plusieurs ouvrages, mais on l'associe souvent à *La Princesse de Clèves* tant ce roman publié d'abord anonymement en 1678 a marqué les esprits. Le lecteur y découvre les pouvoirs de la passion amoureuse grâce à une analyse qui brille par sa finesse. Toutefois, au-delà de l'histoire de quelques individus, Madame de Lafayette fait aussi le portrait d'une société dans laquelle la morale joue un rôle complexe.

D'une société à l'autre

Entre XVIe et XVIIe siècle

Madame de Lafayette accorde **une grande importance à l'Histoire** dans ses récits. Dans *La Princesse de Clèves*, elle propose au lecteur du XVIIe siècle **un voyage dans le temps** en lui ouvrant les portes de la cour d'Henri II. Dès l'incipit, elle nous plonge ainsi au cœur du XVIe siècle, et les premières pages du roman prennent l'allure d'un défilé de grandes figures de cette période historique.

Ce cadre est loin d'être accessoire puisque nous rencontrons bien des personnages historiques qui jouent un rôle important dans l'intrigue du roman. C'est notamment le cas de Marie Stuart, alors reine dauphine puis reine de France après la mort d'Henri II.

Ce détour par le XVIe siècle ne vise pas seulement à proposer au lecteur un cadre atypique. La société que Madame de Lafayette fait revivre lui permet également **d'évoquer librement le XVIIe siècle dans lequel elle vit**. La cour d'Henri II peut alors rappeler celle de Louis XIV.

Entre Histoire et fiction

Madame de Lafayette parvient à créer un cadre historique vraisemblable, mais elle prend aussi **certaines libertés avec l'Histoire**. En effet, tous ses personnages n'ont pas réellement existé, ou alors leur existence historique ne correspond pas tout à fait à celle de leur double fictif. Les noms des protagonistes du roman sont certes attestés, mais l'auteure comble par son imagination un certain nombre de vides, si bien qu'elle réécrit en partie l'Histoire.

Madame de Lafayette **mêle en outre étroitement l'Histoire et la fiction**. Elle donne par exemple le sentiment que des personnages fictifs ont pu modifier le cours de l'Histoire de France. C'est notamment le cas lorsque la princesse de Clèves et le duc de Nemours, dans la troisième partie du roman, sont contraints de réécrire un billet pour tromper la reine. Non seulement la reine n'est pas dupe, mais elle accuse la reine dauphine : « cette pensée augmenta tellement la haine qu'elle avait pour cette princesse qu'elle ne lui pardonna jamais, et qu'elle la persécuta jusqu'à ce qu'elle l'eût fait sortir de France ».

PARCOURS

Individu, morale et société.

Étymologiquement, l'« individu » désigne un objet unique par rapport à un ensemble, à une espèce. Le personnage de roman peut s'intégrer à la société et en refléter les valeurs, mais il est parfois en marge de celle-ci. De quelle manière le personnage de roman envisage-t-il son individualité dans la construction sociale ?

LA NORME MORALE ET SOCIALE

- Les romanciers montrent l'importance des règles sociales, en racontant l'histoire de personnages qui ne les respectent pas toujours. Les extravagances de Ragotin dans *Le Roman comique* de Scarron (1651), qui sont une entorse à la norme de l'honnête homme cultivé et modéré, le rendent ridicule et font de lui un personnage grotesque. Choderlos de Laclos, dans *Les Liaisons dangereuses* (1782), montre des personnages pour qui la seule voie possible est le rejet des valeurs communes et l'exaltation des inclinations personnelles. Leur punition à la fin du roman donne à l'œuvre une dimension morale.
- Le personnage peut ainsi rester en marge de la société par ses idées et/ou par son comportement qui choque lorsqu'il ne répond pas aux attentes sociales. Meursault, dans *L'Étranger* de Camus (1942), ne pleure pas à l'enterrement de sa mère, tue un Arabe sur une plage, refuse de recevoir la confession du prêtre avant son exécution. Cela véhicule parfois une réflexion critique sur la société dans laquelle il s'insère : le procès de Meursault met en scène une justice plus intéressée par la marginalité du personnage que par sa culpabilité réelle.

EXPLIQUER LA SOCIÉTÉ GRÂCE À L'INDIVIDU

- Les romanciers du XIXe siècle

Les pouvoirs de la passion

Des charmes puissants

Madame de Lafayette utilise aussi ce cadre historique pour nourrir **sa représentation des pouvoirs de l'amour**. Ainsi, dès l'incipit, elle s'attarde sur les liens qui unissent le roi à Diane de Poitiers, duchesse de Valentinois et puissante maîtresse d'Henri II : « quoique sa passion pour Diane de Poitiers, duchesse de Valentinois, eût commencé il y avait plus de vingt ans, elle n'en était pas moins violente ». Cette violence annonce la force des passions qui seront dépeintes durant tout le roman.

Il est en effet difficile de résister aux charmes de l'amour et ce dernier semble réellement ensorceler certains personnages. Les scènes de rencontre, qui renouvellent le topos de l'*innamoramento*, ont la violence et la soudaineté du coup de foudre. C'est ce qu'éprouvent tour à tour le prince de Clèves et le duc de Nemours en découvrant Mlle de Chartres. Le prince conserve ainsi « une passion violente et inquiète » qui le trouble sans cesse. Il donne l'impression d'être le jouet de puissances qui le dépassent : la joie d'être l'époux de celle qu'il aime s'accompagne de la douleur de voir que cette passion n'est pas partagée. Nous en revenons alors au sens étymologique de « passion », qui véhicule cette idée de souffrance.

Des pouvoirs complexes

Si la passion amoureuse peut animer les personnages, elle est donc aussi responsable de leurs troubles. C'est ce que réalisent constamment la princesse de Clèves et le duc de Nemours en passant sans cesse d'une émotion à l'autre. L'individu semble alors morcelé tant **des forces a priori opposées cohabitent en lui**.

La princesse de Clèves doit ainsi lutter contre son envie de voir le duc de Nemours. Elle est à la fois rassurée et déçue de s'en éloigner. **Les longues phrases sinueuses** parviennent à traduire ces sentiments contradictoires. Dans la deuxième partie, la princesse de Clèves est confrontée à cette étrange expérience : « Le discours de M. de Nemours lui plaisait et l'offensait quasi également [...]. L'inclination qu'elle avait pour ce prince lui donnait un trouble dont elle n'était pas maîtresse. » Mais ce qui complique encore cette représentation des passions, c'est que l'individu doit sans cesse composer avec une société qui le guette et le surveille.

L'individu face à la société

Le regard de la société

La cour est un espace dans lequel **l'intime est constamment menacé**. L'aveu de la princesse de Clèves, même si son identité reste floue pour la plupart des personnages, devient ainsi un objet de conversation. Le duc de Nemours fait l'erreur de confier cette histoire au vidame de Chartres, qui en parle à son tour à Mme de Martigues. La dauphine en vient en définitive à restituer à la princesse de Clèves sa propre aventure, ce qui cause à cette dernière « une douleur qu'il est difficile d'imaginer ».

L'individu vit constamment **sous le regard de la société**. Ce poids est tel que chacun, pour exister, doit briller par sa conversation, ses actions ou son apparence, car **la cour est l'espace du paraître**. Dans la deuxième partie du roman, après la signature de la paix, un grand tournoi est par exemple organisé : « Tous les princes et seigneurs ne furent plus occupés que du soin d'ordonner ce qui leur était nécessaire pour paraître avec éclat ». Pour autant, ces apparences sont souvent trompeuses, comme le montrent les intrigues politiques du roman.

Le poids de la morale

La société joue par ailleurs un rôle important parce qu'elle **impose une morale à l'individu**. La mère de la princesse de Clèves n'est pas seulement une confidente ou une alliée pour sa fille : elle fait aussi office de directeur de conscience. Après avoir accueilli la nouvelle de sa mort prochaine « avec un courage digne de sa vertu et de sa piété », elle met une dernière fois sa fille en garde contre l'amour qu'elle porte au duc de Nemours, et le déshonneur qui risque de rejaillir sur elle et son mari.

Cette norme est peu à peu intériorisée par la princesse de Clèves qui en vient finalement, alors que rien ne l'y oblige plus, à repousser le duc de Nemours. C'est ce qui surprend ce dernier, qui évoque un « fantôme de devoir .» Il y a ainsi dans l'œuvre elle-même une **visée moralisatrice**. C'est en restant fidèle à cette décision et en faisant le choix d'une solitude austère que la princesse de Clèves laisse « des exemples de vertu inimitables », pour reprendre les derniers mots du roman. Madame de Lafayette éclaire ici le XVIe siècle à la lumière du XVIIe puisque les codes sociaux et moraux qu'elle utilise sont en partie ceux de son époque.

UN ARTICLE DU *MONDE* À CONSULTER

La trop discrète Mme de La Fayette
p. 18
(Claire Paulhan, *Le Monde* daté du 22.07.1988)

---

tentent de mettre en lumière les contraintes pesant sur l'individu et les effets produits par le milieu sur le tempérament de leurs personnages : Balzac dresse ainsi un inquiétant portrait moral et physique de Gobseck déterminé par son souci des économies (*Gobseck*, 1830), Zola dépeint le pouvoir de séduction et le goût du luxe de la demi-mondaine Nana (*Nana*, 1880).

• La difformité ou la laideur permettent d'exprimer la faiblesse de la condition humaine, comme dans la description de l'agonie d'Emma (Flaubert, *Madame Bovary*, 1857).

L'INDIVIDU PEUT-IL ÉCHAPPER À LA MORALE SOCIALE ?

• L'individu apprend à connaître les fonctionnements de la société et se forge progressivement une représentation de l'existence humaine par un questionnement sur lui-même. Dans *L'Éducation sentimentale* de Flaubert (1869), le jeune Frédéric tombe amoureux d'une femme mariée, Mme Arnoux. Il confronte ses idéaux romantiques à la réalité de la morale sociale et finit par sombrer dans la désillusion.

Tchen, dans *La Condition humaine de Malraux* (1933), fait de la lutte armée sa seule raison de vivre. Son engagement révolutionnaire est l'objet d'un questionnement moral et politique, qui l'amène à se forger une véritable mystique suicidaire.

CITATIONS

Le poids de la société dans La Princesse de Clèves.

• *« Si vous jugez sur les apparences en ce lieu-ci, [...] vous serez souvent trompée : ce qui paraît n'est presque jamais la vérité. »*

• « Songez à ce que vous devez à votre mari ; songez à ce que vous vous devez à vous-même, et pensez que vous allez perdre cette réputation que vous vous êtes acquise, et que je vous ai tant souhaitée ».

Dissertation

Le personnage de roman doit-il nécessairement affronter des forces qui le dépassent ?

Vous répondrez à cette question en vous appuyant sur La Princesse de Clèves *de Madame de Lafayette ainsi que sur des lectures personnelles.*

Honoré de Balzac.

Introduction

Analyse du sujet :
Si le héros de tragédie est souvent confronté à un destin contre lequel il lutte en vain, le personnage de roman semble a priori moins entravé. *La Princesse de Clèves* présente pourtant le cas d'un personnage qui doit sans cesse composer avec le poids de cadres auxquels il est difficile d'échapper. Peut-on alors dire que le personnage de roman doit lui aussi affronter des forces qui le dépassent ? Cette question interroge les relations que le personnage entretient avec le milieu dans lequel il est plongé.

Annonce du plan :
Nous commencerons donc par souligner l'importance de la société avant d'interroger le rôle que peut aussi jouer la morale. Il sera cependant nécessaire, pour finir, de remarquer que le personnage peut parfois se retrouver face à lui-même.

Le plan développé

I. Le rôle de la société

A. Un animal politique

L'être humain n'est pas solitaire, rappelle Aristote lorsqu'il le présente comme un « animal politique ». Le personnage de roman est bien souvent aux prises avec un milieu social.

Dans *La Princesse de Clèves*, nous faisons connaissance avec la cour avant même de découvrir celle qui donne pourtant son nom au roman. Cette parade permet de mettre en valeur le duc de Nemours puis Mlle de Chartres. Celle qui devient ensuite la princesse de Clèves découvre rapidement qu'on peut difficilement vivre éloigné du regard de la société. Même les scènes les plus intimes, comme celle de l'aveu à son mari, sont ensuite transformées en sujet de conversation.

Le récit a sur ce point l'apparence d'un roman d'apprentissage. Balzac suit au XIXe siècle un chemin similaire dans *Le Père Goriot*. Rastignac ouvre par exemple les yeux sur une société qui le déçoit et qu'il défie.

B. Déterminations

Émile Zola rappelle qu'il est difficile, pour un personnage, d'échapper à ses origines et son milieu social. Le héros de roman est déterminé par ces forces qui sont parfois aussi puissantes que le destin.

Mme de Clèves est elle aussi gouvernée par son origine et son milieu social, même si ces facteurs déterminants n'ont pas la même fonction que dans les romans de Zola. C'est d'ailleurs sa mère qui lui rappelle le poids de la famille et celui des conventions sociales en l'éclairant sur la cour. Elle lui transmet également une série de conseils.

Le personnage est donc bien en partie gouverné par une société à laquelle il est difficile d'échapper. Mais ces déterminations jouent aussi un rôle important lorsque les normes sociales deviennent des normes morales.

REPÈRES

Aux sources du roman : de l'auditeur au lecteur.

• Le terme « roman » a été utilisé pour la première fois au Moyen Âge, pour désigner un récit littéraire, généralement écrit en vers, rédigé en « roman » (en langue « vulgaire ») par opposition au latin. C'est cette forme du « roman » que troubadours et trouvères utilisent pendant tout le Moyen Âge, afin de raconter les exploits des chevaliers. Le récit écrit n'est alors qu'un support pour la mémoire, puisque la littérature est profondément orale : ses destinataires sont des auditeurs et non pas, comme aujourd'hui, des lecteurs. Cette littérature s'adresse d'ailleurs à un public restreint, celui des seigneurs et de leur cour.

• À travers ses romans (*Le Conte du Graal, Le Chevalier à la charrette*, etc.), l'un des auteurs les plus célèbres de cette période, Chrétien de Troyes, a ainsi su créer un genre narratif – enchaînant des épisodes suivis mais aussi entrelaçant différentes « histoires » – pour célébrer les exploits d'hommes valeureux dans un temps légendaire et mettre en relief les éléments culturels et religieux du XIIIe siècle. Ces trois aspects sont, précisément, les orientations qui guident, aujourd'hui encore, notre perception du « roman ». En effet, nous sommes attentifs à la façon dont chaque auteur module les spécificités du genre romanesque, au « héros » – motif central du roman – et enfin à la vision du monde qui transparaît à travers l'œuvre.

• Au XVIe siècle, grâce à la diffusion de l'imprimerie, le roman bénéficie d'un public plus large qui devient lecteur plus qu'auditeur. Les œuvres majeures sont les romans satiriques de Rabelais (*Pantagruel*, 1532, *Gargantua*, 1534, suivis de trois autres Livres) qui traitent dans un registre burlesque les thèmes majeurs de l'humanisme : éducation, religion, guerre.

II. Le poids des valeurs morales

A. Leçons de morale

Le roman de Madame de Lafayette fait revivre « les dernières années du règne de Henri second », comme l'annonce l'incipit. C'est pourtant avec le regard du XVIIe siècle que Madame de Lafayette observe le XVIe siècle.

En portant à l'écran *La Princesse de Montpensier*, Bertrand Tavernier a affirmé que le rapport aux passions ou au corps était un peu moins étouffant au XVIe siècle. On retrouve donc dans *La Princesse de Clèves* certains codes esthétiques ou moraux de la préciosité.

On sent aussi dans ce roman l'influence du jansénisme. La mère de l'héroïne, avant d'expirer, met sévèrement sa fille en garde en lui rappelant qu'il lui faut opposer la fermeté de « la vertu et [du] devoir » aux attraits de la passion : « vous êtes sur le bord du précipice : il faut de grands efforts et de grandes violences pour vous retenir ». À la fin du roman, Mme de Clèves fait figure de modèle en ayant réussi à suivre la voie de la morale.

B. Entre vertu et transgression des normes

Il ne faut pourtant pas considérer l'histoire du roman comme une longue suite de leçons de morale. Bien que le roman enferme l'héroïne dans un cadre en apparence bien dessiné, il contient des scènes singulières.

Ainsi, Mme de Clèves, durant l'épisode de l'aveu, fait une entorse aux convenances sociales et morales en avouant implicitement à son mari qu'elle en aime un autre que lui. Elle en a bien conscience puisqu'elle annonce avant toute chose : « je vais vous faire un aveu que l'on n'a jamais fait à son mari ».

Cette scène a entraîné des débats importants au XVIIe siècle et beaucoup l'ont jugée invraisemblable. Elle participe pourtant de l'originalité de ce récit et de ce personnage.

Le roman permet par conséquent de décrire le cadre moral dans lequel un personnage évolue. Reste que toutes ces forces sont extérieures aux personnages : d'autres sont beaucoup plus personnelles, mais elles n'en sont pas moins redoutables.

CE QU'IL NE FAUT PAS FAIRE

Confondre personnage de roman et personnage de tragédie classique. Le sujet impose de réfléchir sur un seul genre.

III. Une lutte contre soi

A. Des normes intériorisées

En étant privée de sa mère, la princesse de Clèves pourrait être libérée d'un regard aussi bienveillant que directif, mais le personnage a en réalité parfaitement intériorisé les normes sociales ou morales.

La mort de M. de Clèves pourrait permettre aux personnages de vivre plus librement : « il n'y a plus de devoir qui vous lie, vous êtes en liberté », lui rappelle le duc de Nemours. Il n'en est rien. Mme de Clèves évoque certes « la destinée » qui a empêché que tous deux se rencontrent avant son mariage, mais c'est bien « le devoir » qui semble en définitive conduire le personnage.

Même des personnages moins vertueux que Mme de Clèves peuvent faire cette expérience. Dans *Thérèse Raquin*, Thérèse et Laurent sont ainsi rongés par leur conscience et leur crainte après le meurtre de Camille. C'est ce qui les conduit à leur perte alors que personne ne les soupçonne.

B. Tensions

Les personnages peuvent ainsi être divisés et tiraillés par des forces opposées.

La langue de Madame de Lafayette, à la fois limpide et sinueuse, traduit parfaitement cette complexité. C'est par exemple ce que confirment ces propos de M. de Clèves : « je n'ai que des sentiments violents et incertains dont je ne suis pas le maître. Je ne me trouve plus digne de vous ; vous ne me paraissez plus digne de moi. Je vous adore, je vous hais, je vous offense, je vous demande pardon ; je vous admire, j'ai honte de vous admirer. » C'est aussi ce que constate inlassablement Mme de Clèves, qui est sans cesse écartelée entre sa crainte et son envie de voir le duc de Nemours.

Cette plongée dans des consciences tourmentées participe pleinement de la modernité de ce roman qui, tout en s'inscrivant dans son époque, annonce aussi des expériences menées au XXe siècle. Dans une langue bien évidemment différente, Virginia Woolf nous plonge par exemple dans des consciences particulièrement agitées.

Conclusion

Le propre du roman n'est donc pas seulement de confronter le personnage à une société qui peut à la fois l'inclure et le menacer. Ce genre littéraire permet aussi de raconter des luttes plus intérieures, dans lesquelles le personnage peut se retrouver finalement face à lui-même. On comprend dès lors le succès de *La Princesse de Clèves* qui, plus de trois siècles après sa première publication, n'a sans doute rien perdu de sa singularité et de sa modernité.

REPÈRES

Les techniques de caractérisation du personnage.

CARACTÉRISATION DIRECTE

Le héros est d'abord caractérisé par sa désignation : un prénom et un nom. Certains patronymes donnent ainsi un « indice » sur le caractère ou la condition sociale du personnage.
Son identité est complétée par un physique, des vêtements, l'appartenance à un certain milieu, l'environnement familial, etc. Zola, dans les *Rougon-Macquart*, ajoutera à ces éléments la notion d'hérédité avec des personnages de plusieurs générations différentes appartenant à la même famille.
Une caractérisation psychologique peut également être utilisée. Chez Balzac, le physique et le caractère sont souvent liés : Madame d'Espard, femme du monde cruelle et intéressée, est ainsi dotée d'un « profil d'aigle ».

CARACTÉRISATION INDIRECTE

Le héros peut aussi livrer des aspects de sa personnalité à travers des éléments « indirects » : ses gestes, ses actions, son comportement. De plus, les dialogues insérés dans le récit sont également porteurs d'indications sur le personnage.
Enfin, un objet ou un vêtement peuvent parfois fonctionner comme des symboles, donnant un éclairage essentiel sur le héros. Flaubert, par exemple, dans le portrait de Charles Bovary enfant, qu'il affuble d'une invraisemblable casquette, signe, dès les premières pages de l'œuvre, la condamnation de ce personnage.

CARACTÉRISATION DYNAMIQUE

Le personnage de roman évolue constamment au cours de l'œuvre. Dans *Le Rouge et le Noir*, Stendhal montre un Julien Sorel d'abord totalement absorbé par ses ambitions sociales, prêt à tout pour « réussir ». Puis, à la fin du roman, un homme se rapprochant, au contraire, de ses pairs, rejetant l'hypocrisie et l'ambition au profit de l'amour et de la solidarité.

Stendhal, *Le Rouge et le Noir*

Stendhal pensait écrire pour les *happy few* et pour la postérité. Le succès posthume rencontré par *Le Rouge et le Noir* ne semble pas l'avoir démenti. Dans ce roman publié pour la première fois en 1830, le lecteur suit le parcours de Julien Sorel, un jeune homme qui est bien décidé à s'élever au-dessus de sa condition.

Stendhal par Silvestro Valeri, 1836.

Le personnage et son époque

Des jalons discrets

« Chronique du XIXe siècle » et « chronique de 1830 » : les sous-titres de ce roman **inspiré par des faits divers** traduisent la volonté d'ancrer le récit dans une époque précise. Le chapitre XXII de la première partie s'intitule même « Façons d'agir en 1830 ». Il s'agit donc pour Stendhal d'explorer l'époque contemporaine. Il met d'ailleurs en scène un dialogue avec son éditeur, durant lequel ce dernier le pousse à inclure des éléments politiques dans quelques conversations, pour rendre le roman **plus actuel et plus vraisemblable**.

Pour autant, Stendhal ne multiplie pas les indications chronologiques. Il se contente de **quelques jalons** pour montrer les liens qui unissent le héros du roman et la société dans laquelle il espère briller. C'est ainsi que Julien Sorel fait référence à *Hernani*, célèbre drame de Victor Hugo joué pour la première fois en février 1830.

Le portrait d'une société

Il s'agit, pour Stendhal, de peindre une société sans l'idéaliser. En ce sens, il s'inscrit bien à sa manière dans l'esthétique réaliste, même si le réalisme n'est pas encore théorisé. Tout au long du récit, nous respirons **« l'atmosphère empestée des petits intérêts d'argent »**. Le père de Julien se montre ainsi particulièrement avare et se console de la mort de son fils parce qu'il pense en tirer un peu d'argent. **La religion** n'échappe pas à ce portrait critique, bien que l'abbé Pirard soit un allié précieux pour Julien Sorel.

Le héros du roman comprend donc rapidement **l'importance des apparences** dans une société où le paraître l'emporte sur l'être. Ses relations avec les autres personnages peuvent en effet varier selon les vêtements qu'il porte : le marquis le traite « comme un égal » lorsqu'il endosse un élégant habit bleu, alors qu'il continue à lui parler avec hauteur lorsqu'il est vêtu de son habituel habit noir. Le nouveau nom qu'il reçoit à la fin du roman, en masquant ses origines, semble également le transfigurer. L'amour semble seul pouvoir **atténuer les différences de classe**, même si Julien Sorel reste souvent sourcilleux sur ce point. Mathilde de La Mole sacrifie ainsi le titre de duchesse que son père pouvait lui offrir par un mariage avantageux. Mme de Rênal oublie quant à elle le statut de Julien puisqu'« elle l'aim[e] mille fois plus que la vie et ne fai[t] aucun cas de l'argent ».

Un singulier roman d'apprentissage

Évolutions

Nous suivons l'évolution du « héros » au fil des pages de ce **roman d'apprentissage**. Dans le livre premier et durant les premiers chapitres du livre second, Julien Sorel commet de nombreuses maladresses, ce qui n'est pas

PARCOURS

Le personnage de roman, esthétique et valeurs.

LE PERSONNAGE DE ROMAN

Le personnage est un être de fiction souvent ancré dans une époque et un milieu. Il porte un nom qui le classe et dont le sens est souvent symbolique : Ferdinand Bardamu (Céline, *Voyage au bout de la nuit*, 1932) évoque ainsi un barda qui est mû, un équipement de soldat que l'on bouge. Le personnage relève souvent d'un type romanesque : Gil Blas incarne le picaro (Lesage, *Gil Blas*, 1715) ; Manon Lescaut (Abbé Prévost, *Manon Lescaut*, 1731), la femme fatale.

LE PERSONNAGE COMME INCARNATION DE VALEURS

• Un personnage de roman est le reflet de valeurs. L'exemple du roman de Camus *La Peste* (1947) est à cet égard éclairant : Rieux, incarnant la lutte contre le fléau de la peste, rencontre un journaliste qui, lui, est prêt à tout pour quitter la ville où la peste s'est déclarée, et rejoindre sa bien-aimée. Pour ce jeune homme, l'amour est plus important que la solidarité avec les habitants. Mais Rieux ne le condamne pas. Les deux perspectives sont ainsi données au lecteur, comme deux choix personnels, engageant deux modes de comportement et deux visions du monde.

• Ni le narrateur ni le romancier ne sont forcément en accord avec les visions du monde portées par les personnages : l'ironie de Flaubert, dans *L'Éducation sentimentale*, fait éclater aux yeux du lecteur l'aspect illusoire de la conception du monde de Frédéric Moreau.

MISE EN VALEUR ESTHÉTIQUE DU PERSONNAGE

• La première apparition du personnage est significative. Il peut être présent dès le titre (Bernardin de Saint-Pierre, *Paul et Virginie*). Son apparition, parfois dès l'incipit, annonce les enjeux du roman. Le personnage est mis en valeur de

sans donner au récit une allure comique. Même s'il est parfois naïf, le personnage a lui-même conscience de ses erreurs, par exemple lorsqu'une question de Mme de Rênal le désarçonne au chapitre XIV de la première partie : « Il fut gauche et s'exagéra sa gaucherie. » Face au marquis de La Mole, ses manières trahissent aussi sa naissance et sa **méconnaissance des convenances**.

Pour autant, l'intelligence et l'exceptionnelle mémoire de Julien Sorel lui permettent de gagner peu à peu en aisance et en confiance. Il est pour cela aidé par **différents adjuvants qui le guident** pour triompher dans la société comme dans ses relations amoureuses. C'est par exemple le cas de Korasoff : « Vous n'avez pas compris votre siècle, lui disait le prince Korasoff : *faites toujours le contraire de ce qu'on attend de vous*. Voilà, d'honneur, la seule religion de l'époque. » Les conseils de ce prince russe vont s'avérer décisifs pour conquérir définitivement Mathilde de La Mole.

Un parcours sinueux

Le trajet suivi par Julien Sorel n'est cependant pas tout à fait linéaire. Son parcours s'apparente même à **une boucle** dans la mesure où il revient finalement sur ses pas en délaissant Mathilde de La Mole pour retrouver Mme de Rênal. Il retrouve également son père, qui ne semble guère avoir changé depuis leur précédente rencontre. De même, sa relation avec Mathilde de La Mole est particulièrement sinueuse : il peut soudainement passer du statut de vainqueur à celui d'homme méprisé, avant d'être de nouveau aimé.

De plus, malgré leurs évolutions, les personnages de Stendhal conservent des caractéristiques bien particulières. **L'ambition** qui anime Julien ne le quitte pas durant le roman, excepté en prison. Ses valeurs et ses modèles restent aussi sensiblement les mêmes. Il se tourne ainsi volontiers vers **Napoléon** et son *Mémorial de Sainte-Hélène*, même s'il doit souvent cacher son admiration pour l'Empereur. Mathilde de La Mole aussi agit avec une forme de constance, même lorsqu'elle est inconstante. Elle se rêve par exemple sans cesse en héroïne et elle **s'identifie** tout particulièrement à Marguerite de Navarre.

L'espace des passions

Élans et souffrances

Pour traduire les élans de ses personnages, Stendhal manie volontiers **l'hyperbole**. Il s'agit à chaque fois de traduire la soudaineté et l'intensité des sentiments. À la fin du chapitre XIII du livre second, le narrateur précise : « Jamais la musique ne l'avait exalté à ce point. Il était un dieu .» C'est notamment ce **caractère passionné** qui finit par attirer Mathilde de La Mole. Cette dernière est même ravie lorsque Julien Sorel, dans un mouvement de colère, semble prêt à la tuer. Mme de Rênal est également « transportée du bonheur d'aimer », et **cet amour peut la pousser à enfreindre bien des règles**.

Tout en animant les personnages, **la passion conserve son sens étymologique** et elle peut mener vers la souffrance. Julien Sorel se reproche fréquemment cette **grande sensibilité** qui lui cause bien des problèmes. L'âme de Mathilde de La Mole est elle aussi « en proie à de violents combats », et l'amour absolu qui s'empare finalement d'elle lui apporte autant de joies que de souffrances. Le roman s'achève sur la mort de Mme de Rênal, qui ne survit que trois jours à celui qu'elle aime.

« Les dimanches de la vie »

Le narrateur du roman s'invite volontiers dans le récit et il n'hésite pas à **commenter les réactions des personnages** ou à s'adresser aux lecteurs. Ces intrusions permettent parfois de **mettre à distance** les émotions des personnages, d'autant que les élans sont troublés par de nombreuses dissonances. **Le registre pathétique** voisine ainsi avec des **éléments comiques**. Le lecteur peut certes se trouver parfois ému, mais il sourit aussi beaucoup en tournant ces pages. Le marquis de La Mole rappelle d'ailleurs très justement : « il faut s'amuser [...] il n'y a que cela de réel dans la vie ».

S'il évoque les émotions de ses personnages, Stendhal se méfie donc des envolées lyriques qui peuvent alourdir la narration. Il joue aussi avec les **différents rythmes du récit**, en s'attardant longuement sur une scène avant de proposer d'audacieuses ellipses ou de soudains sommaires. Le style alerte traduit **les incessants mouvements de la vie**. Dans *En lisant en écrivant*, Julien Gracq affirme même que ce roman est « un refuge fait pour dimanches de la vie, où l'air est plus sec, plus tonifiant, où la vie coule plus désinvolte et plus fraîche ».

DEUX ARTICLES DU *MONDE* À CONSULTER

- Nicolas Mathieu, les vies désœuvrées p. 19
(Macha Séry, *Le Monde des livres* daté du 14.09.2018)
- Stendhal ou l'amour comme révolte contre l'ordre social p. 20
(Michel Contat, *Le Monde des livres* daté du 16.03.2007)

différentes façons au sein de l'écriture romanesque : art du portrait et description (Balzac), monologue intérieur (Virginia Woolf).

- Le roman met en scène des personnages d'exception qui font rêver et auxquels le lecteur peut avoir envie de s'identifier. Mais certains romanciers remettent en question le héros en proposant des personnages immoraux ou peu exceptionnels. S'instaure ainsi la notion d'antihéros : vulgarité de Bardamu (Céline, *Voyage au bout de la nuit*, 1932) ; absence de volonté et dégoût de la vie d'Aurélien (Aragon, *Aurélien*, 1944).
- Les détracteurs du personnage remettent en cause la notion même de personnage, jugée périmée à la fin du XXe siècle par les auteurs du Nouveau Roman, comme Alain Robbe-Grillet qui ne donne que de simples initiales aux personnages dans *La Jalousie* (1957). Cependant, le personnage résiste et reste au cœur du dispositif narratif au XXIe siècle.

CITATIONS

Le vulgaire et le génie dans Le Rouge et le Noir.

- « Eh, monsieur, un roman est un miroir qui se promène sur une grande route. Tantôt il reflète à vos yeux l'azur des cieux, tantôt la fange des bourbiers de la route. »
- « [...] un des caractères du génie est de ne pas traîner sa pensée dans l'ornière tracée par le vulgaire. »

« L'air triste ne peut être de bon ton ; c'est l'air ennuyé qu'il faut. Si vous êtes triste, c'est donc quelque chose qui vous manque, quelque chose qui ne vous a pas réussi. »

Commentaire

Vous commenterez ce texte issu du roman Le Rouge et le Noir *de Stendhal.*

Julien s'échappa rapidement et monta dans les grands bois par lesquels on peut aller de Vergy à Verrières. Il ne voulait point arriver sitôt chez M. Chélan. Loin de désirer s'astreindre à une nouvelle scène d'hypocrisie, il avait besoin d'y voir clair dans son âme, et de donner audience à la foule de sentiments qui l'agitaient.

J'ai gagné une bataille, se dit-il aussitôt qu'il se vit dans les bois et loin du regard des hommes, j'ai donc gagné une bataille !

Ce mot lui peignait en beau toute sa position, et rendit à son âme quelque tranquillité.

Me voilà avec cinquante francs d'appointements par mois, il faut que M. de Rênal ait eu une belle peur. Mais de quoi ?

Cette méditation sur ce qui avait pu faire peur à l'homme heureux et puissant contre lequel une heure auparavant il était bouillant de colère acheva de rasséréner l'âme de Julien. Il fut presque sensible un moment à la beauté ravissante des bois au milieu desquels il marchait. D'énormes quartiers de roches nues étaient tombés jadis au milieu de la forêt du côté de la montagne. De grands hêtres s'élevaient presque aussi haut que ces rochers dont l'ombre donnait une fraîcheur délicieuse à trois pas des endroits où la chaleur des rayons du soleil eût rendu impossible de s'arrêter.

Julien prenait haleine un instant à l'ombre de ces grandes roches, et puis se remettait à monter. Bientôt, par un étroit sentier à peine marqué et qui sert seulement aux gardiens des chèvres, il se trouva debout sur un roc immense et bien sûr d'être séparé de tous les hommes. Cette position physique le fit sourire, elle lui peignait la position qu'il brûlait d'atteindre au moral. L'air pur de ces montagnes élevées communiqua la sérénité et même la joie à son âme. Le maire de Verrières était bien toujours, à ses yeux, le représentant de tous les riches et de tous les insolents de la terre ; mais Julien sentait que la haine qui venait de l'agiter, malgré la violence de ses mouvements, n'avait rien de personnel. S'il eût cessé de voir M. de Rênal, en huit jours il l'eût oublié, lui, son château, ses chiens, ses enfants et toute sa famille. Je l'ai forcé, je ne sais comment, à faire le plus grand sacrifice. Quoi ! plus de cinquante écus par an ! un instant auparavant je m'étais tiré du plus grand danger. Voilà deux victoires en un jour ; la seconde est sans mérite, il faudrait en deviner le comment. Mais à demain les pénibles recherches.

Julien, debout sur son grand rocher, regardait le ciel, embrasé par un soleil d'août. Les cigales chantaient dans le champ au-dessous du rocher, quand elles se taisaient tout était silence autour de lui. Il voyait à ses pieds vingt lieues de pays. Quelque épervier parti des grandes roches au-dessus de sa tête était aperçu par lui, de temps à autre, décrivant en silence ses cercles immenses. L'œil de Julien suivait machinalement l'oiseau de proie. Ses mouvements tranquilles et puissants le frappaient, il enviait cette force, il enviait cet isolement.

C'était la destinée de Napoléon, serait-ce un jour la sienne ?

(Stendhal, *Le Rouge et le Noir*, livre premier, chapitre x)

Introduction

Présentation de l'extrait :

Stendhal occupe une position bien particulière dans l'histoire de la littérature française. Si son œuvre emprunte indéniablement des caractéristiques à l'esthétique réaliste, le romancier ne renie pas tout à fait les élans de l'âme propres au romantisme. Il veille pourtant à les mettre à distance, comme le prouve souvent Le Rouge et le Noir. Dans ce roman, Julien Sorel est bien décidé à s'élever au-dessus de sa condition de fils de charpentier. Entré malgré lui au service de M. de Rênal, il voit peu à peu sa situation évoluer. À l'issue d'un quiproquo, il parvient même à obtenir de M. de Rênal une augmentation de la somme qu'il reçoit chaque mois. À la fin du chapitre x du livre premier, il s'isole pour méditer sur cette victoire pour le moins inattendue.

Problématique et annonce du plan :

Comment Stendhal parvient-il alors à traduire les mouvements de l'âme de son héros ? Pour le comprendre, nous commencerons par observer l'élévation de Julien Sorel avant de montrer que ce personnage mène à sa manière une guerre contre la société. Nous soulignerons pour finir la singularité de cet étrange héros.

Le plan développé

I. Une élévation

A. Une double ascension

Le héros de Stendhal s'élève au propre comme au figuré dans cet extrait. Le verbe « monter » marque le début de cette double ascension. Le lexique renforce par la suite cette impression de hauteur : autour de Julien Sorel se dressent par exemple « de grands hêtres » et on le voit finalement se tenir « debout sur un roc immense » et « debout sur son grand rocher ».

Le personnage perçoit lui-même que cette « position physique » fait sens. D'une part, elle représente son début d'élévation sociale, que viennent matérialiser ces inespérés « cinquante francs d'appointements par mois ». Mais, plus encore, l'ascension traduit le caractère du personnage, qui n'est pas dépourvu d'accents sublimes, pour reprendre le sens étymologique de cet adjectif.

ZOOM SUR…

Le narrateur et les points de vue narratifs.

LE NARRATEUR

Il est celui qui narre, c'est-à-dire qui raconte l'histoire.

• Dans un récit à la première personne, il est le « je » qui s'exprime et peut intervenir dans l'histoire en tant que personnage. Attention, cependant, à ne pas le confondre avec l'auteur, qui a écrit le livre. Cette distinction entre auteur et narrateur ne s'abolit que dans les récits autobiographiques, fondés justement sur le principe selon lequel l'auteur du livre raconte sa propre vie (c'est ce que l'on appelle le « pacte autobiographique »).

• Dans un récit à la troisième personne, le narrateur n'est pas un personnage de l'histoire : il s'efface derrière les événements narrés. Pourtant, tout récit est forcément raconté à partir d'un certain point de vue : bien que le narrateur ne dise pas « je », il peut manifester sa présence (son jugement, ses sentiments), par exemple, à travers des modalisateurs.

• Pour faire partager au lecteur l'intériorité des personnages, le romancier a le choix entre trois points de vue narratifs ou « focalisations ».

LA FOCALISATION ZÉRO

Également appelée « point de vue

B. Une méditation solitaire

La position de Julien Sorel lui permet aussi de s'éloigner des autres hommes. Cette solitude paraît nécessaire pour un personnage qui a besoin « d'y voir clair dans son âme, et de donner audience à la foule de sentiments qui l'agit[ent] ». La colère de Julien s'apaise : « l'air pur de ces montagnes élevées communiqua la sérénité et même la joie à son âme ». L'utilisation du point de vue interne nous permet de partager les réflexions de Julien Sorel et de suivre le cheminement de ses pensées.

Stendhal nous offre en somme un paysage état d'âme, qui n'est pas sans rappeler l'esthétique romantique. Le calme semble total. Même les cigales cessent de chanter et « quand elles se taisaient tout était silence autour de lui ». Stendhal insiste sur ce « silence » absolu puisqu'il répète le terme quelques lignes plus loin pour décrire le vol d'un épervier.

Cette élévation et cette quiétude ne doivent toutefois pas occulter le bouillonnement de l'âme de Julien. Même apaisé, le personnage n'oublie pas qu'il a d'importantes batailles à livrer.

II. En guerre

A. Une bataille

Tout au long du roman, Julien Sorel se rêve en soldat et regrette que le temps des conquêtes napoléoniennes soit révolu. Le héros de Stendhal doit pourtant lui aussi mener des « batailles », pour reprendre un terme répété au début du texte au discours direct.

M. de Rênal est ici un symbole et « le représentant de tous les riches et de tous les insolents de la terre ». L'hyperbole traduit bien l'ampleur de la colère du personnage. Il faut d'ailleurs souligner que l'utilisation d'une périphrase permet de substituer la fonction de M. de Rênal à son identité. Ce dernier est ainsi présenté comme « le maire de Verrières ». Julien Sorel l'associe aussi à « son château » et à « ses chiens », qui viennent avant l'évocation de sa famille dans l'énumération. Stendhal peint ici une société dans laquelle les apparences l'emportent sur la valeur des êtres.

B. L'ivresse de la victoire

Julien Sorel remporte « deux victoires en un jour » et se trouve « tiré du plus grand danger ». Stendhal associe un vocabulaire presque martial à une hyperbole. Il s'agit ici de représenter le trouble de Julien Sorel, qui a bien cru être perdu par un portrait de Napoléon caché dans sa chambre.

La répétition initiale (« J'ai gagné une bataille [...] j'ai donc gagné une bataille ! ») montre l'allégresse d'un personnage qui semble tenir une forme de revanche. Sa position, « debout sur son grand rocher », est ainsi celle d'un conquérant, qui tient « à ses pieds vingt lieues de pays ». Il n'est donc pas étonnant de voir ressurgir, à la fin du texte, l'image de Napoléon, tant Julien Sorel s'identifie à la figure de l'empereur.

Cette image presque stéréotypée d'un héros triomphant ne doit toutefois pas nous induire en erreur. Stendhal procède en effet à une série de décalages pour renforcer la singularité de son personnage.

III. Un héros singulier

A. Un héros sans réponse

Si Julien Sorel a triomphé de M. de Rênal, il constate lui-même qu'il ignore totalement les raisons de sa victoire. Dès le début de l'extrait, il s'interroge avec perplexité : « il faut que M. de Rênal ait eu une belle peur. Mais de quoi ? ». Stendhal continue par la suite à jouer avec les différents types de phrase pour renforcer le trouble de son personnage. C'est notamment le cas lorsqu'il utilise des phrases exclamatives comme « Quoi ! plus de cinquante écus par an ! ». Or, si Julien Sorel veut cheminer « loin du regard des hommes » pour examiner librement sa situation, il n'est en réalité guère plus avancé à la fin de l'extrait.

Le jeu des points de vue permet à Stendhal de créer un décalage entre la situation du personnage et les informations dont dispose le lecteur. En effet, c'est grâce à un malentendu presque comique que Julien a vaincu « l'homme heureux et puissant » qu'est M. de Rênal. Certes, Julien Sorel peut difficilement comprendre l'amélioration de sa situation. Mais il est aussi grisé par son orgueil qui, rapidement, « lui [peint] en beau sa position ». Il semble en outre oublier le rôle essentiel joué par Mme de Rênal lors de la première « victoire ».

B. Un héros contemplatif

Comme souvent, le personnage n'est pas maître des passions qui l'agitent. Tout en étant capable de faire preuve d'audace, Julien Sorel est aussi le jouet des événements. Il ne brille ici ni par sa force ni par sa ruse, à l'inverse des héros traditionnels. Il ne s'agit pas pour Stendhal de ridiculiser son personnage mais bien plutôt de montrer qu'il se situe du côté des émotions.

Le chapitre s'achève en outre sur « les mouvements tranquilles et puissants » d'un « oiseau de proie ». Julien Sorel en vient rapidement à « envier » la situation de l'oiseau, mélange de « force » et d'« isolement ». L'ignorance du héros ne freine donc pas son ambition.

Conclusion

Stendhal parvient donc bien à représenter la complexité de son héros. L'approche réaliste n'exclut pas la plongée dans « une foule de sentiments ». Si cette élévation semble temporairement apaiser ce singulier personnage, elle ne met pas un terme au combat qui est le sien. C'est que Julien Sorel n'est pas au bout du parcours imaginé par le romancier. Le héros connaîtra encore d'autres élévations, mais il lui arrivera également de redescendre brutalement sur terre.

omniscient ». Le romancier est « tout-puissant » : il sait tout de son héros et des personnages du roman et livre leurs pensées les plus intimes.

LA FOCALISATION INTERNE

Elle permet de connaître les émotions ou les jugements du héros, mais pas ceux d'autres personnages. Le lecteur ne surplombe plus la « population » du roman, il est avec l'un d'entre eux et découvre, en même temps que lui, et de l'extérieur, comme lui, les réactions des autres personnages. Ce mode de focalisation facilite l'identification au héros.

LA FOCALISATION EXTERNE

Elle fait du romancier une « caméra » enregistrant l'extérieur des choses. Cette technique laisse le lecteur construire lui-même ses interprétations, et suggère que le monde est opaque, impénétrable.

CE QU'IL NE FAUT PAS FAIRE

- Relever des figures de style sans les mettre en relation avec le sens du texte.
- Se contenter de reformuler l'idée principale du texte.

Marguerite Yourcenar, *Mémoires d'Hadrien*

Lorsque Marguerite Yourcenar publie *Mémoires d'Hadrien* en 1951, elle est déjà l'auteure de poèmes, de romans, de nouvelles ou de traductions. C'est pourtant le succès de cet étonnant ouvrage qui lui permet d'accéder à la notoriété. Ce livre nous entraîne dans une époque éloignée mais qui fait écho à la nôtre. Voyant la mort approcher, l'empereur Hadrien revient dans une longue lettre sur son existence et sur les traces qu'il a laissées dans l'Histoire. En nous plongeant dans les méandres d'une conscience, Marguerite Yourcenar parvient à faire du « je » un miroir aux multiples reflets. Il s'agit ainsi sans cesse de se voir « soi-même comme un autre », pour reprendre le titre d'un célèbre ouvrage du philosophe Paul Ricœur.

À la rencontre d'un empereur romain

Voyages

Mémoires d'Hadrien nous propose **un voyage dans le temps**. « Animula vagula blandula », « Varius multiplex multiformis », « Tellus stabilita » ,« Sæculum aureum », « Disciplina augusta » et « Patientia » : ces mots latins qui servent de titres à chacune des parties nous rappellent que cette lettre est écrite par un Romain dont la voix fictive traverse les siècles. Il n'est donc pas étonnant qu'Hadrien évoque un ensemble d'éléments propres à son époque. Il loue ainsi les mérites de l'esclavage, tout en se montrant attentif à la condition des esclaves. Il s'attarde aussi fréquemment sur le système politique de l'Empire romain. Marguerite Yourcenar parvient à éclairer le lecteur sans jamais lui offrir de lourds exposés. Son érudition et **son travail de reconstitution historique** sont d'autant plus impressionnants qu'ils ne sont jamais exhibés.

Le statut d'Hadrien l'amène en outre à voyager et à passer de longs moments loin de Rome. Il est lui-même, confie-t-il, « poussé par [son] goût du dépaysement ». Par son regard, nous pouvons ainsi goûter aux charmes d'Athènes, qu'il apprécie tout particulièrement. Marguerite Yourcenar nous offre donc ici toute une série de voyages, dans le temps comme dans **l'espace**.

Un narrateur complexe

C'est aussi dans une conscience que le lecteur est invité à voyager. Hadrien ne masque pas à son lecteur **les détails de son parcours politique, de son caractère ou encore de sa vie amoureuse**. Il ne se met pas nécessairement en valeur. Certes, il sait se montrer capable de patience, de douceur et de clairvoyance. Mais l'ancien soldat peut aussi devenir dur et violent, comme lorsqu'il s'agit de punir des traîtres ou de châtier des peuples qui se soulèvent contre Rome. Il lui arrive ainsi de céder à différents mouvements d'humeur. C'est notamment le cas lorsqu'il s'en prend à son secrétaire : agacé, il lui donne un coup et oublie qu'il tient un « style », c'est-à-dire un poinçon permettant d'écrire. Il lui crève alors un œil, et regrette aussitôt ce geste qu'il ne pourra jamais réparer.

Le statut d'Hadrien en fait par ailleurs **un personnage singulier**. Il est à la fois un homme comme les autres et un être « unique ». Il est agité par les élans ou les passions qui nous animent tous, mais il jouit d'un statut qu'il est, de son vivant, le seul à connaître. Sa complexité en fait un mystère, et c'est aussi pour mieux se comprendre qu'il prend le temps d'écrire cette longue lettre.

À la rencontre de l'autre

Du « je » au « tu »

Le choix de **la forme épistolaire** impose un mode de communication bien particulier. Marguerite Yourcenar ne fait entendre qu'une seule voix, celle de l'empereur Hadrien. Cependant, même réduit au silence, le destinataire de la lettre joue un rôle capital. Le jeune Marc Aurèle est le premier lecteur, certes fictif, de cette lettre, comme nous le rappellent de nombreuses marques de la deuxième personne : « Je te recommande Céler : il a toutes les qualités qu'on désire chez un officier placé au second rang ».

Plongeant dans sa conscience et son existence, Hadrien ne s'enferme pas dans un exercice solitaire. Son projet n'a de sens que s'il rencontre cet autre qu'est le destinataire du texte. Marguerite Yourcenar rappelle par ailleurs qu'on écrit toujours pour être

PARCOURS

Soi-même comme un autre.
Soi-même comme un autre est un ouvrage philosophique de Paul Ricœur paru en 1990, dans lequel l'auteur s'interroge sur les questions de l'identité et de la morale, en distinguant le « moi » intérieur et le « soi », par lequel l'homme réalise un retour sur lui-même grâce à l'autre.

LE RÉCIT DE SOI

On distingue l'autobiographie, dans laquelle l'auteur fait le récit de sa propre vie à la première personne, des autofictions où le romancier peut intégrer à la fiction des éléments issus de sa propre vie. Ces écrits invitent souvent le lecteur à réfléchir sur la construction de l'identité. L'auteur, en écrivant sur sa propre vie, donne du sens à son parcours et réfléchit à sa propre personnalité et à son propre corps, en s'analysant avec plus ou moins d'indulgence. Michel Leiris porte ainsi un regard implacable sur son physique dans *L'Âge d'homme* (1939) ; Marguerite Duras fait un bilan de son évolution de la jeunesse à la vieillesse dans *L'Amant* (1984), roman où elle intègre de grands pans autobiographiques. Dans les *Mémoires d'une jeune fille rangée* (1958), Simone de Beauvoir montre comment elle se détache progressivement de l'éducation morale et religieuse qu'elle a reçue.

PERSONNAGE ET IDENTITÉ

Le roman, comme le souligne Virginia Woolf, « est la seule forme d'art qui cherche à nous faire croire qu'elle donne un rapport complet et véridique de la vie d'une personne réelle ». Le romancier, parce qu'il peut raconter la vie d'un personnage de son début à sa fin, nous fait réfléchir à la question de l'identité. Les romans montrent ainsi l'importance du rapport à l'autre et à la société dans la construction

Villa Hadrienne.

lu, et que **le lecteur**, même silencieux, joue toujours un rôle important, aussi bien au moment de la création que de la réception.

Les pouvoirs de l'altérité

Hadrien réalise lui-même que **nous existons aussi par le regard de l'autre**. C'est ainsi qu'il observe, avec anxiété d'abord, puis avec sérénité, l'image que Rome renvoie de lui. Certains personnages recomposent le sens de son existence et anticipent le travail, en somme, de tout lecteur.

L'empereur existe par les autres, mais aussi pour les autres. Tout au long de l'ouvrage, Hadrien reste attaché à **l'idée d'utilité**. L'adjectif « utile » revient souvent dans sa lettre. De même, à la fin de sa vie et de sa lettre, puisque les deux finissent par se rejoindre, il constate que « tout reste à faire ». Il ajoute, pour bien marquer le lien qui l'unit à l'Empire et donc aux autres hommes : « La boîte aux dépêches de Phlégon, ses grattoirs de pierre ponce et ses bâtons de cire rouge seront avec moi jusqu'au bout. »

À la rencontre de soi

Reflets

On aurait tort de penser que les mots d'Hadrien ne concernent que l'Empire romain. Marguerite Yourcenar fait souvent en sorte que le lecteur puisse construire **des ponts entre cette lettre et le XXe siècle**. Si Hadrien est un chef militaire, qui ne refuse pas la guerre lorsqu'elle s'avère nécessaire, il s'attache aussi à pacifier les rapports que Rome entretient avec d'autres peuples. Ce n'est pas un hasard si cette volonté fait écho avec le contexte dans lequel Marguerite Yourcenar a imaginé ces Mémoires. Commencé avant la Seconde Guerre mondiale, ce projet a été abandonné de 1939 à 1948. Marguerite Yourcenar y revient à une époque où il est précisément question de **reconstruire un monde ravagé par la guerre**.

L'auteure souligne d'ailleurs dans ses notes de travail : « si cet homme n'avait pas maintenu la paix du monde et rénové l'économie de l'Empire, ses bonheurs et ses malheurs personnels m'intéresseraient moins ».

Du « je » au « nous »

Il faut se garder, comme beaucoup l'ont fait hâtivement, de considérer Hadrien comme le double de l'auteure. « Grossièreté de ceux qui vous disent : "Hadrien, c'est vous" », déplore-t-elle dans les notes qui accompagnent Mémoires d'Hadrien, avant d'ajouter cependant : « Tout être qui a vécu l'aventure humaine est moi ». La voix de l'auteure doit s'effacer derrière celle de son personnage pour que le lecteur puisse s'y reconnaître et pour qu'il retrouve, derrière le « je » de l'intimité, **les contours d'un « nous » beaucoup plus universel**.

L'auteure s'attache ainsi à **décrire des épreuves que chaque homme doit affronter**. La perte de l'être aimé, qui ravage Hadrien, n'est pas directement liée à son statut : chaque être humain peut en faire l'expérience. Il en va de même pour les joies du quotidien, pour la contemplation d'un paysage, pour le plaisir des souvenirs, pour la souffrance, pour la maladie et, en définitive, pour la mort. Avant de se taire, le personnage clôt sa lettre sur ces mots, qui peuvent toucher bien des lecteurs : « Tâchons d'entrer dans la mort les yeux ouverts ».

TROIS ARTICLES DU *MONDE* À CONSULTER

- FEMINA : Marguerite Yourcenar, une fidélité créatrice p. 21
(Josane Duranteau, *Le Monde* daté du 26.11.1968)
- Marguerite Yourcenar – Philosophe et poète de l'histoire p. 22
(Jacqueline Piatier, *Le Monde* daté du 08.03.1980)
- « Auteures », « autrices », « femmes auteurs », « écrivaines » ? p. 23
(J.-L. J., *Le Monde* daté du 06.03.2020)

de soi et mettent en scène des personnages dont l'identité se révèle au cours des épreuves qu'ils subissent. Claude Gueux, personnage éponyme du roman de Victor Hugo (1834), révèle la capacité de l'homme à se dépasser face à l'injustice.

MODÈLES LITTÉRAIRES

L'identité du personnage est également forgée par les modèles qu'il emprunte, par les personnages auxquels lui-même s'identifie, comme Emma Bovary qui cherche à imiter les héroïnes des romans dont elle s'abreuve dans le roman de Flaubert (*Madame Bovary*, 1856), ou Julien Sorel qui s'inspire de la vie de Napoléon dans *Le Rouge et le Noir* de Stendhal. Les romanciers proposent alors une réflexion sur la littérature elle-même et sur la manière dont elle nous fait devenir « autre ».

ZOOM SUR…

Le genre des Mémoires.

L'auteur de « Mémoires » fait traditionnellement le récit de sa propre vie en mettant l'accent sur des événements historiques dont il témoigne :

- Jules César est un acteur principal des faits qu'il relate dans les *Commentaires sur la guerre des Gaules* (Ier siècle av. J.-C.) ;
- Le cardinal de Retz (1613-1679) fait la chronique de la politique de son temps, en incluant des maximes et des commentaires sur la psychologie des acteurs ;
- François-René de Chateaubriand, dans les *Mémoires d'outre-tombe* (1848), associe récit des événements politiques et peinture de ses émotions personnelles : « J'ai vu de près les rois, et mes illusions politiques se sont évanouies, comme ces chimères plus douces dont je continue le récit. »

Dissertation

Dans une célèbre lettre, Arthur Rimbaud écrit en 1871 : « Je est un autre. » Dans quelle mesure cette affirmation peut-elle éclairer la lecture d'un récit s'appuyant sur des faits réels ?

Vous répondrez à cette question en vous appuyant sur Mémoires d'Hadrien *de Marguerite Yourcenar ainsi que sur vos lectures personnelles.*

Arthur Rimbaud par Étienne Carjat, vers 1872.

Introduction

Analyse du sujet :
On rappelle souvent que Marguerite Yourcenar a été en 1980 la première femme élue à l'Académie française. Dès 1951, l'auteure marque les esprits avec la publication de *Mémoires d'Hadrien*, œuvre dans laquelle elle nous propose d'entendre la voix fictive d'un empereur romain qui a réellement existé. Son récit repose sur des sources précises, mais loin de n'en rester qu'à un « je » limité dans l'espace et le temps, l'auteure parvient à créer un personnage singulier. Pourrait-on dès lors, en reprenant les mots d'Arthur Rimbaud, aller jusqu'à affirmer que même dans un récit s'appuyant sur des événements historiques, « je est un autre » ?

Annonce du plan :
Afin de répondre à cette question qui interroge les liens entre le réel et la fiction, nous commencerons par arpenter l'espace du « je » pour observer que l'Histoire n'écrase pas l'écriture de l'intime. Seulement, nous montrerons ensuite que ce « je » est souvent fragmenté et qu'il lui faut nécessairement en passer par l'épreuve de l'altérité pour se recomposer.

Le plan développé

I. L'espace du « je »

A. La forme épistolaire
Le choix de la forme épistolaire nous permet d'être au plus près de la voix du personnage.

Dans *Mémoires d'Hadrien*, l'empereur semble prendre lui-même conscience de l'espace que lui offre cette lettre. Dans ses carnets de notes, Marguerite Yourcenar souligne que le choix de la première personne lui permet d'être proche de l'empereur, « pour [se] passer le plus possible de tout intermédiaire ».

Ce voyage dans la mémoire de l'empereur repose sur un travail minutieux qui offre de solides fondations au récit. Dans les *Lettres persanes*, Montesquieu tire aussi profit de la forme épistolaire tout en s'appuyant sur des faits historiques, comme la mort de Louis XIV. Usbek, l'un des protagonistes du roman, n'est pas un simple témoin : il possède lui aussi une voix singulière qui lui permet d'exister dans l'espace du roman.

B. Une singulière écriture de l'intime
Le titre choisi par Marguerite Yourcenar inscrit l'œuvre dans le genre des Mémoires, qui impose une distance vis-à-vis des événements personnels ou historiques. Reste que l'auteure ne se contente pas d'un récit froid, bien au contraire.

L'empereur peut aussi bien évoquer les grandes réformes qu'il a menées que s'attarder sur ce qu'il appelle, dès les premières phrases du livre, « les voluptés de l'amour ». L'amour reste pour lui « de tous nos jeux, [...] le seul qui risque de bouleverser l'âme ». Aussi l'auteure de *Mémoires d'Hadrien* nous place-t-elle parfois face aux bouleversements d'une âme, comme l'illustrent de nombreux passages évoquant Antinoüs.

Évoquant d'abord ses origines, Hadrien finit par montrer combien la mort prend peu à peu de la place dans son quotidien, jusqu'à avoir le dernier mot. Le contexte historique, même s'il est important, ne nuit donc pas à la plongée dans la conscience du personnage.

Le trajet relativement linéaire suivi par un récit comme *Mémoires d'Hadrien* ne doit toutefois pas nous induire en erreur. C'est

CITATIONS

La question de l'identité dans Les Mémoires d'Hadrien.

• « Tantôt ma vie m'apparaît banale au point de ne pas valoir d'être, non seulement écrite, mais même un peu longuement contemplée, nullement plus importante, même à mes propres yeux, que celle du premier venu. Tantôt, elle me semble unique, et par là même sans valeur, inutile, parce qu'impossible à réduire à l'expérience du commun des hommes. » (« Animula vagula blandula »)

• « D'admirables bonnes volontés se groupèrent autour de moi ; la petite troupe étroitement intégrée à laquelle je commandais avait la plus haute forme de vertu, la seule que je supporte encore : la ferme détermination d'être utile. » (« Varius multiplex multiformis »)

• « Je ne jetais qu'un coup d'œil à ma propre image, cette figure basanée, dénaturée par la blancheur du marbre, ces yeux grands ouverts, cette bouche mince et pourtant charnue, contrôlée jusqu'à trembler. Mais le visage d'un autre m'a préoccupé davantage. » (« Tellus stabilita »)

• « Arrien comme toujours a bien travaillé. Mais, cette fois, il fait plus : il m'offre un don nécessaire pour mourir en paix ; il me renvoie une image de ma vie telle que j'aurais voulu qu'elle fût. [...] Vue par lui, l'aventure de mon existence prend un sens, s'organise comme dans un poème. » (« Patientia »)

• « Il se peut après tout que ces gens-là aient raison, et que la mort soit faite de la même matière fuyante et confuse que la vie. » (« Patientia »)

en réalité un « je » complexe et fragmenté qui peut parfois s'exposer devant son lecteur.

II. Un « je » fragmenté

A. Un personnage mouvant

Le XXe siècle a fragilisé le statut d'un personnage qui semble de plus en plus mouvant.

Dans *La Route des Flandres*, Claude Simon nous plonge ainsi dans la mémoire d'un être disloqué. Le texte est à l'image du chaos de la Seconde Guerre mondiale.

Même si le récit de Marguerite Yourcenar est moins heurté, il arrive bien souvent que les souvenirs et les émotions se bousculent, comme c'est le cas après la mort d'Antinoüs. Hadrien évoque alors la mort de son grand-père, mais aussi la disparition de ses parents et de Plotine.

Tout en étant limpide, le trajet proposé par Marguerite Yourcenar se fait donc souvent tortueux. Il suit les contours troubles d'un homme qui n'est pas dépourvu de paradoxes. Hadrien peut se montrer magnanime avec certains de ses ennemis, comme lorsqu'il décide de libérer la fille de l'empereur Osroès avant même la fin des négociations. Mais il est aussi capable, pour servir ses intérêts ou ceux de l'Empire, de se montrer dur et intraitable.

B. L'énigme du « je »

Le personnage d'Hadrien repose en outre sur une dualité souvent soulignée par Marguerite Yourcenar, comme dans « Disciplina augusta » : « Je me disais que seules deux affaires importantes m'attendaient à Rome ; l'une était le choix de mon successeur, qui intéressait tout l'Empire ; l'autre était ma mort, et ne concernait que moi. »

On peut dès lors se demander qui est réellement ce « je » que le lecteur pense pourtant bien connaître dans la mesure où il appartient à l'Histoire.

En outre, le « je » peut être trompeur. « À de certains moments, constate Marguerite Yourcenar, d'ailleurs peu nombreux, il m'est même arrivé de sentir que l'empereur mentait. Il fallait alors le laisser mentir, comme nous tous. » L'aveu est troublant, et donne l'impression que le personnage échappe à son créateur.

La voix finit d'ailleurs par se brouiller, et les personnes se mélangent. Dans les dernières lignes de l'œuvre, Hadrien parle de lui à la troisième personne, tout en s'adressant à sa « petite âme, âme tendre et flottante ». Le « je », le « tu » et le « il » finissent par se confondre pour mieux s'unir.

Le récit ne nous enferme donc pas dans un « je » totalement clos par des faits réels ou des événements historiques. Ce « je » ne parvient sans doute à exister pleinement que lorsqu'il s'arrache à lui-même pour se tourner vers l'autre.

> **CE QU'IL NE FAUT PAS FAIRE**
> Se contenter d'exemples de l'œuvre intégrale étudiée en classe.

III. L'épreuve de l'altérité

A. L'autre comme refuge

Hadrien réalise lui-même que si nous existons dans le regard de l'autre, c'est aussi de manière déformée, et souvent décevante.

Il fait notamment ce constat lorsqu'il est confronté aux différents portraits qu'on fait de lui : il se désintéresse alors de son reflet, préférant se tourner vers d'autres visages. Hadrien, par l'écriture, trouve un nouveau chemin pour laisser une trace dans les consciences.

Dans *Les Années*, récit qui n'est pas un roman mais qui raconte aussi l'histoire d'une vie et d'une époque, Annie Ernaux cherche également à « sauver quelque chose du temps où l'on ne sera plus jamais ». Les mots rassemblés dans la lettre d'Hadrien le sauvent de cet oubli qu'il craint de plus en plus à mesure que sa mémoire faiblit avec son corps. En ce sens, les Mémoires font office de tombeau.

B. Une dimension universelle

Non seulement Hadrien existe au contact de l'autre, mais le « je » de l'empereur peut aussi devenir nôtre.

Ainsi, au sortir de la Seconde Guerre mondiale, Marguerite Yourcenar propose un modèle en la personne de cet empereur dont le premier consulat se présente comme « une année de campagne, une lutte secrète, mais continue, en faveur de la paix. » Le genre des Mémoires permet constamment d'associer la petite histoire d'un homme à la grande Histoire des Hommes.

« Parlant de lui, c'est de moi que je parle », constate de même le narrateur des *Vies minuscules* de Pierre Michon lorsqu'il fait le récit d'une vie qui n'est pas la sienne.

Conclusion

La célèbre phrase de Rimbaud peut donc éclairer *Mémoires d'Hadrien* et bien d'autres récits, à condition de mettre du jeu dans la mécanique du « je ». Le lecteur peut alors se retrouver dans les mots, certes fictifs, d'un empereur romain. Si le texte de Marguerite Yourcenar n'est pas dépourvu d'accents sombres, l'auteure avouera des années plus tard qu'elle a sans doute fait preuve d'un peu trop d'optimisme. En 1968, elle offre aux lecteurs une voie plus obscure dans *L'Œuvre au noir.*

ZOOM SUR...

Les grandes évolutions du genre romanesque.

• Le roman connaît deux périodes dominantes. D'abord, aux XIIIe et XIVe siècles, on assiste à l'extraordinaire épanouissement du roman courtois, qui narre les aventures des chevaliers du roi Arthur partant à la conquête du Graal, cependant que *Le Roman de Renart* évoque cet accomplissement sur un mode burlesque. Ensuite, c'est au XVIIIe siècle qu'a lieu la lente gestation du roman réaliste en Angleterre, puis en France dans la première moitié du XIXe siècle, où le roman s'impose peu à peu comme le genre littéraire majeur.

• La liberté propre au genre romanesque, ainsi que l'essor de la diffusion du livre et de la presse au XIXe siècle, expliquent l'extraordinaire explosion du genre dans des directions multiples (romans d'aventure, romans gothiques, romans policiers, romans noirs, romans de science-fiction, etc.). Le genre culmine, au début du XXe siècle, dans ces deux sommes romanesques que sont *l'Ulysse* de James Joyce (1922) et la *Recherche du temps perdu* de Marcel Proust (1913-1927).

• À partir des années 1950, en France, le Nouveau Roman jette le « soupçon » sur tout ce qui fonde le genre romanesque : la projection de l'histoire selon une perspective temporelle unifiée ; la consistance de personnages définis par un projet ; la cohérence d'un monde qui s'ordonne autour de l'histoire que l'on raconte. Alain Robbe-Grillet, Claude Simon, Nathalie Sarraute, Michel Butor, Robert Pinget ou encore Marguerite Duras s'ingénient alors à brouiller les codes narratifs traditionnels.

La trop discrète Mme de La Fayette

L'anonymat et les coquetteries de l'auteur de « La Princesse de Clèves ».

Mme de La Fayette s'est toujours farouchement défendue d'être un écrivain : le seul texte qu'elle ait jamais signé de son nom a été son tout premier portrait, celui de la marquise de Sévigné (qui était sa cousine par alliance), dans un recueil réuni par la Grande Mademoiselle en 1659. Par la suite, elle nia avoir écrit *la Princesse de Montpensier* (1662), *Zaïde* (1669-1671), *la Princesse de Clèves* (1678), trois œuvres achevées qu'on lui attribue généralement depuis le début du XVIIIe siècle.

Craignait-elle de passer pour un « auteur de profession », pour une « femme savante », pour une « précieuse ridicule » ? Voilà qui assurément aurait été indigne de son rang et de sa qualité – explique Roger Duchêne en rappelant utilement le code des valeurs de l'époque, – car elle était comtesse de La Fayette, filleule de la duchesse d'Aiguillon, favorite de Madame, femme d'influence et femme d'esprit, bien persuadée que la littérature et, en particulier, le roman ne pouvaient être qu'une activité de savants érudits, de professionnels de l'écriture ou d'amateurs...

Mais cet anonymat n'alla pas sans coquetteries ni indiscrétions : elle ne dédaignait point de dire en public beaucoup de bien de *la Princesse de Clèves* et de répondre, dans le même mouvement, à qui lui en demandait l'auteur : *« Pour moi, je suis flattée que l'on me soupçonne, et je crois que j'avouerais le livre si j'étais assurée que l'auteur ne vint jamais me le redemander. »*

Le roman connut, après une campagne de presse remarquablement orchestrée par *le Mercure galant*, la réelle faveur du public et de la cour : nul doute, cependant, que les exégèses mondaines remarquèrent les singularités du livre... Car, après l'extraordinaire engouement du public pour les dix tomes baroques de la *Clélie* de Madeleine de Scudéry (1654-1660), que Mme de La Fayette avait lues avec plaisir, écrire un assez mince roman qui se passe à peine un siècle plus tôt, où les personnages portent les patronymes des plus grandes familles de France et non des pseudonymes « à l'antique », où les affres de la passion dévorent des êtres qui désirent, se déchirent, se consument, relève d'une étonnante conscience de l'évolution de l'histoire littéraire et morale à venir.

Et, en femme qui connaissait à merveille les rouages psychologiques du monde où elle évoluait avec discernement, Mme de La Fayette entoura la parution de ce « nouveau roman » de tous les secrets imaginables : elle laissa courir le bruit que La Rochefoucauld, qui était alors son platonique amant d-e cœur, avait participé à sa rédaction ; elle laissa entendre que ce drame entre le prince, la princesse de Clèves et le duc de Nemours était inspiré des Mémoires amoureux qu'Henriette d'Angleterre lui avait confiés avant de mourir en 1670.

Ses proches l'appelaient « le Brouillard » tellement elle s'entendait à masquer ce qu'elle ne voulait pas avouer... Et Roger Duchêne d'analyser les derniers rebondissements (en 1880 et 1924) de cette paradoxale recherche en paternité que des lettres authentiques infirment et que des faux, établis par on ne sait quel fou littéraire, confirment...

Tout se passe, en fait, comme si l'activité littéraire de Mme de La Fayette, oscillant entre la réserve du propos et la galanterie des procédés, se substituait, sur une nouvelle carte du Tendre, à ce sentiment de l'amour qu'elle déclarait à dix-neuf ans n'être qu'une « chose incommode ».

C'est en écrivain qui a tué « l'incommode » en elle et qui a laissé la « langueur » prendre possession de son corps que Mme de La Fayette navigue avec subtilité sur les trois fleuves de la carte du Tendre – Inclination, Estime et Reconnaissance – sans jamais aborder sur les rives inconnues de la Jouissance...

Claire Paulhan,
Le Monde daté du 22.07.1988

POURQUOI CET ARTICLE ?

Cet article vous apporte de précieuses informations sur Mme de Lafayette. Si cette dernière fait désormais partie des grands noms de la littérature française, Claire Paulhan souligne qu'elle a préféré rester dans l'ombre. Mme de Lafayette a en effet affirmé qu'elle n'était pas l'auteure de *La Princesse de Montpensier*, *Zaïde* ou *La Princesse de Clèves*. Cette posture éclaire le contexte de la seconde moitié du XVIIe siècle. D'une part, le roman ne jouit pas encore du prestige qui est désormais le sien et il n'a pas la renommée de la tragédie. D'autre part, le statut social de Mme de Lafayette ne l'incite pas à revendiquer les œuvres qu'elle a écrites. Cette attitude n'est toutefois pas synonyme de désintérêt et l'article montre combien l'auteure a œuvré pour faire connaître ses romans. En outre, vous trouverez ici des précisions sur la réception de *La Princesse de Clèves* qui a, dès sa parution, marqué les esprits. L'œuvre parvient à la fois à plaire par ses qualités et à surprendre par sa singularité. Claire Paulhan montre que ce court roman tranche avec les œuvres beaucoup plus amples qui étaient alors appréciées des lecteurs. Tant par son format que par ses thèmes ou son style, *La Princesse de Clèves* marque une étape importante dans l'histoire du roman. L'anonymat qui a entouré la publication de cette œuvre n'a donc pas empêché son auteure d'être en pleine lumière.

Nicolas Mathieu
Les vies désœuvrées

Avec « Leurs enfants après eux », le romancier accompagne des adolescents sans perspectives au cœur de la Lorraine désindustrialisée. Sensible et juste.

> **POURQUOI CET ARTICLE ?**
>
> Lauréat du prix Goncourt en 2018, Nicolas Mathieu propose, avec *Leurs Enfants après eux*, un roman d'apprentissage qui pourra éclairer votre lecture de l'œuvre de Stendhal. Nous voyons en effet les adolescents qui sont au centre de ce roman évoluer durant quatre étés. Entre 1992 et 1998, les personnages se construisent sous nos yeux au gré des rencontres, des déceptions et des émois. L'article rappelle ainsi que le roman est une succession de « premières fois ». En outre, Nicolas Mathieu prend soin d'inscrire son roman dans un cadre précis. Grâce à de nombreux détails, le récit fait revivre toute une époque. Sans être moralisateur et sans tomber dans ces leçons politiques qui, d'après Stendhal, peuvent écraser le roman, Nicolas Mathieu éclaire la fin du XXe siècle pour nous permettre également de mieux comprendre notre époque. L'écriture d'un roman passe en outre par une recherche esthétique, ce que cet article permet de bien comprendre. La littérature reste affaire de style, et Nicolas Mathieu parvient à trouver « un ton capable de dire les emballements du cœur, la rage et la fragilité », comme le souligne Macha Séry. Le réalisme n'écrase pas l'émotion et il peut même lui donner encore davantage de force.

La sève et la rouille. De 1992 à 1998, de 14 à 20 ans, des adolescents poussent dans une vallée perdue de Lorraine. L'administration n'a pas encore rebaptisé « Grand-Est » cette région possédant une longue histoire sidérurgique. A l'époque retracée par Nicolas Mathieu dans *Leurs enfants après eux*, les hauts-fourneaux se sont tus. Leurs carcasses servent désormais de cibles à catapultes, un jeu de gamins désœuvrés, ayant déjà fait un blessé dans les environs.

Les pubères – Anthony, Hacine et quelques autres – tuent l'ennui autrement. Dans la torpeur du mois d'août, ils jouent au flipper ou aux jeux d'arcade. Sur la rive opposée d'un lac, ils matent les filles aux seins nus. Ils éclusent des bières. Ils écoutent Nirvana (*Smells Like Teen Spirit*). Ils boudent et se bagarrent. Ils s'habituent à la fumette. Ils prennent leur BMX ou leur scooter pour longer des nationales. Ils mentent à leurs parents. Ils se mentent à eux-mêmes. Ils rêvent de « foutre le camp »... Identique est l'horizon des filles. *« Elle s'était mise à bosser, soudain horrifiée à l'idée de rester à Heillange pour mener à son tour une vie peinarde et modérément heureuse. Peut-être que l'illumination était venue en cours de socio, ou en faisant les courses au Leclerc avec sa mère. »* Heillange, lieu imaginaire, est un toponyme translucide. Il rappelle Hayange, commune de Moselle frappée de plein fouet par le chômage et dotée d'un édile d'extrême droite depuis les élections municipales de 2014.

Le récit de formation proposé par Nicolas Mathieu n'exsude aucune nostalgie. Comment le pourrait-il quand le temps de la jeunesse donne des signes avancés de vieillesse ?

Les rêves et leurs dépouilles. La splendide chronique de *Leurs enfants après eux* se décompose en quatre étés. Des vacances ? Plutôt une vacance, que les jeunes occupent à glander, puis à travailler, exception faite de quelques enfants de notables. Le romancier fait ici du sur-mesure pour décrire du surplace. Soit des variations autour de l'impossibilité à prendre son envol, qui a fourni tant de trames aux romans noirs.

Cependant, le récit de formation proposé par Nicolas Mathieu n'exsude aucune nostalgie. Comment le pourrait-il quand le temps de la jeunesse donne des signes avancés de vieillesse ? *« Les hommes parlaient peu et mouraient tôt. Les femmes se faisaient des couleurs et regardaient la vie avec un optimisme qui allait en s'atténuant. Une fois vieilles, elles conservaient le souvenir de leurs hommes crevés au boulot, au bistrot, silicosés, de fils tués sur la route, sans compter ceux qui s'étaient fait la malle. »* Pareillement à eux, leur descendance connaîtra les « premières fois » (émois sexuels, chagrin d'amour, orientation professionnelle, menus larcins, engagement). Qu'elles soient tristes ou heureuses, ces « premières fois » résonneront. Les peaux qui se rapprochent et les ambitions qui s'éloignent : voilà ce qu'excelle à exprimer Nicolas Mathieu.

La relève et la débrouille. Avec ce deuxième roman, dont le titre est tiré du « Livre de Ben Sira le sage » (44.9), l'auteur quadragénaire s'enracine dans le paysage littéraire. Il s'impose en écrivain des lisières. Après Olivier Adam, il dépeint la France dite « périphérique », dont tous deux sont issus. Chez le natif d'Epinal (Vosges), fils d'une comptable et d'un réparateur d'ascenseurs, il ne s'agit pas de banlieues lointaines – mi-cités, mi-zones pavillonnaires –, mais des campagnes saignées par la désindustrialisation. A bas bruit s'y manifestent colères et rancœur. Il y règne une forme de normalité dénuée de perspective, hormis le fait d'être *« licencié, divorcé, cocu ou cancéreux »*. Voilà un trait juste, sous forme de raccourci, pour mille nuances apportées par les diverses évolutions des personnages.

Le style de Nicolas Mathieu ne se drape dans rien. Il a un drapé. Plutôt un moiré : écrire sur l'adolescence et ses reflets changeants requiert une exigence sans faille. Il faut une sensibilité qui possède du tranchant, un ton capable de dire les emballements du cœur, la rage et la fragilité. Nicolas Mathieu a démontré qu'il maîtrisait tout cela dès son premier livre, *Aux animaux la guerre* (Actes Sud, prix Mystère de la critique 2014). Il s'agissait d'un tombeau pour la classe ouvrière, dépeignant l'étrécissement des options accordées aux gagne-petit. *Leurs enfants après eux* prolonge le clair-obscur et achève de convaincre. Sous le charme, tomber n'est pas déchoir. ●

Macha Séry,
Le Monde des Livres daté du 14.09.2018

Stendhal ou l'amour comme révolte contre l'ordre social

Stendhal, romancier de l'énergie, de l'ambition contrariée, de l'amour calculé (Julien Sorel du *Rouge et le Noir*), emporté (Fabrice Del Dongo, la Sanseverina, Clélia Conti, dans *La Chartreuse de Parme*), précurseur du romantisme, républicain de cœur, aristocrate des sentiments... les *topoï* sur lui abondent, pas faux mais usés.

POURQUOI CET ARTICLE ?

Dans cet article, Michel Contat fait une critique élogieuse des analyses de Jacques Dubois, portant sur les rapports entre l'amour et la politique dans les romans de Stendhal. Le candidat au baccalauréat pourra ainsi élargir sa réflexion sur le mouvement littéraire du réalisme, et plus largement sur la question de l'engagement en littérature. Les échos faits par l'auteur avec d'autres œuvres, notamment *La Chartreuse de Parme*, montrent la cohérence de la production littéraire de Stendhal. Celui-ci, loin de s'en tenir à narrer des intrigues amoureuses dans ses romans, s'est intéressé de près aux mécanismes psychologiques de la passion. Il décrit précisément dans *De l'amour* l'opération de « cristallisation » par laquelle peut naître ce sentiment. Cet article permet de mieux comprendre la façon dont la peinture des sentiments devient chez Stendhal une forme de révolte contre le « sérieux » des intrigues politiques.

Une étude très stimulante vient heureusement étendre les perspectives au-delà des clichés. On la doit à Jacques Dubois, critique littéraire qui ne cache pas sa dette à l'égard de Bourdieu. Pour aborder Stendhal à neuf, il se fonde d'abord sur une proposition du philosophe Alain qui, en 1935, disait de lui avec faveur : *« Cet auteur ne cesse pas d'offenser. »* Ce qui signifie qu'il ne cesse de heurter les opinions convenues, mais aussi, souligne Dubois, qu'il bouscule *« les modèles reçus de la représentation »* et qu'avec lui, *« il y va d'une forme d'engagement qui naît de l'écriture elle-même et que le temps n'a aucunement ternie »*.

N'importe quel lecteur d'aujourd'hui, confronté aux blocages sociaux, et qui découvre *Le Rouge et le Noir* ou *La Chartreuse de Parme*, se sent en phase avec leur allégresse d'écriture, cette vitesse du récit lorsqu'il se noue à la passion, cet humour, cette jeunesse qui se fracasse aux murs d'une société toute d'hypocrisie, d'ennui, de fermeture. La vue nouvelle que propose Jacques Dubois sur les romans de Stendhal rend compte de cette expérience de lecture heureuse et révoltée en révélant en eux, comme on le dit d'un bain pour une photographie, une structure liant intimement l'amour et la politique, l'une étant la métaphore de l'autre et réciproquement.

L'idée d'un roman politique stendhalien offense d'abord, car elle s'oppose au credo de l'auteur lui-même, formulé dans une parenthèse du Rouge et le Noir, où il réplique à son éditeur qui lui demande une page d'explicitation politique : *« La politique est une pierre attachée au cou de la littérature, et qui, en moins de six mois, la submerge. La politique au milieu des intérêts d'imagination, c'est un coup de pistolet au milieu d'un concert. »* A quoi l'éditeur répond que, si ses personnages ne parlent pas politique, ils ne sont plus des Français de 1830, *« et votre livre n'est plus un miroir, comme vous en avez la prétention »*. En effet, si le roman est bien *« un miroir qu'on promène le long d'un chemin »*, il doit donner à voir aussi la politique, mais la présence de celle-ci le plombera inexorablement aux yeux du lecteur d'un autre temps. Stendhal le confirme avec la même image mais un autre motif dans *La Chartreuse de Parme* : *« La politique dans une œuvre littéraire, c'est un coup de pistolet au milieu d'un concert, quelque chose de grossier et auquel pourtant il n'est pas possible de refuser son attention. Nous allons parler de fort vilaines choses, et que, pour plus d'une raison, nous voudrions taire ; mais nous sommes forcés d'en venir à des événements qui sont de notre domaine, puisqu'ils ont pour théâtre le cœur des personnages. »*

Pour dépasser la contradiction entre la fidélité au réel, qui est politique et psychologique aussi bien, et une esthétique du plaisir, Stendhal invente une forme romanesque où l'humour est indissociable de l'amour parce que l'amour se vit en rébellion contre le sérieux de la société autoritaire. Son roman a pour héros des femmes qui ont l'audace révoltée des hommes, et, inversement, des hommes qui ont la sensibilité et la tendresse des femmes ou qui les retrouvent grâce à elles. Dès lors, la structure romanesque obéit à un chiasme généralisé : le roman héroïque est héroïsme du roman par la féminisation des hommes et la masculinisation des femmes, de telle sorte que la passion amoureuse implique profondément l'amitié entre les sexes.

La reconnaissance généreuse de l'un par l'autre au sein d'une communauté des *« primitifs »* contre l'ordre social est esquissée dans ses romans – tragiquement, car la société est victorieuse en temps de réaction. L'amour se vit comme révolte et, lorsqu'il échoue, sa défaite est politique aussi. C'est ce qu'avait déjà aperçu Simone de Beauvoir dans une belle étude du *Deuxième Sexe* (1949) sur « Stendhal ou le romanesque du vrai ». Une étude que Jacques Dubois ne mentionne pas, mais qui reste d'actualité.

Michel Contat,
Le Monde des livres daté du 16.03.2007

FEMINA : Marguerite Yourcenar, une fidélité créatrice

Le prix Femina a été décerné à *L'Œuvre au noir*, de Marguerite Yourcenar (Gallimard). Le résultat a été acquis, fait sans précédent depuis l'attribution du prix, au premier tour et à l'unanimité du jury.

L'œuvre de Marguerite Yourcenar ne peut être comparée à aucune autre : l'auteur des *Mémoires d'Hadrien* (1) excelle, en effet, dans un genre dont on peut dire qu'avant elle il n'existait pas. Roman historique ? Sans doute, – mais sans plus rien de vague ni de hasardeux. Avec un rigoureux esprit scientifique, l'écrivain conquiert une connaissance exacte du moment de civilisation où son récit vient se situer. L'imagination, bien loin d'avoir les ailes coupées par tant d'érudition, s'élance au contraire avec cette hardiesse et cette liberté que donne la certitude d'être bien dans le vrai. La fidélité est ici créatrice.

Cette fuite dans le passé est-elle refus de rencontrer les problèmes de notre temps ? Évidemment non : Marguerite Yourcenar sent et fait sentir les similitudes profondes entre l'époque que ressuscite le livre et notre situation d'aujourd'hui. L'œuvre au noir (2), c'est la première forme de la préparation alchimique, le précipité préalable : c'est aussi, dans la symbolique hermétique, l'abandon des préjugés, le rejet des idées reçues – ce noir de l'esprit qui se désencombre de tout. Opération subversive, opération d'un grand danger, et qui a besoin de la protection du secret, et que l'attente d'une révolution de l'esprit rend peut-être nécessaire.

La méditation morale et politique que suggère Marguerite Yourcenar, s'inspirant de faits lointains, ne suscite aucun esprit partisan. Entraîné par le livre à une sorte d'ascèse, le lecteur revient à notre actualité brouillonne avec un esprit mûri par une autre expérience et entraîné à une réflexion sans parti pris.

Mais rien ne serait possible de cette action en profondeur si les romans de Marguerite Yourcenar ne se lisaient d'abord... comme des romans. C'est encore ici *Peau d'Âne* qui nous est heureusement conté. Le sentiment du dépaysement, la présence des personnages, tout fait croire à une baguette magique transportant le lecteur dans l'espace et le temps. Le style, très maîtrisé, sans faille, sans complaisance, propose, pour ce voyage, un chemin simple et sans détour.

Poète de l'éloignement, Marguerite Yourcenar, on le sait, est un écrivain français vivant en Amérique : de même que, traversant un moment du passé, elle rejoint en plein cœur notre temps, de même peut-être est-elle, à distance, étrangement mêlée à notre vie, étrangement proche de nous. S'il est vrai que la guerre, surprenant Marguerite Yourcenar au cours d'un voyage à l'étranger, lui a imposé un exil involontaire, la distance prise alors lui a ouvert des perspectives originales et fécondes. Il n'y a pas si longtemps, elle publiait en France une remarquable traduction commentée de « negro spirituals » (3). La rencontre de deux cultures, le choc de deux civilisations, c'est le secret de chacun de ses livres, le secret de sa moderne lucidité.

[Marguerite Yourcenar, de son vrai nom Marguerite de Crayencour, est née le 8 juin 1903 à Bruxelles, ce qui fait souvent penser qu'elle est belge. De solides humanités lui ont donné les passions de l'Antiquité, de l'histoire de la littérature, qu'elle a fondues dans une œuvre d'inspiration très variée. Bloquée par la guerre aux Etats-Unis, elle vit depuis vingt ans dans une petite île de la côte du Maine.]

Voici la liste de ses principales œuvres :

ROMANS ET NOUVELLES. *Alexis ou le Traité du vain combat, la Nouvelle Eurydice, La mort conduit l'attelage, Denier du rêve, Nouvelles orientales, le Coup de grâce, Mémoires d'Hadrien, l'Œuvre au noir.*

ESSAIS. *Pindare, les Songes et les Sorts, Sous bénéfice d'inventaire.*

THÉÂTRE. *Electre ou la Chute des masques, le Mystère d'Alceste* suivi de *Qui n'a pas son minotaure ?*

POÈMES ET POÈMES EN PROSE. *Feux, les Charités d'Alcippe.*

TRADUCTIONS. – Virginia Woolf : *les Vagues* ; Henry James : *Ce que Maisie savait* ; *Présentation critique de Constantin Cavafy*, suivie d'une traduction intégrale des Poèmes par M. Yourcenar et C. Dimaras ; *Fleuve profond, sombre rivière*, les « negro spirituals », commentaires et traductions ; *la Couronne et la Lyre*, textes choisis de poètes grecs (en préparation).

Josane Duranteau,
Le Monde daté du 26.11.1968

(1) Plon. (2) Gallimard. (3) *Fleuve profond, sombre rivière*, Gallimard.

Marguerite Yourcenar – Philosophe et poète de l'histoire

Première femme appelée sous la Coupole, Mme Marguerite Yourcenar a été élue à l'Académie française, le jeudi 6 mars, par 20 voix contre 12 à M. Jean Dorst, directeur du Muséum d'histoire naturelle, au fauteuil de Roger Caillois. D'autre part, M. Michel Droit a été élu au fauteuil de Joseph Kessel par 19 voix contre 13 au recteur Robert Mallet, chancelier, des universités de Paris,

« On peut aimer beaucoup les femmes et s'enchanter d'en rencontrer une qui écrit comme un homme ou plutôt comme la plupart n'écrivent pas. » José Cabanis avait glissé cette observation malicieuse dans l'article sur l'*Œuvre au noir* de Marguerite Yourcenar qu'il a publié dans le *Monde* en 1968. Elle mérite d'être rappelée en ce jour, à marquer d'un caillou blanc, où une femme est appelée pour la première fois à entrer à l'Académie française. Elle fait entrevoir les raisons pour lesquelles un barrage, devenu inadmissible, a été renversé ; elle rend plus incompréhensibles les résistances ; elle jauge un talent.

L'Académie n'a donc pas voulu – osé – fermer ses portes à un écrivain dont l'œuvre ne le cède en rien, ou plutôt l'emporte, sur celle de beaucoup de ses membres. Nous assistons ainsi, conséquence mineure, à l'éclatement d'un club et, conséquence majeure, à l'éviction d'un préjugé, à l'abolition d'un privilège. Or c'est cette lutte que Marguerite Yourcenar a poétiquement soutenue dans tous ses livres.

Rien n'est moins dans l'ordre du cri, du pathétique, de l'inspiration spontanée, de l'écriture épidermique, que son œuvre. Ses détracteurs la trouvent froide, impersonnelle. Un pas de plus franchi, et la voilà académique. Mais Marguerite Yourcenar a en elle de quoi satisfaire, l'Académie sans pâtir de l'académisme. Elle est originale à force d'indépendance dans le jugement ; à force d'éloignement et de distance ; à force d'interrogation passionnée sur la condition humaine.

A première vue, cette œuvre paraît éclectique, dispersée. Marguerite Yourcenar s'est essayée dans tous les genres : au vers comme à la prose, à la critique comme au roman, à la nouvelle comme au théâtre ; elle s'est frottée à de multiples disciplines : l'art, la mythologie, l'histoire, la philosophie, la poésie, la généalogie ; elle a promené sa curiosité à travers maints pays et des cultures diverses ; cosmopolite, elle s'est donné des patries successives : en plus de ses Flandres natales, française et belge, l'Italie, la Grèce, les États-Unis, qui ont alternativement nourri sa création ; elle a tout autant vagabondé à travers les âges, avec deux points d'ancrage principaux : l'Antiquité grecque et romaine, la Renaissance européenne. Mais ses derniers livres l'ont vu glisser vers le dix-neuvième siècle. Enfin, non contente d'élaborer une œuvre personnelle, elle nous a transmis, en les recréant, bien des trésors d'autrui : les poésies modernes du Grec Cavafy, de l'Américaine Hortense Flexner, les negro spirituals et cette anthologie toute récente tirée des douze premiers siècles de la poésie grecque. Comment la définir ? Elle est historienne, poète, philosophe plutôt que romancière. Le premier terme assure d'un sérieux, le second d'une vision épique, le troisième d'une recherche où l'œuvre, malgré ses multiples points d'accroche, trouve son unité. Car, quel que soit le champ fouillé, c'est à quérir un art de mieux vivre, des moyens pour mieux délivrer l'homme de ses bandelettes, que s'emploie sa savante lucidité.

On dira qu'un tel dessein appartient au vieil humanisme, sans émouvoir Marguerite Yourcenar. Elle est loin de nos modes de pensée comme d'écriture. Loin, dans cette petite île du Maine où elle a trouvé son port, après avoir, surprise et contrainte par la guerre, émigré aux Etats-Unis en 1939. Et la nomade s'est faite sédentaire auprès d'une parfaite amie, Grace Friks, sa traductrice américaine, que la mort lui a enlevée en novembre dernier.

C'est dans cet ermitage où, de plus en plus, elle s'est rapprochée de la sagesse,

POURQUOI CES ARTICLES ?

L'article que Josane Duranteau consacre à Marguerite Yourcenar alors que le prix Femina vient d'être décerné à son roman *L'Œuvre au noir* constitue une bonne introduction à celui-ci ainsi qu'à la façon singulière dont Marguerite Yourcenar concevait et pratiquait le genre du roman historique.

L'article de Jacqueline Piatier quant à lui revient sur le parcours et l'œuvre de Marguerite Yourcenar, deux jours après son élection à l'Académie française : elle est alors la première femme à devenir académicienne. Contre les accusations de froideur et de classicisme qui s'élèvent , Jacqueline Piatier s'attache au contraire à en démontrer l'originalité et l'éclectisme, mettant en valeur la curiosité sans faille de Marguerite Yourcenar, grande voyageuse, passionnée par l'Antiquité gréco-romaine et la Renaissance, intéressée par toutes sortes de disciplines, écrivaine s'étant essayée à tous les genres littéraires et traductrice d'œuvres grecques et américaines.

de la nature et d'une existence monacale, que les premiers rayons de la gloire sont venus la toucher. Édités chez Plon en 1951, les *Mémoires d'Hadrien* apportent une éclosion tardive, propre à ne décourager aucun écrivain. Car elle avait déjà beaucoup publié dans les décennies précédentes, depuis 1929, date de son entrée en littérature, au Sans Pareil, avec *Alexis ou le traité du vain combat*, une pudique histoire d'homosexuel. Rien n'avait vraiment forcé l'audience, ni son passage chez Grasset ni l'accueil de Gallimard à ses Nouvelles orientales et à son troisième roman, le Coup de grâce.

Et soudain, avec ses *Mémoires* prêtés à un empereur romain, qui prend la mesure de son existence, la notoriété commence. Et peut-être aussi les malentendus. J'entends encore Marguerite Yourcenar, venue à Paris en pleine révolution de mai 68, au moment où paraissait l'*Œuvre au noir*, son second grand roman historique, me dire : *« Le succès des* Mémoires d'Hadrien *a fait interpréter mon œuvre dans une direction qui n'est pas la sienne. On a vu dans ce livre un ouvrage d'érudition sur l'Antiquité. Il ne s'agissait, comme dans* l'Œuvre au noir, *que de la vie d'un homme aux prises avec le conditionnement du temps et cherchant à le surmonter, à le dominer. »*

L'Œuvre au noir, dont Zénon, le héros, était imaginaire et traversait les affrontements religieux de la Renaissance pour finir, vaincu mais libre, sur le bûcher, fut sans doute mieux compris qu'Hadrien. Le Prix Fémina, qui le couronna, agrandit le public de Marguerite Yourcenar. Deux ans après, elle était élue membre étranger de l'Académie royale de Belgique.

On dirait que la création de cette femme remarquable se bonifie, comme le vin, en vieillissant. Précédé, encadré par la réédition des œuvres de jeunesse, choisies, revues et corrigées, un autre grand projet prend corps. Se rapprochant d'elle-même sans toutefois se mettre en scène, Marguerite Yourcenar inaugure un genre nouveau, la généalogie poétique. Elle ressuscite ses ancêtres maternels, paternels, remontant ou descendant les siècles, pour répondre à cette question formulée dans un Qoan Zen : *« Quel était votre visage avant que votre père et votre mère se soient rencontrés ? »* Il en sort deux livres magnifiques : *Souvenirs pieux* en 1974, *Archives du Nord* en 1977.

Le peintre des grands caractères s'efface devant le peintre de genre. Et pour une fois l'art y gagne, Ce qu'il y avait de trop raide, d'un peu hautain dans les romans précédents s'assouplit. Plus vibrante, Marguerite Yourcenar se livre davantage au rêve d'un passé plus familier, qu'elle n'a pourtant pas connu. Il y a toute une sociologie de la femme au dix-neuvième siècle, immolée à la conservation de l'espèce, dans *Souvenirs pieux*, derrière la mère, de Marguerite, morte en couches, après tant d'autres, en 1903. Et dans *Archives du Nord*, la juvénile figure d'un père, insoumis, léger, aventureux, qui virevolte au rythme des valses dans le tournant dangereux d'une époque.

Marguerite Yourcenar s'achemine-t-elle vers l'autobiographie qu'on attend d'elle ? Elle nous a fait très peu de confidences directes, préférant ouvrir largement son regard et son esprit sur le temps et sur l'espace à se replier sur soi. Non qu'on ne la connaisse pas. Même en s'enveloppant d'une impressionnante érudition, même en se soumettant au discours classique, où l'ordre des pensées prime le tumulte des sensations, Marguerite Yourcenar n'a pas fait une œuvre détachée d'elle. On découvre ses penchants, ses valeurs, dans les portraits qu'elle a peints : figures historiques ou imaginaires, effacées ou célèbres. Ceux qu'elle aime résistent à tous les conformismes. Ceux qu'elle a choisis, pour s'y attacher, combattent et meurent pour s'affranchir des conventions et des aveuglements. Mais cet affranchissement va toujours de pair avec un perfectionnement intérieur dont les deux mots-clés sont détachement et compassion. C'est pourquoi dans sa lointaine Amérique elle a si souvent lutté contre les injustices. Et le sort fait aux animaux ne l'a pas moins émue que la condition féminine.

Cette œuvre forte, méditative, colorée par un puissant et sombre amour de la réalité qu'elle s'attache à rendre, sans l'embellir ni la noircir, est un incomparable instrument de libération. Mais aussi de communion avec les êtres, la vie, le passé, le monde, dont Marguerite Yourcenar n'a jamais cherché, en mystique intellectuelle, qu'à saisir la profonde unité. ●

Jacqueline Piatier,
Le Monde daté du 08.03.1980

« Auteures », « autrices », « femmes auteurs », « écrivaines » ?

Comment les nommer ? « Auteures », « autrices », « femmes auteurs », « écrivaines » ? Les contributrices réunies par Martine Reid ont fait le seul choix possible : ne pas trancher, tant chaque époque a hésité. On n'avait pas de nom pour ces êtres d'exception du temps de Christine de Pizan qui, veuve à 25 ans, en 1387, choisit de vivre de sa plume. Au XVIIe siècle, l'académicien Jean Chapelain s'offusquait qu'une femme d'esprit tenant salon osât *« s'ériger en écrivaine »*, mais, dans son chapitre sur cette période, Joan DeJean (université de Pennsylvanie) évoque l'extraordinaire succès d'« écrivains » comme Madeleine de Scudéry avec *Le Grand Cyrus* et madame de Lafayette avec *La Princesse de Clèves*.

Deux siècles plus tard, montre Martine Reid dans sa contribution, les « femmes auteurs » investissent le champ littéraire. Les histoires officielles de la IIIe République effaceront néanmoins beaucoup de ces candidates à la reconnaissance, accordant une place à Germaine de Staël, mais négligeant George Sand ou ignorant Félicité de Genlis. Ne croyons pas que le XXe siècle ait fait tomber tous les obstacles. En 1985, *Libération* publie une enquête internationale intitulée « Pourquoi écrivez-vous ? ». Côté français, les seules auteures sont Marguerite Duras et Françoise Sagan. Peut-être est-ce pour les femmes issues de la francophonie que la difficulté est la plus flagrante : comment se nommer soi-même lorsque, comme l'Algérienne Assia Djebar, on écrit depuis les marges ou les frontières de notre monde ?

Femmes et littérature. Une histoire culturelle. Tome I : Moyen âge-XVIIIe siècle, et Tome II : XIXe -XXIe siècle. Francophonies, sous la direction de Martine Reid, Folio, « Essais », inédits.

J.-L. J., *Le Monde* daté du 06.03.2020

LE THÉÂTRE DU XVIIe SIÈCLE AU XXIe SIÈCLE

Molière, *Le Malade imaginaire*

Le Malade imaginaire est la dernière pièce de Molière, créée le 10 février 1673 au théâtre du Palais-Royal : Molière, qui joue le rôle d'Argan, meurt juste après la quatrième représentation, le 17 février. On retrouve dans cette pièce tout ce qui caractérise son théâtre, depuis les emprunts formels à d'autres arts du spectacle comme la *commedia dell'arte* ou le ballet, jusqu'aux attaques en règle contre les mariages arrangés et les médecins. Comédie brillante par les fastes qu'elle déploie comme par la synthèse théâtrale qu'elle réalise, *Le Malade imaginaire* réaffirme plus que jamais les deux préceptes qui guidaient Molière : la volonté de plaire et la liberté de critiquer.

Portrait de Molière par Pierre Mignard, vers 1658.

Un divertissement royal

Un spectacle total

Comédie-ballet mêlant théâtre, musique et danse, *Le Malade imaginaire* **offre un spectacle total à son public** : pour la création de la pièce, Molière s'entoure du chorégraphe Beauchamp avec lequel il a déjà travaillé plusieurs fois et du jeune compositeur Marc-Antoine Charpentier, qui signe alors sa seconde collaboration avec lui. Danse et musique s'entremêlent ainsi à la comédie : un prologue ouvre la pièce tandis que chacun des trois actes est suivi d'un intermède chanté et dansé.

Ces scènes de ballet empruntent toutes à **des univers littéraires connus du public** : le prologue met en scène le monde de la pastorale, le premier intermède s'inscrit dans le sillage de la *commedia dell'arte* et de la farce, le deuxième puise dans la mode de l'orientalisme qui s'installe peu à peu en France et le dernier exploite la tradition du carnaval. Molière use des divers moyens artistiques et styles littéraires à sa portée afin de faire de cette comédie un modèle de divertissement.

Le plaisir, la meilleure ordonnance qui soit

Il écrit en effet cette pièce à l'occasion du carnaval, c'est-à-dire pour une fête dont les mots d'ordre sont liesse et exubérance. En outre, cette comédie-ballet a explicitement pour intention de « délasser [le roi] de ses nobles travaux » : « Après les glorieuses fatigues et les exploits victorieux de notre auguste monarque, il est bien juste que tous ceux qui se mêlent d'écrire travaillent ou à ses louanges, ou à son divertissement » (« prologue »). Depuis 1672, Louis XIV est en guerre contre la Hollande. *Le Malade imaginaire* affiche de la sorte **une volonté délibérée d'amuser et de divertir**.

Dans **une mise en abyme joliment orchestrée**, le frère d'Argan, Béralde, fait valoir les bienfaits du divertissement : « Je vous amène ici un divertissement, que j'ai rencontré, qui dissipera votre chagrin, et vous rendra l'âme mieux disposée aux choses que nous avons à dire. [...] et cela vaudra bien une ordonnance de Monsieur Purgon » (II, 9). Le divertissement égale l'« ordonnance » : c'est affirmer que, loin d'être anodin, il peut guérir de bien des maux.

Du rire à la risée : satires véhémentes

Contre les mariages d'intérêt

Mais comme toujours avec Molière, le rire est un rire « aux dépens de » : certes, il s'agit

PARCOURS

Spectacle et comédie.

LA COMÉDIE-BALLET

Spectacle mêlant théâtre, musique et danse, la comédie-ballet naît en 1661 sous l'impulsion de Molière et du compositeur italien Lully qui travaillent avec le chorégraphe Beauchamp à la création des *Fâcheux*. Ensemble, ils vont ainsi créer une petite dizaine d'œuvres dont certaines connaissent un grand succès comme *Monsieur de Pourceaugnac* (1669) et *Le Bourgeois gentilhomme* (1670). Mais en 1672, Lully rachète le privilège de l'Académie royale de musique et obtient ainsi le monopole sur tous les spectacles musicaux, délivrant l'autorisation ou non à d'autres d'en créer. Molière en est donc réduit à demander au roi la permission de travailler avec seulement quelques musiciens (six chanteurs et douze violons) pour *Le Malade imaginaire* en 1673.

LA COMMEDIA DELL'ARTE

La *commedia dell'arte* apparaît en Italie au XVIe siècle et conquiert l'Europe et même la Russie. Il s'agit d'un théâtre d'improvisation : les comédiens s'attribuent un personnage et improvisent à partir d'un canevas (une trame) simple, en inventant de petites scènes ou des *lazzi* (intermèdes comiques mimés, accompagnés parfois d'un maigre dialogue, sans rapport avec l'intrigue). Les histoires varient ainsi au gré des représentations. La *commedia dell'arte* met en scène des personnages types parmi lesquels on trouve les *zanni* (valets) tels qu'Arlequin ou Scapin, le vieillard avare et libidineux nommé Pantalon, le soldat fanfaron nommé Capitan, etc. La *commedia dell'arte* constitue une véritable source d'inspiration pour Molière et le théâtre français.

de s'amuser, mais aussi, par le rire, **d'amener les hommes à se corriger de leurs défauts en les épinglant sur la scène**. La critique des mariages d'intérêt, sujet central de bien des farces, est une constante des pièces de Molière. Elle redouble cependant d'intensité ici en se dédoublant : deux mariages servent de cible, celui projeté par Argan de sa fille Angélique avec le jeune médecin Thomas Diafoirus et celui d'Argan lui-même avec la vénale Béline. Toinette puis Béralde tentent de le convaincre de ne pas marier Angélique dans son intérêt, mais dans celui de sa fille.

La réplique finale de Béralde dans la scène 3 de l'acte III prend même le tour d'une brève **moralité** : « je vous dirai que [...] pour le choix d'un gendre, il ne faut pas suivre aveuglément la passion qui vous emporte, et qu'on doit, sur cette matière, s'accommoder un peu à l'inclination d'une fille, puisque c'est pour toute la vie, et que de là dépend tout le bonheur d'un mariage ». La critique des mariages d'intérêt atteint son acmé lorsque Argan, contrefaisant le mort, découvre que, loin de le pleurer, Béline se réjouit de son décès et ne songe qu'à s'emparer de son argent (III, 12).

Les mauvais médecins tournés en dérision

Mais le principal point de mire de cette comédie intitulée *Le Malade imaginaire* est bien sûr constitué par **les excès des médecins**. Molière en croque (à pleines dents !) tous les défauts, depuis **le pédantisme** bien (ou mal) appris du jeune Thomas Diafoirus (dont le discours fleuri tourne court dès lors que la mémoire lui fait défaut, II, 6) jusqu'à **l'ignorance** crasse et dangereuse du médecin joué par Toinette (qui, à tout symptôme énoncé répond « le poumon » et à toute ordonnance prescrite par ses pairs s'exclame « ignorant », III, 10) en passant par **l'autoritarisme** despotique de Monsieur Purgon. Celui-ci ne mâche pas ses mots en qualifiant la désobéissance d'Argan d'« attentat contre la médecine », de « crime de lèse-Faculté » et passe du ton d'un juge proférant une sentence à celui d'un sorcier lançant une malédiction (III, 5).

La satire des mauvais médecins culmine dans **la savoureuse parodie** offerte par le dernier intermède, dans lequel des comédiens jouent des médecins et imitent leur parlure savante par un mélange de mots latins, français et de termes français latinisés de façon fantaisiste.

Se jouer des limites ou la liberté de tout jouer

L'art de contourner la censure

Sans cesse, Molière a été confronté à de violentes oppositions lors de la création de ses comédies. Au fil du temps, il a développé **un art de contourner la censure** dont il semble offrir une démonstration dans cette pièce.

Afin de parvenir à parler à Angélique malgré la surveillance d'Argan, Cléante, déguisé en maître de musique, a l'idée de chanter avec elle « un petit opéra qu'on a fait depuis peu » (II, 5) et qui est en réalité une invention personnelle : des « vers libres, tels que la passion et la nécessité peuvent faire trouver à deux personnes qui disent les choses d'eux-mêmes, et parlent sur-le-champ » explique-t-il à Argan **dans un discours à double sens** qui expose à Angélique le fonctionnement de son ingénieux système de communication. Cléante imagine une pastorale dont il calque l'intrigue sur ce qui s'est passé entre Angélique et lui, comme leur rencontre qu'il raconte (II, 5) en reprenant les éléments divulgués par l'héroïne un peu plus tôt (I, 4).

Ce faisant, il parvient non seulement à déclarer son amour à Angélique, mais aussi à obtenir d'elle l'assurance du sien, lui faisant répéter à l'envi des « je vous aime » et allant jusqu'à décrire clairement leur situation avant d'éveiller les soupçons d'Argan. Difficile de ne pas voir dans cette scène **une mise en abyme de l'art d'esquiver la censure**.

Défense de la liberté d'expression

Molière va encore plus loin dans la scène 3 de l'acte III : par un autre effet de mise en abyme, Béralde conseille à Argan d'aller voir les comédies de Molière. C'est l'occasion pour Molière auteur de **répondre à ses détracteurs** en expliquant, par l'entremise de Béralde, l'objet exact de ses railleries : « Ce ne sont point les médecins qu'il joue, mais le ridicule de la médecine », puis en revendiquant le droit à la satire.

Par un extraordinaire pied de nez, en jouant Argan, c'est-à-dire un personnage représentant ses adversaires qui dénigre à n'en plus finir ses comédies, Molière comédien ridiculise ces mêmes adversaires en même temps qu'il désamorce leurs critiques. Il fait ainsi miroiter en les réconciliant les divers sens de (se) jouer (de) : *s'amuser, interpréter un rôle, se moquer,* comme il le rappelle dans un clin d'œil à la scène 13 de l'acte III, avant un dernier intermède de théâtre dans le théâtre.

DEUX ARTICLES DU *MONDE* À CONSULTER

- Ah ! le grand médecin p. 38
(Jacques Longchampt, *Le Monde* daté du 24.03.1990)
- « Le Malade imaginaire » à l'Atelier p. 39
(Colette Godard, *Le Monde* daté du 07.04.1987)

L'OPÉRETTE

Apparue en France au XIXᵉ siècle, l'opérette est une pièce légère et courte (un ou deux actes), qui s'amuse à parodier des sujets sérieux en alternant parties parlées, parties chantées et danses burlesques.

LE MUSIC-HALL

Il s'agit d'un spectacle de variétés qui se développe en France vers 1848 et qui se compose de tours de chant, de numéros comiques et parfois d'attractions, attirant un public populaire, en quête d'un divertissement festif.

LA COMÉDIE MUSICALE

Héritée de la comédie-ballet, de l'opérette et de la revue de music-hall, la comédie musicale désigne une pièce et, plus tard, un film, mêlant prose, parlée et chantée, et danse. À la différence des précédents spectacles musicaux, la comédie musicale se détache de la musique classique et fait la part belle à d'autres styles de musique comme le jazz. Si certains historiens du genre font remonter ses débuts à *The Shop Girl* de George Edwardes en 1892 en Angleterre, la plupart d'entre eux s'accordent à donner à *The Black Crook* (1866), adaptation du mythe de Faust, les honneurs de la création du genre. L'avènement du cinéma parlant à la fin des années 1920 marque un tournant : à partir du *Chanteur de jazz* (1927) d'Alan Crosland, les comédies musicales connaissent un essor sans précédent et certaines d'entre elles deviennent des succès internationaux tels *Top Hat* (1935), *Chantons sous la pluie* (1952) et *West Side Story* (1961) pour n'en citer que quelques-unes.

Dissertation

La comédie n'est-elle qu'un divertissement ?

Vous répondrez à cette question en vous appuyant sur Le Malade imaginaire *de Molière ainsi que sur des lectures personnelles.*

Introduction

Analyse du sujet :
La comédie a souvent été considérée comme un spectacle léger : le but qu'elle affiche, faire rire le spectateur, l'a souvent reléguée au rang de simple distraction sans conséquence. Certes, la comédie fait rire à gorge déployée à partir de petits riens, de situations futiles, mais cela signifie-t-il pour autant qu'il ne faille pas la prendre au sérieux ?

Annonce du plan :
Nombre d'auteurs comiques ont revendiqué haut et fort le simple droit d'amuser par tous les moyens leur public. Néanmoins, le rire provoqué par la comédie est souvent un rire « aux dépens de » : un personnage, une situation suscitent la moquerie du spectateur, mettant ainsi en évidence un défaut, un ridicule. Cette capacité à faire rire que détient la comédie s'avère alors libératrice.

Le plan développé

I. La liberté d'amuser par tous les moyens

A. Des plaisanteries prosaïques

« Je voudrais bien savoir si la grande règle de toutes les règles n'est pas de plaire et si une pièce de théâtre qui a attrapé son but n'a pas suivi un bon chemin », dit Dorante dans la scène 6 de *La Critique de l'École des femmes* de Molière : assurément, le but de la comédie est l'amusement du public.

Pour ce faire, elle n'hésite pas à recourir au comique décrié, mais toujours efficace du « bas corporel ». *Le Malade imaginaire* lui consacre une place non négligeable en mentionnant les maux d'Argan et les ordonnances des médecins. Ce comique culmine lorsque Monsieur Purgon se met à maudire Argan à grand renfort de maladies digestives : de la « bradypepsie » à la « dyspepsie », de la « dyspepsie » à l'« apepsie », de l'« apepsie » à la « lienterie », etc. (III, 5).

B. Les fastes de la comédie : séduire et fasciner

Mais le divertissement que propose la comédie se traduit aussi par un art de séduire et fasciner le spectateur, comme c'est le cas avec la comédie-ballet qui ne ménage pas ses effets en mêlant théâtre, danse et musique.

Dans *Le Malade imaginaire*, le prologue et les trois intermèdes mettent en scène des univers très différents, de la pastorale au carnaval en passant par la *commedia dell'arte* et l'orientalisme. Outre l'animation produite par la musique et la danse, on imagine assez bien le faste des costumes, des maquillages, des lumières tel qu'a pu essayer de les reproduire Jean-Marie Villégier dans sa mise en scène au théâtre du Châtelet en mars 1990.

La comédie s'affirme comme un divertissement préoccupé seulement de plaire et d'amuser. Pourtant le rire qu'elle provoque n'est pas aussi bénin qu'il le semble.

II. Faire rire pour mieux dénoncer les travers du monde

A. Des pièces engagées

Sous couvert de faire (innocemment) rire le spectateur, bien des comédies pourraient être qualifiées de pièces engagées, car elles dénoncent, en les tournant en dérision, les injustices sociopolitiques de leur temps.

Les pièces de Molière en sont bien sûr un exemple : si dans *Le Malade imaginaire* il s'attaque au pouvoir excessif des médecins, dans *Tarfuffe*, l'une de ses pièces les plus polémiques, il s'en prend à l'influence abusive des faux dévots.

Un siècle plus tard, la comédie prend une teinte explicitement politique avec *Le Mariage de Figaro* de Beaumarchais. Dans son célèbre monologue, Figaro met à mal la société des trois ordres et des privilèges en invectivant le comte en son absence : « Parce que vous êtes un grand seigneur, vous vous croyez un grand génie ! ... noblesse, fortune, un rang, des places, tout cela rend si fier ! Qu'avez-vous fait pour tant de biens ? vous vous êtes donné la peine de naître, et rien de plus [...] » (V, 3).

B. Une école de sagesse

La comédie, en exagérant les manies d'un individu au point d'en faire un « type », se révèle aussi être une école de sagesse. S'ouvrant au plus fort de la crise monomaniaque d'un personnage qui tyrannise son entourage, elle mène peu à peu à sa défaite en ridiculisant au fur et à mesure toutes ses obsessions.

MOTS CLÉS

MISE EN ABYME
Fait pour un texte de se prendre lui-même pour objet ou de se représenter lui-même comme un élément de l'œuvre. Il y a « théâtre dans le théâtre » lorsque les personnages d'une pièce deviennent eux-mêmes spectateurs d'une pièce de théâtre à l'intérieur de celle à laquelle ils appartiennent.

PASTORALE
Récit qui raconte, dans un cadre champêtre, les amours de héros qui sont des bergers et des bergères. La pastorale s'inspire de la poésie grecque et latine de Théocrite et de Virgile et a nourri aussi bien le genre romanesque que le genre théâtral. Elle connaît un grand succès au théâtre à la Renaissance et continue à se développer au XVIIe siècle grâce à l'esthétique galante et précieuse, tout en s'étendant au genre de l'opéra.

CITATIONS

- « Les plus beaux traits d'une sérieuse morale sont moins puissants, le plus souvent, que ceux de la satire ; et rien ne reprend mieux la plupart des hommes que la peinture de leurs défauts. C'est une grande atteinte aux vices que de les exposer à la risée de tout le monde », Molière, préface de *Tartuffe*.

- « La musique n'ajoute pas peu d'ampleur à cette magnificence du rire ; surtout, elle le rend possible ; elle désarme la critique ; elle livre la raison aux folies des sens. En même temps, elle adoucit l'ironie, elle enlève à la parole railleuse ce qu'elle a toujours d'un peu sec », Romain Rolland, *Les Origines du théâtre lyrique moderne*.

Médecin tenant une seringue (gravure).

C'est le cas dans *L'École des femmes* de Molière, où Arnolphe incarne le stéréotype de l'homme qui craint d'être cocu au point d'élever une jeune fille dans le secret et l'ignorance de tout pour en faire une épouse docile.

Dans *Le Malade imaginaire*, la scène d'ouverture lors de laquelle Argan fait ses comptes et énumère à n'en plus finir tout ce qu'il a payé aux médecins, donne une juste idée de sa folie, dont les autres personnages tentent de le guérir en lui faisant prendre conscience de l'excès dans lequel il est tombé.

Le rire provoqué par la comédie est moins anodin qu'il ne le semble à première vue : le spectateur rit de personnages ou de situations qui lui apparaissent tout à coup risibles, car il en perçoit, par un effet de grossissement comique, tout le ridicule. C'est que le divertissement occasionné par la comédie permet, en lui faisant prendre de la distance, de libérer le spectateur.

III. Un rire libérateur : divertir ou l'art de détourner des pensées sombres

A. Le rire comme remède

Certes la comédie est un divertissement, mais un divertissement au sens fort du terme puisque celui-ci vient du latin *divertere* qui signifie « détourner ».

La comédie est ainsi ce qui permet de se détourner de ses ennuis, comme l'explique Françoise à Irénée dans *Le Schpountz* de Pagnol : « Quand on fait rire sur la scène ou sur l'écran, on ne s'abaisse pas, bien au contraire. Faire rire ceux qui rentrent des champs, avec leurs grandes mains tellement dures qu'ils ne peuvent plus les fermer ; [...] Ceux qui reviennent de l'usine, la tête basse, les ongles cassés, avec de l'huile noire dans les coupures de leurs doigts... » De fait, le divertissement apporté par la comédie est un remède qui vaut bien « une ordonnance » comme le déclare Béralde à Argan dans *Le Malade imaginaire* (II, 9).

B. Philosophie du rire : dépasser la crainte de la mort

Le divertissement comique permet aussi de dépasser certaines de ses peurs et, parmi elles, la plus répandue, celle de la mort.

C'est bien cette peur qui hante Argan : les multiples maladies qu'il s'invente n'en sont que l'expression. C'est une facétie imaginée par sa servante qui lui offre l'occasion d'apprivoiser sa crainte : Toinette, pour éprouver la véracité des sentiments de Béline puis d'Angélique à son égard, lui propose de faire semblant d'être mort.

Si Argan s'inquiète la première fois (« N'y a-t-il point quelque danger à contrefaire le mort ? », III, 11), il obtempère sans objection la seconde fois. Jouer au mort (et faire naître de belles frayeurs chez ses victimes en mettant fin à la plaisanterie !) lui permet de mettre la mort à distance et, ainsi, de surmonter sa phobie.

Conclusion

La comédie assume pleinement son caractère de divertissement en se donnant comme dessein premier de faire rire son public par tous les moyens et, comme mission, de parvenir à le détourner de ses idées noires : si le rire s'élève à partir de petits riens, par la dimension d'exutoire qu'il possède, il hisse celui qui le laisse s'échapper au-dessus des évènements et le réconcilie avec sa finitude.

ZOOM SUR...

Le baroque.

Ce courant littéraire apparaît à la fin de la Renaissance et s'éteint peu à peu avec les débuts du classicisme. Il est caractérisé par le recours à la mise en abyme, le goût pour les jeux sur la perspective et l'illusion d'optique et le choix de l'irrégularité, de l'asymétrie et du foisonnement. Ses thèmes de prédilection sont la hantise de la mort et la vanité de l'existence humaine.

Les Plaisirs de l'île enchantée.

Du 7 au 13 mai 1664 ont lieu de grandes fêtes au château de Versailles, commandées par Louis XIV, organisées par le duc de Saint-Aignan et conçues par le machiniste et décorateur Carlo Vigarani. Leur déroulement s'appuie sur un épisode du *Roland furieux* de l'Arioste, où la magicienne Alcine retient prisonniers dans son palais des chevaliers qui s'ingénient à inventer des amusements pour passer le temps. Durant les cinq journées que durent ces fêtes grandioses, toutes sortes de spectacles et divertissements se succèdent : défilés et courses équestres, illuminations et feux d'artifice, loteries, visites de la Ménagerie, ballets, comédies-ballets, comédies. Molière y donne quatre comédies : *La Princesse d'Élide*, *Les Fâcheux*, *L'Hypocrite* et *Le Mariage forcé*. *L'Hypocrite* est la première version de ce qui deviendra *Tartuffe* : en attaquant les faux dévots, Molière déclenche parmi la Cour un véritable scandale qui marque le début de l'affaire du *Tartuffe*.

Marivaux, *Les Fausses Confidences*

Créée à la Comédie-Italienne à Paris le 16 mars 1737, *Les Fausses Confidences* est la vingt-septième pièce de Marivaux, auteur reconnu alors âgé de 49 ans, et sa dernière comédie en trois actes. Lors de sa création, le succès n'est pas au rendez-vous : il faut attendre sa reprise au Théâtre-Français après la Révolution française pour qu'elle devienne l'une des œuvres de Marivaux les plus appréciées du public. Non sans raison : loin de se réduire à un simple badinage ou « marivaudage » comme cela a souvent été reproché au théâtre de Marivaux, cette comédie se fait le reflet de l'évolution de la société française, annonçant les bouleversements sociaux et politiques de la fin du siècle.

Portrait de Marivaux par Louis-Michel von Loo, 1753.

Une comédie grinçante

Persistance des formes traditionnelles du comique

On retrouve dans *Les Fausses Confidences* **les formes traditionnelles du comique** qui provoquent chez le spectateur un rire franc, comme le comique de mots (sur le verbe « donner », mal compris par Arlequin, I, 8) ou le comique de situation (Dorante se retrouve en un instant fiancé à Marton à cause de Monsieur Remy alors même qu'il projette de séduire Araminte, I, 4).

De même, Marivaux ayant toujours travaillé avec les comédiens du Théâtre-Italien, on trouve encore trace de l'influence de **la *commedia dell'arte*** dans cette pièce, notamment par le biais du personnage d'Arlequin, stéréotype du valet balourd et rustaud, uniquement intéressé par les victuailles et/ou la boisson et dont les bévues donnent lieu à de véritables saynètes comiques.

D'un valet à l'autre : du rire à l'inquiétude

C'est sous un tout autre jour que se présente le deuxième personnage de valet de cette comédie, Dubois. **Il s'oppose en tous points à Arlequin** et rappelle les personnages de serviteurs rusés que l'on trouve dans les comédies de Plaute. Car, à la différence d'Arlequin dont la balourdise ralentit l'action de la pièce, Dubois, lui, fait progresser l'intrigue. Plus encore, c'est lui qui, de bout en bout, en dirige le cours comme il le décrète dès le début de la pièce, en jurant à Dorante qu'il épousera Araminte : « vous réussirez, vous dis-je. Je m'en charge, je le veux, je l'ai mis là » (I, 2).

Là où Arlequin fait rire, **Dubois aurait tendance à troubler** : sa détermination, son habileté à feindre et à manipuler, si elles prêtent à sourire, ne font pas moins de lui un personnage inquiétant.

Le tableau d'une société en pleine mutation

La veuve émancipée

Avec cette comédie en apparence anodine, Marivaux saisit en réalité sur le vif les indices **d'une profonde et lente évolution de la société**, comme autant de signes avant-coureurs de la Révolution française qui éclatera quelques dizaines d'années plus tard. Les rôles sociaux sont en effet en train de changer, comme le révèle l'héroïne de la pièce, Araminte, dont la situation reflète à la fois la difficulté du sort des femmes sous l'Ancien Régime et les premières manifestations de

PARCOURS

Théâtre et stratagème.

RHÉTORIQUE
Art du discours ou art d'argumenter, c'est-à-dire d'employer les mots pour convaincre et persuader son interlocuteur. Elle est un élément important des pièces qui reposent sur la réalisation d'un stratagème : sa réussite dépend en effet en grande partie de la capacité du personnage qui complote à influencer par la parole ses interlocuteurs.

APARTÉ
L'aparté désigne le discours qu'un personnage prononce sans être entendu des autres personnages (ce qui relève bien sûr d'une convention théâtrale). Entendu des spectateurs, l'aparté, qui dévoile les pensées de celui qui s'exprime, permet d'informer le public sur ses véritables motivations. Il révèle ainsi le double jeu de certains personnages, notamment ceux qui trament des machinations contre les autres.

DÉGUISEMENT (OU TRAVESTISSEMENT)
Changement d'identité (sexe et/ou condition sociale) d'un personnage par le biais d'un accessoire (costume et/ou port d'un masque). Le personnage peut vouloir dissimuler sa véritable identité (Rosalinde qui fuit la persécution de son oncle dans *Comme il vous plaira* de Shakespeare) ou usurper celle d'un autre personnage (Jupiter qui prend l'apparence d'Amphitryon dans la pièce de Molière). On retrouve ce procédé aussi bien dans la comédie que dans la tragédie. Le fait qu'un personnage ignore sa véritable identité est aussi considéré comme un déguisement (bien qu'inconscient) et donne lieu la plupart du temps au moment de la « reconnaissance », qui contribue à dénouer la situation.

leur désir d'émancipation.

Le caractère d'Araminte s'affirme en effet au fil des scènes, en même temps que croît son amour pour Dorante. De son refus de le renvoyer (II, 11) à l'annonce de leur mariage (III, 13), c'est à une véritable fronde d'Araminte que l'on assiste, elle qui dénonce à haute voix les manœuvres dont elle fait l'objet : « il y a dans tout ceci des façons si désagréables, des moyens si offensants, que tout m'en choque » (III, 8).

Le valet affranchi

Outre Araminte, un autre personnage affermit peu à peu sa liberté d'action : Dubois. Valet de son état, il s'impose pourtant comme **le personnage maître de cette pièce**, dépassant de loin sa condition et surpassant, bien que le servant, son propre maître, Dorante.

La relation qui les lie ne manque pas **d'ambiguïté**. L'écart entre eux tend à se réduire puisque Dorante, personnage de plus haute condition, se fait engager au service d'Araminte, ce qui le place (bien qu'en tant qu'intendant il conserve un statut plus élevé que Dubois) au rang des serviteurs. La situation semble parfois bel et bien inversée entre Dubois et Dorante, Dubois n'hésitant pas à donner des ordres directs à son maître comme dans la scène 17 de l'acte II où il multiplie les recours aux formes impératives et oppose de sèches fins de non-recevoir à ses demandes.

Dans le piège des mots

La maîtrise du langage, un enjeu de pouvoir

Si Dubois paraît dominer de loin toutes les situations, c'est qu'à la différence de la plupart des personnages de cette pièce, il détient **une parfaite maîtrise du langage** comme une excellente connaissance de ses effets.

Arlequin prend les mots au pied de la lettre (I, 8). Marton parle trop et, pour son malheur, ne saisit que trop tard les doubles sens glissés par Dubois (I, 17 et III, 2) ou Dorante (II, 3). Quant à Madame Argante, elle se laisse aller à l'injure en traitant Dorante d'« impertinent » (III, 5), puis Monsieur Rémy, son oncle, de « bonhomme » (III, 6), lequel ne se prive pas de répliquer, en dépit de la différence de condition qui les sépare. Enfin, la parlure très policée, voire maniérée du Comte qui multiplie les litotes, s'avère désuète (III, 8) et le dessert auprès d'Araminte. Le rapport qu'entretiennent les personnages avec le langage est révélateur de **l'influence qu'ils exercent** au sein de leur microsociété.

Le doux poison des mots

En fin connaisseur de la puissance du langage, Dubois s'ingénie à distiller ses paroles à l'oreille d'Araminte afin d'éveiller en elle un tendre intérêt pour Dorante. Relatant les circonstances dans lesquelles Dorante se serait épris d'elle, il recourt **au topos de la rencontre à l'Opéra**. Il prend alors soin de rendre son récit vraisemblable en insistant sur un jour de la semaine (« c'était un vendredi, je m'en ressouviens ; oui un vendredi », I, 14) tout en passant sous silence la date exacte de cette rencontre : à la fois vraisemblable et romanesque, ce récit dont la véracité est invérifiable ne peut que flatter Araminte qui s'y laisse prendre.

De même, Dubois use de **tous les artifices possibles** pour exalter ses sentiments, comme la jalousie en lui inventant une rivale (I, 14) ou la connivence en lui faisant croire qu'elle détient le secret de la passion de Dorante à son insu (I, 14). Dubois évalue si bien le poids de sa parole qu'il n'hésite pas à en faire miroiter la valeur, par exemple dans la scène 10 de l'acte II où il se fait prier pour dire « un mot ».

Araminte, de plus en plus consciente **du pouvoir que les paroles de Dubois ont sur elle**, tente de s'en prémunir : « tais-toi donc, tais-toi » lui enjoint-elle (II, 12) avant de réitérer plus tard cette demande (II, 16 et III, 9). En dépit de ces dénégations, Araminte a déjà bu tout le poison de ses discours et s'est éprise de Dorante. En élève modèle, elle a cependant appris en observant son valet à manier le langage à son avantage, au point de « tendre un piège » (II, 12) à Dorante en lui dictant une fausse déclaration au Comte afin de le forcer à lui avouer son amour. Mais Dorante, bien qu'en apparence réduit au silence sur sa passion, se révèle lui-même très adroit avec les mots.

DEUX ARTICLES DU *MONDE* À CONSULTER

- « La Double Inconstance », de Marivaux p. 40
  (Michel Cournot, *Le Monde* daté du 16.02.1988)
- Anouk Grinberg : « Marivaux explore les méandres de l'âme » p. 40-41
  (Propos recueillis par Fabienne Darge, *Le Monde* daté du 01.03.2010)

DRAME ROMANTIQUE ET CONSPIRATION

Dans la plupart des pièces de théâtre, les héros sont confrontés à un complot qu'ils doivent déjouer, comme dans *Marie Stuart* de Schiller, où Marie Stuart tente d'échapper à sa mise à mort décrétée par sa cousine Élisabeth Ire. Mais, avec la création du drame romantique au XIXe siècle, apparaissent des héros qui fomentent eux-mêmes des conspirations. C'est le cas d'Hernani, dans la pièce de Victor Hugo, qui, par vengeance, projette de tuer le roi Don Carlos. La pièce de Musset *Lorenzaccio* repose, elle, tout entière sur le dessein de Lorenzo d'assassiner son cousin le duc Alexandre de Médicis, tyran de Florence, afin de restaurer la république. Ce choix d'un héros conspirateur permet à Musset de représenter les tourments intérieurs de ce personnage romantique, déchiré entre la hauteur de ses idéaux et la cynique trivialité de la réalité.

LUTTES ET JOUTES AMOUREUSES

Outre la politique, l'amour est le grand inspirateur de ruses et de stratagèmes ingénieux. Les pièces de Marivaux en sont bien sûr un parfait exemple, les personnages n'hésitant pas à changer d'identité pour s'assurer de l'amour de l'élue de leur cœur (*L'Épreuve*) ou pour découvrir incognito leur futur(e) promis(e) (*Le Jeu de l'amour et du hasard*). L'amour est l'enjeu d'une véritable bataille pour réunir les deux jeunes amoureux (*L'École des femmes* de Molière ou *Roméo et Juliette* de Shakespeare), lorsqu'il n'est pas l'objet d'une lutte entre les amoureux eux-mêmes qui ne parviennent pas à s'avouer leur amour mutuel (*On ne badine pas avec l'amour* de Musset).

Commentaire

Vous commenterez ce texte issu de la pièce Les Fausses Confidences *de Marivaux.*

ARAMINTE. — Mais dans la situation où vous êtes, quel intérêt aviez-vous d'entrer dans ma maison, et de la préférer à une autre ?
DORANTE. — Je trouve plus de douceur à être chez vous, Madame.
ARAMINTE. — Il y a quelque chose d'incompréhensible en tout ceci ! Voyez-vous souvent la personne que vous aimez ?
DORANTE, *toujours abattu.* — Pas souvent à mon gré, Madame ; et je la verrais à tout instant, que je ne croirais pas la voir assez.
ARAMINTE, *à part.* — Il a des expressions d'une tendresse ! *(Haut.)* Est-elle fille ? A-t-elle été mariée ?
DORANTE. — Madame, elle est veuve.
ARAMINTE. — Et ne devez-vous pas l'épouser ? Elle vous aime, sans doute ?
DORANTE. — Hélas ! Madame, elle ne sait pas seulement que je l'adore. Excusez l'emportement du terme dont je me sers. Je ne saurais presque parler d'elle qu'avec transport !
ARAMINTE. — Je ne vous interroge que par étonnement. Elle ignore que vous l'aimez, dites-vous, et vous lui sacrifiez votre fortune ? Voilà de l'incroyable. Comment, avec tant d'amour, avez-vous pu vous taire ? On essaie de se faire aimer, ce me semble : cela est naturel et pardonnable.
DORANTE. — Me préserve le ciel d'oser concevoir la plus légère espérance ! Être aimé, moi ! Non, Madame. Son état est bien au-dessus du mien. Mon respect me condamne au silence ; et je mourrai du moins sans avoir eu le malheur de lui déplaire.
ARAMINTE. — Je n'imagine point de femme qui mérite d'inspirer une passion si étonnante : je n'en imagine point. Elle est donc au-dessus de toute comparaison ?
DORANTE. — Dispensez-moi de la louer, Madame : je m'égarerais en la peignant. On ne connaît rien de si beau ni de si aimable qu'elle ! Et jamais elle ne me parle ou ne me regarde, que mon amour n'en augmente.
ARAMINTE, *baisse les yeux et continue.* — Mais votre conduite blesse la raison. Que prétendez-vous avec cet amour pour une personne qui ne saura jamais que vous l'aimez ? Cela est bien bizarre. Que prétendez-vous ?
DORANTE. — Le plaisir de la voir quelquefois, et d'être avec elle, est tout ce que je me propose.
ARAMINTE. — Avec elle ! Oubliez-vous que vous êtes ici ?
DORANTE. — Je veux dire avec son portrait, quand je ne la vois point.
ARAMINTE. — Son portrait ! Est-ce que vous l'avez fait faire ?
DORANTE. — Non, Madame ; mais j'ai, par amusement, appris à peindre, et je l'ai peinte moi-même. Je me serais privé de son portrait, si je n'avais pu l'avoir que par le secours d'un autre.
ARAMINTE, *à part.* — Il faut le pousser à bout. *(Haut.)* Montrez-moi ce portrait.
DORANTE. — Daignez m'en dispenser, Madame ; quoique mon amour soit sans espérance, je n'en dois pas moins un secret inviolable à l'objet aimé.
ARAMINTE. — Il m'en est tombé un par hasard entre les mains : on l'a trouvé ici. *(Montrant la boîte.)* Voyez si ce ne serait point celui dont il s'agit.
DORANTE. — Cela ne se peut pas.
ARAMINTE, *ouvrant la boîte.* — Il est vrai que la chose serait assez extraordinaire : examinez.
DORANTE. — Ah ! Madame, songez que j'aurais perdu mille fois la vie, avant d'avouer ce que le hasard vous découvre. Comment pourrai-je expier ?... *(Il se jette à ses genoux.)*

Marivaux,
Les Fausses Confidences, Acte II, scène 15

Introduction

Présentation de l'extrait

Avertie par Dubois de l'amour que Dorante lui porte, Araminte a tenté une première fois dans la scène 13 de l'acte II de l'amener à lui avouer ses sentiments en lui faisant écrire une fausse déclaration au Comte : sans succès. Dans cette scène, Araminte vient d'apprendre de la bouche même de Dorante qu'il n'aime ni Marton ni le riche parti qui s'était présenté à lui, mais une troisième femme. Elle décide alors d'essayer une seconde fois de le pousser à dévoiler le nom de celle qu'il aime, non sans prendre le risque de trahir ses propres sentiments.

Problématique et annonce du plan

En quoi peut-on dire que Marivaux fait de cette scène d'aveu une véritable partie de jeu entre les deux protagonistes ? Araminte semble dans un premier temps mener la partie, en prenant l'initiative de soumettre Dorante à un interrogatoire amoureux. Mais celui-ci, fidèle aux règles de la galanterie, ne se déclare qu'à demi-mot, ne tombant pas dans le piège qu'elle lui tend. En fin de compte, ce pourrait bien être Araminte qui se laisse attraper.

Le plan développé

I. Un interrogatoire amoureux

A. Évaluer la profondeur des sentiments de Dorante

L'interrogatoire auquel Araminte soumet Dorante lui permet tout d'abord d'évaluer la profondeur de ses sentiments.

La passion avec laquelle Dorante évoque la femme qu'il aime provoque chez Araminte un fort mouvement de surprise comme l'indiquent, dans son premier aparté, l'exclamation et l'expression emphatique (« d'une tendresse »).

La stupéfaction d'Araminte ne fait que croître au fur et à mesure que les mots employés par Dorante pour décrire son amour gagnent en puissance. Lorsqu'elle dit ne questionner son intendant que « par étonnement » sur « une passion si étonnante », la dérivation qui fait passer d'« étonnement » à « étonnante » trahit l'intensité de sa surprise, tout comme l'emploi répété d'adverbes (« **si** étonnante » ; « Elle est **donc** »).

B. Amener Dorante à se déclarer

Informée de la passion de Dorante à son égard et ayant déjà échoué une première fois à la lui faire avouer, Araminte dans cette scène joue le tout pour le tout : ses neuf premières répliques (sur un total de douze) contiennent toutes une à deux questions, ce qui fait un total de treize questions dans ce court extrait !

Leur brièveté (quelques mots qui s'enchaînent parfois deux par deux) dit l'impatience d'Araminte comme la pression qu'elle exerce sur Dorante, à qui elle laisse à peine le temps de répondre.

Cet interrogatoire franchit un palier supérieur avec la répétition de « Que prétendez-vous » dans la même réplique, suivie par un échange de stichomythies (répliques brèves) entre Araminte et Dorante. C'est ensuite par l'abandon de l'interrogation au profit de l'impératif qu'un dernier palier est passé.

Quoique l'emploi de l'interrogation et de l'impératif place Araminte en position dominante dans ce dialogue, Dorante cependant ne faiblit pas et ne lui livre qu'un aveu à demi-mot.

II. Un aveu à demi-mot

A. Une déclaration galante

Refusant toute déclaration d'amour directe, Dorante n'en fait pas moins une déclaration galante à Araminte. En effet, Dorante ne se résout jamais à outrepasser le respect qu'il doit à Araminte selon les règles de la galanterie : étant d'une position sociale inférieure à la sienne, il ne peut lui parler de son amour sans risque de l'offenser.

Choisissant alors de ne jamais lui adresser directement sa déclaration, mais mentionnant toujours l'objet de son amour à la troisième personne du singulier, Dorante n'en recourt pas moins à tout le vocabulaire de la passion amoureuse. Il emploie ainsi le verbe « adorer » dans son sens fort ou encore le terme « transport » qui désigne une très vive émotion.

Il assure ne pouvoir décrire la femme aimée, car elle est au-dessus de tout (« On ne connaît rien de si beau ni de si aimable qu'elle ! ») et se dit par deux fois prêt à mourir plutôt que de trahir son secret.

B. Une ambiguïté savamment cultivée

Dorante n'en cultive pas moins l'ambiguïté, parsemant ses réponses évasives d'indications pratiques très précises.

Dans l'ordre, il annonce ainsi à Araminte que la femme qu'il aime est « veuve », puis qu'elle est d'« un état bien au-dessus du [s]ien » : autant d'éléments qui ne peuvent que confirmer Araminte dans l'idée qu'il lui parle d'elle.

Dorante va même plus loin en lui laissant entendre par deux fois qu'il se trouve chaque jour en présence de cette femme. Lorsque Araminte lui demande quel intérêt il a à travailler chez elle, il joue dans sa réponse sur le terme « douceur », qui appartient également au vocabulaire galant et amoureux.

Si Dorante paraît en mauvaise posture dans ce dialogue où Araminte tente de le mettre au pied du mur, ce n'est qu'à première vue, car, en réalité, tout se déroule selon son souhait.

III. Telle est prise qui croyait prendre...

A. Un coup d'avance

Araminte ne peut gagner la partie amoureuse qui se joue dans cette scène, car Dorante a pipé les dés : contrairement à ce qu'elle croit, il sait qu'elle a connaissance de son amour puisque Dubois, à sa demande, le lui a révélé.

C'est pour cette raison que Dorante peut se permettre des paroles ambiguës : parce qu'il sait qu'Araminte en saisira le double sens. Il maîtrise donc entièrement la situation dans cette scène, comme le confirme l'ironie comique qui perce dans cette réplique : « Hélas ! Madame, elle ne sait pas seulement que je l'adore. »

Autre indice de sa maîtrise de la situation, l'emploi anticipé et figuré du verbe « peindre » (« je m'égarerais en la peignant ») par lequel il amène peu à peu la conversation sur le portrait pictural qu'il a réalisé d'Araminte et qu'il a sciemment fait intercepter par Arlequin et Marton afin que son amour soit connu de tous. Ainsi Dorante, qui semblait respecter toutes les conventions sociales, les transgresse.

B. Araminte s'expose

Aussi Araminte est-elle en réalité dans cette scène celle qui s'expose et découvre malgré elle ses sentiments.

Son impatience, qui se manifeste par l'accumulation de questions et d'exclamations, est le signe de son intérêt pour Dorante. Ses dénégations (« Je ne vous interroge que par étonnement »), les précautions oratoires qu'elle prend (« par hasard » ; « si ce ne serait point ») et les ouvertures qu'elle ménage en direction de Dorante (« On essaie de se faire aimer, ce me semble : cela est naturel et pardonnable ») sont autant d'indices de sa tendresse pour lui.

Enfin, la multiplication des impératifs à la fin de l'extrait, en signalant sa détermination à faire avouer à Dorante son amour, achève de trahir celui qu'elle éprouve pour lui.

Conclusion

Marivaux, fidèle à sa conception de l'amour comme jeu entre les deux protagonistes, fait de cette scène une partie serrée entre Araminte et Dorante. Mais les dés ont été pipés dès le début par Dorante, et l'aveu progressif qu'il fait de son amour à Araminte n'est en réalité que l'une des fausses confidences qui émaillent cette pièce, rappelant que, au théâtre, il ne saurait y avoir de véritables confidences.

Jean-Luc Lagarce, *Juste la fin du monde*

Juste la fin du monde est l'une des dernières pièces de théâtre de Jean-Luc Lagarce, écrite peu de temps après qu'il a appris sa séropositivité. Les notes de création conservées dans son *Journal* révèlent que cette pièce s'intitulait à l'origine *Quelques éclaircies*. Si la trame reste la même (un homme décide de rendre visite à sa famille pour lui annoncer sa mort prochaine), l'évolution du titre manifeste le changement de tonalité de l'œuvre : l'optimisme esquissé par les éclaircies laisse place à un sentiment de fin du monde, perçu tantôt comme tragique, tantôt comme dérisoire.

Jean-Luc Lagarce

Du drame familial à la comédie de la famille

Une reconnaissance manquée

Le retour du héros dans la maison familiale après plusieurs années d'absence s'accompagne d'un désir : celui **d'être reconnu par les siens**. Il peut être compris comme une volonté de donner à ses proches une seconde chance de le connaître (*re-connaître* prend alors le sens de *connaître une seconde fois*) et de leur permettre de découvrir ses qualités (*reconnaître* prend alors le sens d'*obtenir la considération des autres*).

Sur le plan dramaturgique, **la « reconnaissance » est aussi un procédé théâtral**, employé habituellement à la fin d'une pièce pour en permettre le dénouement. Or, dans cette pièce, tout se joue dès le début : Louis doit se faire reconnaître par ses proches et il a un secret à leur avouer. Mais il ne parvient à faire ni l'un ni l'autre. C'est son frère, Antoine, qui entérine cette reconnaissance manquée : « tu ne sais pas qui je suis, / tu ne l'as jamais su, / ce n'est pas ta faute et ce n'est pas de la mienne / non plus, moi non plus, je ne te connais pas [...] / on ne se connaît pas » (partie 1, sc. 11). Si toute reconnaissance est impossible, c'est que les personnages avouent ne s'être jamais connus. Ils se révèlent prisonniers des rôles qu'ils se sont attribués les uns aux autres.

Une vaine tentative de dé-jouer

Le retour de Louis peut de ce fait apparaître comme **une tentative de dé-jouer** : déjouer l'intrigue qu'il prévoit, dé-jouer la distribution des rôles. Lorsqu'il a entrepris son voyage, il savait déjà quelle tournure allaient prendre les événements : « c'est exactement ainsi, / lorsque j'y réfléchis, / que j'avais imaginé les choses, / vers la fin de la journée, / sans avoir rien dit de ce qui me tenait à cœur / – c'est juste une idée mais elle n'est pas jouable » (partie 2, sc. 1). Prévoyant tout ce qui va advenir, Louis voudrait en contrarier le cours et imposer une nouvelle trame à l'histoire familiale. Mais il réalise vite que ce projet n'est pas « jouable » : il est condamné, comme les autres, à endosser son costume habituel.

Car chacun joue en effet **sa comédie familière et familiale**. Louis est le frère aîné « désirable et lointain, distant » (intermède, sc. 5), Antoine, le frère au « mauvais caractère,

PARCOURS

Crise personnelle, crise familiale.

TRAGÉDIE ET FAMILLE

Dans la tragédie, le héros ou l'héroïne tente vainement d'échapper à une malédiction familiale. Ainsi, l'histoire des grandes familles tragiques de la mythologie gréco-romaine que sont les Atrides (Agamemnon, Ménélas, Clytemnestre, Iphigénie, Oreste et Électre) et les Labdacides (Œdipe, Jocaste, Étéocle et Polynice, Antigone, Ismène) ont inspiré les trois grands auteurs tragiques grecs, Eschyle, Sophocle et Euripide. Eschyle s'intéresse aux Labdacides dans *Les Sept contre Thèbes* et aux Atrides dans l'*Orestie*. Sophocle consacre trois pièces aux Labdacides, *Antigone*, *Œdipe roi*, *Œdipe à Colone* et une aux Atrides, *Électre*. Euripide quant à lui s'intéresse aux Atrides avec *Électre*, *Oreste*, *Iphigénie en Tauride* et *Iphigénie à Aulis*. La tragédie explique le destin funeste du héros ou de l'héroïne tragique par leur ascendance : ils sont condamnés à expier malgré eux des crimes commis par leurs ancêtres, comme Phèdre encore, protagoniste des pièces de Sénèque et de Racine.

LUTTES FRATRICIDES

Sujet à la fois mythologique (Romulus et Rémus) et biblique (Caïn et Abel), la lutte entre deux frères a souvent été représentée sur scène. Le combat entre Étéocle et Polynice, les fils d'Œdipe, a par exemple inspiré Eschyle (*Les Sept contre Thèbes*) et Racine (*La Thébaïde*). C'est encore ce thème qui intéresse Racine dans sa tragédie *Britannicus* qui met en scène

borné » (partie 1, sc. 4), Suzanne, la petite sœur qui parle trop, la mère, celle qui ressasse et Catherine, la belle-sœur « simple, claire, précise » (partie 1, sc. 7). Chaque personnage énonce un jugement sur les autres dont aucun ne peut se libérer, comme le déclare Antoine à Louis : « car tu le voudrais, tu ne saurais plus t'en défaire, tu es pris à ce rôle » (partie 2, sc. 3). À tel point que Suzanne, la petite sœur, indique à Louis le moment de la conversation où il faudrait qu'il lui dise « Ta gueule, Suzanne » et que celui-ci, pour respecter le jeu de rôles, s'exécute (partie 1, sc. 7).

DEUX ARTICLES DU *MONDE* À CONSULTER

- Jean-Luc Lagarce, héros théâtral p. 42
(Fabienne Darge, *Le Monde* daté du 12.10.2006)
- Bouleversante « fin du monde » p. 43
(Martine Silber, *Le Monde* daté du 10.03.2008)

Une pièce sans action

Une structure statique

L'une des particularités de cette pièce est l'absence d'action qu'elle présente : il ne se passe rien, **les seuls actes observables sont des actes de langage**. La structure de la pièce repose sur des scènes comme juxtaposées, une suite de paroles isolées : soit le dialogue ne prend pas entre les personnages dans les scènes de groupe, soit la parole est confisquée par un seul personnage durant une scène entière, donnant lieu à une succession de **monologues**. La parole solitaire de Louis vient régulièrement ponctuer la pièce : au début (prologue), à la fin (épilogue) et au début de la seconde partie (sc. 1).

Au centre de la pièce survient l'intermède, comme dans un hors-temps, un hors-lieu, à mi-chemin entre le rêve et le fantasme, contribuant à fragmenter un peu plus la temporalité, à disloquer le réel. Pas de péripéties, pas de coups de théâtre, il n'est question que de langage : de la volonté de dire, de l'incapacité de dire.

Paroles en l'air

Tout comme aucune action ne s'engage, aucune parole ne se réalise : **le langage ne fait que sanctionner l'impossibilité de l'action**. Les personnages ne font que dire ce qu'ils feraient *si*, énoncer ce qu'ils diraient *si* : « Je souhaite quant à moi, / ce que je souhaitais, / je serais heureux de pouvoir… » (partie 1, sc. 6). Les nombreuses **épanorthoses**, le plus souvent exprimées par des changements de temps et de modes des verbes, indiquent le caractère velléitaire des paroles prononcées.

De la velléité au **mensonge**, il n'y a d'ailleurs qu'un pas et les personnages se complaisent en fausses promesses. La mère demande ainsi à Louis de mentir : « même si ce n'est pas vrai, un mensonge qu'est-ce que ça fait ? Juste une promesse qu'on fait en sachant par avance qu'on ne la tiendra pas » (partie 1, sc. 8).

Dire la lente paralysie de la vie

Dialogues de sourds-muets

Juste la fin du monde met en scène **l'échec du dialogue** : chacun se heurte à la difficulté de dire à l'autre ce qu'il voudrait exprimer. Louis le premier, dans la scène 5 de la première partie, avoue qu'il « ne trouve pas les mots » avant de conclure que sa famille l'aime comme un mort, « sans pouvoir ni savoir jamais rien [lui] dire ». Il est pris entre prières de parler et prières de se taire. Suzanne et la mère veulent qu'il se dévoile, qu'il raconte. À l'inverse, Catherine et Antoine lui intiment l'ordre de ne rien dire. À la difficulté pour Louis de parler répond **le refus d'Antoine d'écouter** : « tu voudras me parler / et il faudra que j'écoute / et je n'ai pas envie d'écouter » (partie 1, sc. 11).

Dès lors que l'un des personnages prend la parole, ou il s'excuse de le faire ou il s'emploie à fournir une interprétation des mots qu'il prononce, comme la mère qui ne cesse de commenter son propre discours : « ce que j'essaie de dire » (partie 1, sc. 4). Miné de toutes parts, le dialogue ne peut s'établir.

Observer l'inéluctable

Si les personnages ne parviennent pas à communiquer, c'est aussi que toutes leurs amorces de conversations **sont arrimées au passé**. Un passé que chacun recrée à sa façon, sur lequel chacun a son mot (définitif) à dire, comme l'explique la mère dans la scène 8 de la première partie. Pour chacun des personnages, il ne s'agit que d'exposer son point de vue, sa vérité, comme le permet au théâtre la focalisation zéro.

Pourtant cette pièce, et cela fait sa singularité, semble adopter une focalisation interne en privilégiant le point de vue de Louis qui, dépassant les limites du personnage de théâtre, se place en narrateur et en témoin d'une histoire qu'il raconte autant qu'il la (re) joue, brouillant les frontières entre les genres littéraires.

l'assassinat de Britannicus par son frère Néron.

COMÉDIE ET FAMILLE

La comédie est elle aussi fondée sur des histoires de famille mais, par définition, plus légères. Le mariage en est la grande affaire et il s'agit pour le héros ou l'héroïne d'échapper à un mariage d'affaires conclu par son père ou sa mère afin d'épouser l'élu(e) de son cœur et fonder sa propre famille. La comédie se plaît alors à croquer les membres de la famille en « types » (souvent hérités de la *commedia dell'arte*) : la grand-mère parangon de morale chrétienne, le père avare ou hypocondriaque, la belle-mère vénale, la jeune fille innocente, le fils naïf, etc. On retrouve ces personnages dans différentes pièces de Molière comme *L'École des femmes*, *Tartuffe*, *Le Médecin malgré lui*, *Le Malade imaginaire*, etc. Dans la comédie comme dans la tragédie, le héros ou l'héroïne tentent d'échapper à l'emprise familiale.

TROIS SŒURS, CINQ SŒURS

Dans le théâtre du XXe siècle, le personnage de la sœur représente souvent le type de la femme qui n'a pas réussi à vivre sa vie, déchirée entre aspirations personnelles et fidélité à l'ordre familial (dont elle finit par rester prisonnière). Plusieurs auteurs se sont plu à mettre en scène des fratries uniquement composées de sœurs qui attendent indéfiniment dans leur maison que quelque chose arrive, comme Tchekhov avec *Les Trois Sœurs*, García Lorca avec *La Maison de Bernarda Alba* et Lagarce avec *J'étais dans ma maison et j'attendais que la pluie vienne*.

Dissertation

Louis est-il un héros tragique ?

Vous répondrez à cette question en vous appuyant sur Juste la fin du monde *de Jean-Luc Lagarce ainsi que sur des lectures personnelles.*

Introduction

Analyse du sujet :

Selon le critique Jacques Morel, « le héros tragique entend s'affirmer dans le présent d'une action, fût-elle désespérée. Il n'existe que dans la mesure où il refuse d'être condamné seulement parce qu'il est homme, et veut mériter sa mort ou sa grâce par un acte libre » (*La Tragédie*). Parce qu'il affirme dans le prologue vouloir « paraître pouvoir là encore décider » et se donner « l'illusion d'être responsable de [lui]-même et d'être [...] [s]on propre maître » alors qu'il se sait condamné, Louis peut apparaître comme un héros tragique : à la veille de sa mort, il s'obstine à essayer de renouer les liens avec sa famille. Mais ce qui advient dans cette pièce n'a cependant rien d'une tragédie : personnages, actions, lieu, situations ne sont pas ceux de ce genre dramatique. Louis peut-il encore de ce fait être considéré comme un héros tragique ?

Annonce du plan :

Du héros tragique, Louis possède à la fois le destin funeste et l'absence d'espoir. L'histoire dans laquelle il évolue n'est pourtant que celle d'une famille comme les autres. Néanmoins, par l'émotion qu'il provoque, par l'angoisse et le désespoir qui l'étreignent, Louis porte indéniablement en lui une part de tragique.

Le plan développé

I. Une lutte sans espoir

A. Un héros condamné

Comme les héros tragiques, Louis est par avance condamné. Il sait qu'il n'y aura pas d'autre issue pour lui que la mort.

Il ne cherche pas à s'y dérober, à se leurrer mais au contraire à reprendre une certaine maîtrise du cours de sa vie en projetant d'annoncer la nouvelle à ses proches : « dire, / seulement dire, / ma mort prochaine et irrémédiable, / l'annoncer moi-même, en être l'unique messager » (prologue).

Se faire le messager de sa disparition à venir c'est, par le langage, regarder la mort en face et la dépouiller de son pouvoir de terreur. Mais ce n'est en aucun cas la contrer et l'épilogue s'ouvre sur ces mots de Louis : « Je meurs quelques mois plus tard, / une année tout au plus ».

B. Une histoire déjà écrite

Tout comme il se sait condamné, Louis n'ignore pas qu'il se lance, en revenant dans la maison familiale, dans une cause perdue, car tout est déjà joué d'avance : « c'est exactement ainsi, / lorsque j'y réfléchis, / que j'avais imaginé les choses, / vers la fin de la journée, / sans avoir rien dit de ce qui me tenait à cœur / [...] je repris la route » (partie 2, sc. 1).

Il ne peut alors qu'observer les choses se dérouler de la façon dont il l'avait prévue, vérifier ses hypothèses, se laisser entraîner à inventer ce qui aurait pu être : « On les devine par avance, / on s'amuse, je m'amusais, / on les organise et on fait et on refait l'ordre de leurs vies » (partie 1, sc. 10).

Comme le héros tragique, Louis ne peut ni échapper à une fin funeste ni changer le cours des choses. Mais à la différence de lui, il n'est confronté qu'à de simples événements familiaux.

II. Une simple histoire de famille

A. La banalité du quotidien

Juste la fin du monde ne met en scène que la banalité du quotidien familial. Les personnages racontent des anecdotes qui ressemblent à celles de nombreuses autres familles.

La mère rappelle ainsi à ses enfants les habituelles promenades dominicales avec leur père : « Pas un dimanche où on ne sortait pas, comme un rite, / je disais cela, un rite, / une habitude » (partie 1, sc. 4).

Elle se complaît à donner des détails d'une trivialité bien éloignée de la tragédie, comme lorsqu'elle décrit la façon qu'avait le père de laver sa voiture : « Le matin du dimanche, il la lavait, il l'astiquait, un maniaque, / cela lui prenait deux heures » (partie 1, sc. 4). Par cette description des petites choses de la vie, corollaire de l'absence de toute transcendance dans cette pièce, *Juste la fin du monde* se trouve très éloignée de la tragédie.

MOTS CLÉS

DRAME

En grec, *drama* signifie à la fois « action » et « conflit ». Le mot « drame » désigne donc toute forme d'action théâtrale, celle-ci reposant sur un conflit originel. Ce n'est qu'à partir du XVIIIe siècle, avec la création du drame bourgeois, que ce terme se met à désigner un nouveau genre théâtral, autre que la tragédie et la comédie. À la suite du drame bourgeois, diverses sortes de drames voient le jour : drame romantique, drame symboliste et drame moderne. Ce dernier met en scène l'impossibilité de l'action humaine face à l'adversité sous toutes ses formes (déterminisme social, hantise de la mort, usure du temps, etc.).

MONOLOGUE

Le monologue désigne le moment où le personnage, seul en scène, se parle à lui-même. En vérité, le monologue de théâtre est toujours en partie un dialogue : à l'intérieur de son discours solitaire, le personnage peut s'adresser à un autre personnage absent (être aimé, ennemi, Dieu, etc.) ou discuter avec lui-même, comme si deux parties différentes de lui entretenaient un dialogue (conflit interne). En outre, il ne faut pas oublier que le monologue a toujours au moins un récepteur (ou auditeur), car il est écouté par les spectateurs.

SOLILOQUE

À la différence du monologue, le soliloque désigne le discours du personnage qui ne produit aucun effet de communication. Lorsqu'il soliloque, le personnage est souvent dans un état second (rêve, ivresse, folie, angoisse, etc.). Le soliloque serait « le monologue moderne [qui] enferme le personnage dans la subjectivité d'un vécu sans transcendance ni communication » (Gérard Genette, *Figures III*).

B. Les sempiternelles disputes familiales
De même, les seules actions qui ponctuent la pièce sont des disputes familiales, celles qui durent et se renouvellent entre les membres de la famille depuis des années et d'autres, qui surgissent tout à coup.

Le retour de Louis provoque en effet plusieurs brouilles entre Antoine et Suzanne qui rythment la pièce, Antoine accusant sa sœur de se retourner contre lui depuis que Louis est arrivé : « Toute la journée tu t'es mise avec lui, / tu ne le connais pas » (partie 2, sc. 2).

Antoine s'en prend aussi à Louis, n'hésitant pas à le singer dans la scène 9 de la première partie, ce qui l'amène à répliquer : « Tu te payais ma tête, tu essayais ». Autant de chamailleries ordinaires et insignifiantes en comparaison des grandes altercations de la tragédie.

Alors que par le prosaïsme de l'histoire qu'elle représente, cette pièce s'oppose en tous points à une tragédie, Louis s'affirme comme un personnage tragique par la détresse qui l'habite et l'émotion qu'il suscite chez le spectateur.

III. Un désarroi tragique

A. L'incommunicabilité entre les êtres
Confronté à l'impossibilité de nouer un dialogue avec ses proches, Louis exprime une angoisse poignante dont l'intermède donne toute la mesure.

Le découragement qu'il éprouve se traduit par l'image d'une maison aux dimensions démesurées : « dans mon rêve encore, toutes les pièces de la maison étaient loin les unes des autres, / et jamais je ne pouvais les atteindre ». Cette maison aux pièces inatteignables traduit l'impression éprouvée par Louis de ne jamais pouvoir se rapprocher des siens.

Ces dialogues impossibles exacerbent son sentiment de solitude : « C'est comme la nuit en pleine journée, on ne voit rien, j'entends juste les bruits, j'écoute, je suis perdu et je ne retrouve personne ». L'égarement de Louis, la sensation d'être éloigné de tous et de tout sont portés au même paroxysme que la solitude du héros tragique.

B. L'horizon de la mort
C'est aussi le désespoir qui perce chez Louis lorsqu'il évoque sa propre mort – inexorable et de plus en plus proche – qui fait de lui un personnage saisissant.

Désespoir parfois mâtiné de révolte et d'ironie comme dans la scène 10 de la première partie, mais qui dissimulent mal le désir lancinant de s'en sortir, malgré tout : « Tous les agonisants ont ces prétentions [...] / donner de grands coups d'aile imbéciles, / errer, perdu déjà et / croire disparaître, / courir devant la Mort, prétendre la semer ».

C'est ce réflexe de peur et de désespoir d'un homme face à la mort (qui n'attend rien d'un quelconque dieu ni quelconque au-delà), auquel s'oppose la volonté de continuer à vivre, la force de narguer encore la camarde qui, bouleversant le spectateur, le hisse au rang de personnage tragique : « La Mort prochaine et moi, / [...] nous nous promenons, / nous marchons la nuit dans les rues désertes légèrement embrumées et nous nous plaisons beaucoup. / Nous sommes élégants et désinvoltes. »

Conclusion

Si, comme le héros tragique, Louis décide d'agir encore, alors même qu'il se sait condamné et qu'il n'ignore pas que tout est déjà écrit, il n'est certes pas le héros d'une tragédie, n'ayant à affronter à son retour dans la maison familiale que les mêmes éternelles disputes, les mêmes éternelles histoires, mille fois déjà ressassées. Mais lorsque Louis, aux prises avec la solitude et la mort à l'œuvre, laisse entendre la terreur qui l'étreint, il acquiert une véritable stature tragique : son visage vulnérable et abandonné devient celui de l'humanité tout entière et cet ultime cri – de joie, de vie – qu'il n'aura pas poussé ne peut que rappeler aux êtres humains le silence inéluctable qui les guette.

CITATIONS

ÉPANORTHOSE
Figure par laquelle le locuteur corrige immédiatement ce qu'il vient de dire, donnant l'impression qu'il formule sa pensée en même temps qu'il l'exprime. Ex. : « C'est un roc ! c'est un pic !... c'est un cap ! Que dis-je, c'est un cap ? C'est une péninsule ! », *Cyrano de Bergerac* (1897), Edmond Rostand.

RECONNAISSANCE (*ANAGNORISIS* EN GREC)
Découverte à la fin d'une pièce de théâtre de faits secrets ou ignorés et/ou de l'identité véritable d'un personnage. En révélant des vérités jusque-là inconnues, la reconnaissance permet le dénouement (le plus souvent heureux) de la pièce.

- « Que feront-ils de moi lorsque je ne serai plus là ? On voudrait commander, régir, profiter médiocrement de leur désarroi et les mener encore un peu. On voudrait les entendre, je ne les entends pas, leur faire dire des bêtises définitives et savoir enfin ce qu'ils pensent. » (Lagarce, *Juste la fin du monde*)

- « À moins que cette pièce ne soit à ce point habitée par la violence destructrice des événements et des rapports de domination qu'elle s'emploie à la détourner, héritière en ceci de la tragédie classique, ou les catastrophes sont renvoyées au hors-scène non de ne pas exister mais d'exister trop fortement pour être soutenables, et où les mots s'offrent comme la possibilité ultime et irremplaçable de mourir en beauté. » (Catherine Brun, « Jean-Luc Lagarce et la poétique du détour : l'exemple de *Juste la fin du monde* »)

Ah ! le grand médecin

« Le Malade imaginaire » au Châtelet avec les fastes, musique et danses de Marc-Antoine Charpentier

Les enchanteurs d'*Athys*, William Christie, Jean-Marie Villégier et Francine Lancelot, se retrouvent au Châtelet pour nous donner le fastueux spectacle d'un *Malade imaginaire* remonté pour la première fois tel qu'il apparut à la création, jusqu'au jour fatal où, dans la cérémonie finale, le pauvre malade, Molière, cracha le sang et s'en alla mourir chez lui.

C'était, en effet, alors, une comédie *« mêlée de musique et de danses »*, composées par Marc-Antoine Charpentier, dont une partie importante n'a été retrouvée que très récemment par le musicologue américain John Powell dans un recueil manuscrit de la Comédie-Française. Le spectacle durait (et dure toujours) quatre heures et réclamait une profusion de danseurs comme d'instrumentistes, ce qui militait en faveur d'une réduction à la seule pièce de Molière. Mais pour nous, c'est un privilège de pouvoir retrouver la comédie-ballet dans toute sa splendeur, comme l'an passé au Festival d'Aix-en-Provence *la Reine des fées* de Purcell (*le Monde* du 11 juillet).

Un grand prologue pastoral d'une demi-heure à la gloire de Louis XIV (qui ne l'entendit jamais), un intermède italien aux mélodies délicieuses précèdent une farce où Polichinelle se fait bastonner par des Ripoux, avant l'acte II, un petit opéra « improvisé » qui permet à Cléante de faire sa cour à Angélique à la barbe des Diafoirus, un adorable divertissement dansé par *« des Egyptiens vêtus en Mores »* avant l'acte III, enfin la cérémonie des médecins : Marc-Antoine Charpentier a fait bonne mesure.

Splendeur italienne

Sa musique répand un parfum de féerie autour de la comédie assez dure, à l'emporte-pièce, de Molière, où les personnages bénéfiques (Toinette, Béralde, les amoureux) ont bien besoin de renfort pour vaincre les forces mortifères des Béline, Purgon et autres Diafoirus. Comme une sorte de *« rite de fertilité »*, écrit Marc Fumaroli, où l'esprit sombre de l'hiver, du malheur et de la mort va tenter fictivement et vainement de combattre l'esprit printanier de fécondité, de bonheur et de vie. Le musicien de trente ans tout empli de la lumière de Rome venait envelopper de rêve (mais aussi d'un comique hilarant *in fine*) les imprécations contre la médecine d'un mourant acharné dans son combat désespéré.

La réalisation des comédies-ballets et autres spectacles analogues, dont raffolait le XVIIe siècle, pose toujours le problème délicat de l'agencement des deux genres dans le temps et dans l'espace. Dans le temps, le long prologue peut inquiéter qui est venu surtout voir une pièce de Molière, mais l'alternance est ensuite agréable entre l'action parlée et les divertissements, qui délassent et enchantent.

Dans l'espace, l'équilibre est moins certain. Pour déployer tous les fastes de la danse, avec la profusion des merveilleux costumes de Patrice Cauchetier, dont chacun mérite d'être contemplé, Carlo Tommasi utilise toute la profondeur du Châtelet en une très longue salle de danse reposant sur des piliers de béton, avec un plafond bas à caissons et de superbes éclairages rasants. D'où une impression de splendeur italienne, de couleurs d'étoffes rares qui s'accordent si bien avec les murmures des violons, des luths et des flûtes, les chansons humoristiques des hautbois et bassons, les chœurs opulents et flexibles des *Arts florissants*.

Mais lorsque la haute marée des chants et des danses se retire, cet immense décor paraît assez vide et dur. Les acteurs s'y trouvent un peu perdus et ont quelque mal à endosser leur personnage, même s'ils donnent une agréable réplique à Jean Dautremay. Ce malade, d'ailleurs, suffit à nous ravir, naïf et finaud à la fois, berné et enfantin, mais rebondissant comme un lutin, finalement ravi d'être entraîné dans la comédie qu'il s'est donnée.

Pourtant le dernier mot reste à la musique et à la danse, peut-être parce que les *Arts florissants*, comme *Ris et danceries*, constituent aujourd'hui des troupes à l'apogée de leur travail et de leur talent. Les uns sous la direction royale de William Christie en perruque, dans son bel habit blanc frappé du soleil louis-quatorzien ou en maître de l'Ordre des médecins revêtu d'une pourpre cardinalice ; les autres dansant sur les pas de Francine Lancelot, qui n'a peut-être jamais

POURQUOI CES ARTICLES ?

L'article que Jacques Longchampt consacre à la mise en scène du *Malade imaginaire* par Jean-Marie Villégier au théâtre du Châtelet en mars 1990 rend compte du travail de reconstitution opéré par le metteur en scène qui, pour la première fois, recrée cette pièce en son entier, telle que l'avait conçue Molière. Les mises en scène précédentes de la pièce réduisaient en effet cette œuvre à sa seule dimension théâtrale, en « coupant » le prologue et les intermèdes chantés et dansés. Le compte-rendu de Jacques Longchampt permet ainsi de redécouvrir l'œuvre de Molière sous toutes ses facettes et d'en saisir l'aspect grandiose.
L'article de Colette Godard, quant à lui, est centré sur une interprétation du personnage d'Argan qui a durablement marqué le rôle : celle de Michel Bouquet. Cette analyse du jeu de ce grand acteur laisse entrevoir le processus par lequel un rôle révèle un acteur qui, à son tour, dévoile de nouveaux replis du personnage qu'il interprète.

atteint à cette grâce et à ce naturel, à cette harmonie prodigieuse des figures.

On aimerait revenir un jour longuement sur la musique de Marc-Antoine Charpentier qui égale ici celle des comédies-ballets de Lulli avec un abattage exceptionnel, tant dans la cérémonie finale que dans la scène où Polichinelle (l'éblouissant Alain Trédout) se bat avec les violons puis avec les policiers. Bornons-nous à égrener les noms bien connus des chanteurs qui nous ont toujours ravis avec Christie, Monique Zanetti, Howard Crook, Jean-François Gardeil, Bernard Deletré, Dominique Visse et tous les autres.

Jacques Longchampt,
Le Monde daté du 24.03.1990

« Le Malade imaginaire » à l'Atelier

Les vertiges de la solitude

La pièce la plus amère de Molière. Son dernier rôle. Dans le fauteuil légendaire où il fait vivre son personnage, il y a aujourd'hui Michel Bouquet, grandiose.

Blafard, les jambes pendantes sur son fauteuil trop grand, Argan, l'hypocondriaque amoureux de la médecine, fait ses comptes. Il recense les soins dont il fait l'objet, et par ce biais chemine à l'intérieur de son corps, ce corps voué à la mort, où la mort s'est installée comme dans un palais vide, une caverne qu'elle a peuplé de souffrances, d'angoisses sourdes.

Argan a le regard énigmatique de Michel Bouquet, sa dégaine faussement maladroite, sa voix que la fatigue semble altérer et qui, dans un éclat de colère imprévisible, révèle une force redoutable. Dans sa bouche, le long monologue qui commence la pièce, et par lequel Molière pose le personnage qui fut son dernier rôle, cet inventaire minutieux des soins, des remèdes et du prix à payer – *« Les entrailles de Monsieur, trente sols »* – devient une sourde litanie, un poème surréaliste, une sorte de prière adressée à la mort, et aussi une âpre négociation. Car le Malade marchande, moins par avarice que pour faire durer le plaisir.

Michel Bouquet, dès la première scène, impose un personnage ambigu, qui déjà, ne fait plus tout à fait partie des vivants. La mort a blanchi sa peau, creusé ses traits exsangues, réduit ses lèvres à une fente qui s'ouvre sur un trou noir. Il a les gestes précautionneux de la grande fatigue, et il se fige comme pris de vertige au bord d'un vide, d'un évanouissement. Et puis, des sursauts d'énergie, de panique, le font débouler, déboussolé. Il est comme un pantin de chiffon monté sur ressort, juché sur son fauteuil de bois immense, inconfortable, aménagé avec des tiroirs, avec une tablette, tout ce qu'il faut pour y passer ses derniers moments sans avoir à en descendre. Vêtu d'un costume de nuit, chauve sous un bonnet carré, cabotinant sa mort pour l'exorciser, il ressemble à la fois au roi Lear et à son fou. Comme Lear, il est un tyran capricieux, un monstre d'égoïsme, floué par tous, en particulier par les femmes.

Il est également grugé par les médecins, mais là, il est à son affaire. Il a besoin de la maladie pour se ressentir encore un peu vivant. Enfermé dans sa maladie et dans sa maison, les médecins représentent son seul contact social. Molière était malade et haïssait les médecins qui ne savaient pas le guérir, ne pouvaient pas le protéger de la peur. Il y a quelque chose de trouble dans la haine de cet acteur qui jouant le Malade, dit, en parlant de lui, auteur : *« Quand il sera malade je le laisserais mourir sans secours. Il aurait beau faire et beau dire, je ne lui ordonnerais pas la moindre petite saignée, le moindre petit lavement et je lui dirais : Crève, crève ! »*

Le mot « crève » gronde, se déroule en imprécation douloureuse. Les lèvres minces de Michel Bouquet s'écartent comme si elles allaient se déchirer, son corps se tend en avant dans un spasme, comme s'il voulait extirper de lui le mal. Toute la révolte fascinée contre la mort, la terreur secrète de l'agonie sont là, dans ce mot.

Le Malade de Michel Bouquet est grandiose. Il impressionne, bouleverse, fait peur. Il est moins convaincant quand il retrouve sa fonction d'être humain, père, époux, pauvre homme bien obligé de reconnaître la perfidie de sa femme, l'amour sincère de sa fille. Situation purement théâtrale qui, bizarrement, est traitée par-dessus la jambe. C'est une question de mise en scène. Elle est due à Pierre Boutron qui se contente de faire tenir le rythme. C'est bien, ce n'est pas suffisant. Avec un acteur comme Michel Bouquet, on pouvait espérer aller très loin.

A vrai dire, il est seul. Les comédiens (Juliette Carré, Sonia Vollereaux, André Valardy, André Burton, Jean-Jacques Giry, Jean Gouley...) s'agitent beaucoup, gambadent dans le désordre, plongent dans une convention bien plate. De plus, ils sont empêtrés de lourds costumes d'apparat qui ne les aident sûrement pas, et ne correspondent à rien. Pierre Boutron a peut-être voulu faire jouer la simple farce vaudevillesque pour mettre en lumière, par contraste, les équivoques de Michel Bouquet. Une fois encore, non seulement le spectacle repose sur un seul acteur, mais l'acteur est à lui seul le spectacle. Dans le cas de Michel Bouquet, c'est un bonheur.

Colette Godard,
Le Monde daté du 07.04.1987

« La Double Inconstance », de Marivaux

Pour les bougies de l'anniversaire

C'est un théâtre privé, celui de l'Atelier, qui fête le tricentenaire de la naissance de Marivaux – en février 1688 - en donnant la Double Inconstance.

En ce mois du tricentenaire de Marivaux, rappelons que sa résurrection sur nos théâtres s'est faite en quatre temps.

Le premier, c'est Jean-Louis Barrault qui, en 1946, à Marigny, présente *les Fausses Confidences*. Mise en scène d'ailleurs classique, mais éblouissante, grâce surtout au jeu de Madeleine Renaud et à l'éclat d'une toile peinte, au fond du décor, de Brianchon.

Deuxième temps, *« d'origine modeste »*, selon l'expression consacrée, mais qui fait date : à la gare d'Austerlitz, les travailleurs de la SNCF donnent une mise en scène remarquable de *l'Ile de la raison*, en 1950.

Puis c'est, en 1956, à Chaillot, *le Triomphe de l'amour* animé par Jean Vilar. Enfin, comme dit Frédéric Deloffre, le meilleur connaisseur de Marivaux aujourd'hui, Roger Planchon *« fait disparaitre définitivement l'image d'un Marivaux poudré, musqué et affadi »* en donnant *la Seconde Surprise de l'amour*, en 1959.

A partir de là, Marivaux va être joué sans cesse, sur les scènes privées et publiques, et va donner lieu aux imaginations les plus neuves, témoin *la Dispute*, mise en scène par Jean-Marie Patte en 1965 et deux ans plus tard par Chéreau.

Marivaux, de son temps, ne sut pas plaire à tout le monde. On lui reprochait ses complications, ses chassés-croisés, et son style, qui semblait obscur. *« Il a trouvé le moyen singulier de se rendre guindé avec les termes les plus clairs »*, disait un critique. Et un autre : *« La multitude ne va pas au théâtre pour observer au microscope les fibres du cœur humain. »*

Et le grand défenseur de Marivaux, d'Alembert, disait : *« S'il fait tant de chemin dans ce petit espace, ce n'est pas précisément en repassant par la même route. C'est en traçant des lignes très proches, et cependant très distinctes. »*

Eh bien, aujourd'hui, trois cents ans après la naissance de Marivaux, *la Double Inconstance*, jouée à l'Atelier, balaie toutes ces réserves. Marivaux n'y est pas « guindé », ses plans ne semblent pas restreints, et la « multitude » va y prendre son plaisir. La mise en scène de Bernard Murat n'est pas faite au microscope, c'est le moins que l'on puisse dire, elle est donc menée tambour battant. Des noms de vedettes, Daniel Auteuil, Emmanuelle Béart, sont à l'affiche. Peu importe que Daniel Auteuil se permette des effets comiques qui sont étrangers au rôle, peu importe qu'Emmanuelle Béart ne quitte pas un ton bébé, une voix nunuche, puisque le public vient voir, pour son bonheur, deux figures en vogue du cinéma et de la télévision.

Et puis les « esprits chagrins », comme l'on dit dans ce cas-là, pourront se raccrocher du jeu de l'acteur Robert Rimbaud, qui interprète Trivelin avec intelligence, ferveur, métier, dans le droit fil de Marivaux.

Et après tout, ce qui compte, les soirs d'anniversaire, c'est l'éclat des flammes des bougies, ce n'est pas le degré de finesse de la farine du biscuit.

Michel Cournot,
Le Monde daté du 16.02.1988

Anouk Grinberg : « Marivaux explore les méandres de l'âme »

Aux côtés de Pierre Arditi, l'actrice joue dans « Les Fausses Confidences », mises en scène par Didier Bezace au Théâtre de la Commune, à Aubervilliers

Anouk Grinberg revient au théâtre, après le succès remporté trois ans durant par son spectacle *Rosa, la vie*, lecture des *Lettres de prison* de Rosa Luxemburg. A 46 ans, elle joue au Théâtre de la Commune, à Aubervilliers, l'un des plus beaux personnages féminins de Marivaux, l'un des plus méconnus, aussi : l'Araminte des *Fausses Confidences*, dernier chef-d'œuvre marivaudien, écrit en 1737.

Ou comment une jeune et riche veuve brise les tabous pour épouser son intendant, le jeune et pauvre Dorante. Dans cette mise en scène que signe Didier Bezace, Anouk Grinberg est en bonne compagnie : celle de Pierre Arditi, notamment, qui joue Dubois, valet et deus ex machina de l'amour.

C'est la première fois que vous jouez Marivaux. Vous en aviez envie depuis longtemps ?

Non, pas particulièrement. Je ne le connaissais pas très bien. C'était comme ces pays où on croit être allé, mais où, en fait, on ne s'est jamais rendu. Quand j'ai accepté la proposition de Didier Bezace, je l'ai relu. Un vrai ravissement. Mais surtout une découverte : la manière dont il décrit les profondeurs abyssales de l'âme. Marivaux arrive à attraper tout cela en ne donnant jamais l'impression qu'il sait quelque chose. C'est léger comme du Mozart, mais il explore les méandres de l'âme jusqu'à des régions très reculées, que la pensée et le langage ne peuvent pas atteindre.

Aviez-vous une vision préalable de Marivaux ?

Oui, je croyais qu'on ne pouvait le jouer sans être atteint par ce fameux marivaudage, qui n'est que sa caricature. Or ses personnages ne font pas exprès de ne pas dire la vérité : c'est juste qu'ils ne peuvent pas, et on en est tous là. Bien sûr, il y a dans ses pièces nombre de joueurs, de tricheurs, de manipulateurs, de comploteurs. Mais il y a aussi tous ces personnages qu'on accompagne dans leur parcours pour se connaître eux-mêmes, avec le temps que cela prend - on n'accède pas à soi facilement -, et le langage qui est le dépôt de tous ces méandres. Et quand, en plus, l'amour s'en mêle, cela ajoute au chaos, évidemment...

Mais en même temps, chez Marivaux, l'amour participe au processus de révélation de la vérité...

C'est les deux à la fois... Et d'ailleurs nous le savons bien, nous, humains, qui le vivons, parfois, l'amour, que c'est à la fois une révélation et un trou noir. Une chose qui nous grandit et nous rend minuscules.

D'autant que Marivaux est toujours dans les débuts de l'amour...

Il ne s'occupe pas de raconter l'amour dans la vie conjugale. Il prend ses personnages au moment où ils sont dans une forme d'équilibre, d'endormissement du cœur, et où leur arrive cette chose qui a la force des catastrophes naturelles, contre laquelle on ne peut rien. Et, ce qu'il montre, c'est le schmilblick humain, tellement compliqué : à la fois tout pousse et tout freine à vivre ce nouvel amour.

Rien là-dedans n'a vieilli : parce que le progrès peut agir sur presque tout, mais pas sur le cœur. On a beau être très équipé intellectuellement, on a beau avoir vécu, avoir vu vivre les autres, au moment où l'amour nous percute, on ne sait plus rien. C'est très étonnant comment cet endroit-là est imperméable au progrès et à la maturité.

Araminte occupe-t-elle une place particulière parmi les femmes de Marivaux ?

Oui : d'abord, ce n'est pas une jeune fille. A son époque, c'est une femme terminée, retirée dans une forme d'équilibre minéral : elle n'attend rien, n'a besoin de rien. Et tout à coup lui arrive cet amour de Dorante, qui est doublement de l'ordre de l'impossible, de l'impensable : d'abord parce qu'elle est sourde à elle-même, et parce qu'elle ne peut aimer quelqu'un qui lui est inférieur socialement, et plus jeune qui plus est. Pourtant, cette liberté, elle la prend. C'est très beau, la manière dont elle trouve sa route au milieu de la déroute, et le courage qu'elle a de s'affranchir, de braver les interdits de tous ordres.

Marivaux est un des rares auteurs de son époque à montrer des personnages de femmes qui ne sont ni des victimes, ni des coquettes, ni des manipulatrices à la Merteuil, l'héroïne des « Liaisons dangereuses »...

Araminte n'est pas une femme fragile, un cœur d'artichaut, contrairement à la vision qu'en ont souvent les metteurs en scène hommes. C'est une femme qui, au milieu du vacarme et du paraître, trouve la voie de son accession au bonheur.

Marivaux exige-t-il un jeu particulier ?

Il aimait les acteurs italiens, parce qu'ils étaient naturellement dans la danse, dans le ludique, alors que les comédiens français voulaient toujours montrer qu'ils avaient tout compris.

Pour travailler une matière aussi volatile, il faut laisser tomber l'habileté, la maîtrise, l'analyse. C'est comme un papillon : c'est si beau qu'on voudrait bien l'avoir, mais si on l'a, ce n'est plus un papillon... Jouer avec Pierre Arditi m'apporte beaucoup : c'est un joueur sans entraves, heureux comme un gamin au pâté de sable. C'est merveilleux de savoir s'amuser ainsi au théâtre.

Propos recueillis par Fabienne Darge,
Le Monde daté du 01.03.2010

Jean-Luc Lagarce, héros théâtral

Jusqu'à la fin 2007, partout en France, de nombreux spectacles rendent hommage à l'auteur disparu en 1995

La scène pourrait prendre place dans une pièce de Jean-Luc Lagarce : le 18 septembre était inaugurée à Besançon une esplanade au nom de l'auteur mort prématurément en 1995, à l'âge de 38 ans. La consécration, en somme, pour celui qui s'était juré de *« fuir les cérémonies finales, les enterrements, la remise des prix et les feux de camp »*.

On ne va plus cesser, jusqu'à la fin 2007, de découvrir ou redécouvrir cet auteur sensible et aigu, qui est devenu depuis le début des années 2000 le dramaturge de notre temps le plus joué sur les scènes françaises, loin devant son aîné Bernard-Marie Koltès ou le contemporain Serge Valletti. L'auteur le plus joué en France après Shakespeare et Molière, eh oui (selon une étude réalisée par le ministère de la culture en 2001-2002), mais qui demeure paradoxalement méconnu.

Mais ce qui importe, c'est surtout que les pièces de Lagarce, ces textes aux titres magnifiques - *Le Pays lointain, J'étais dans ma maison et j'attendais que la pluie vienne, Juste la fin du monde, Dernier remords avant l'oubli...* -, prennent avec le temps toute leur profondeur, tapie dans les replis d'une écriture élégante et précise.

Jean-Luc Lagarce aurait eu 50 ans le 14 février 2007, et les amis avec qui il fonda la compagnie et la maison d'édition Les Solitaires intempestifs, François Berreur en tête, organisent dans toute la France une longue « Année Lagarce », remplie de spectacles, d'expositions, de publications (des inédits et une biographie) et de colloques.

Outre l'esplanade bisontine, les festivités s'ouvrent avec trois spectacles qui, ensemble, apportent un éclairage particulièrement intéressant sur l'auteur, sur l'homme de théâtre, également metteur en scène et chef de troupe, sur le rapport au monde et à son époque qui court comme une ligne secrète dans son œuvre.

A Rennes, on a pu voir début octobre *La Cantatrice chauve*, de Ionesco, dans la mise en scène signée par Lagarce en 1991, recréée aujourd'hui par François Berreur et l'équipe d'acteurs de l'époque (elle tournera ensuite dans toute la France).

Au Théâtre national de Strasbourg, qui fait une ouverture de saison très lagarcienne, on peut voir jusqu'au 22 octobre *Nous, les héros (fragments)*, montée par un jeune metteur en scène, Guillaume Vincent, et les *Illusions comiques* d'Olivier Py (*Le Monde* du 12 mai), qui fut un ami proche de l'auteur et en fait un des « héros » de sa brillante réflexion sur le théâtre et l'engagement dans le monde contemporain.

Lagarce, dans sa mise en scène qui a étonnamment peu vieilli, fait de *La Cantatrice chauve* un moment formidablement théâtral et drôle, jouant la mécanique de Ionesco dans la lignée de celles de Feydeau, avec une précision diabolique. Le dialogue totalement absurde entre Mr et Mrs Smith et Mr et Mrs Martin est un concassage en règle de tous les genres théâtraux, du boulevard à Brecht, et le rire qu'il provoque sous la baguette lagarcienne met à distance toutes les manières de faire du théâtre, toutes les façons d'envisager la vie. Mais pas par pure dérision : comme une purification qui permettrait de tout recommencer.

Echantillon humain

C'est passionnant parce que c'est aussi ce que font *Nous, les héros* et *Illusions comiques*, deux spectacles qui se répondent de manière troublante (c'est d'ailleurs Olivier Py qui avait créé la pièce de Lagarce, en 1997) et mettent également le théâtre au cœur de leur propos, par le biais d'un groupe de comédiens. Sans que cela soit jamais narcissique – c'est bien plus fin que cela.

D'abord parce que, depuis Molière, et jusqu'au magnifique film réalisé par Louis Malle à partir de l'*Oncle Vania* de Tchekhov, on sait qu'on ne fait pas mieux qu'un groupe d'acteurs comme échantillon humain pris dans un réseau de relations inextricable.

Mais surtout parce que ce choix dessine une interrogation en profondeur sur ce que cela signifie d'être acteur, au sens plein et entier du terme – acteur de sa propre vie, et de son époque – dans un monde qui, peut-être, laisse peu de place à cette possibilité.

Et *Nous, les héros* est justement un spectacle émouvant comme du Tchekhov, porté par une troupe de comédiens formidables, John Arnold et Annie Mercier en tête. Déclinant par tous les bouts, autour d'une longue table et d'une fête triste, ce qui se joue entre le théâtre et la vie, au point que l'on ne sait plus, à la fin, si les acteurs, en « tenue de ville », comme on dit, parlent d'eux ou de leur personnage.

Que Lagarce soit né en 1957, et donc un peu trop tard pour devenir un « soixante-huitard », est tout sauf anodin : il a été l'un des premiers de cette longue génération qui n'a pas été actrice de l'histoire.

Cela donne un rapport très particulier à la vie, qui empreint ses pièces : une forme de discrétion et, surtout, une manière de toujours reprendre les choses, les réexaminer, les réajuster pour trouver l'endroit où on peut les remettre en jeu, qui est au cœur de toute son écriture. Une écriture qui n'est pas tapageusement novatrice, mais accompagne en profondeur un temps qui fait des enfants de la fin du XXe et du début du XXIe siècle une génération privée du loisir d'agir sur l'histoire, mais tentant néanmoins d'inventer sa liberté et sa responsabilité.

Fabienne Darge,
Le Monde daté du 12.10.2006

Bouleversante « fin du monde »

L'auteur Jean-Luc Lagarce entre à la Comédie-Française, mis en scène par Michel Raskine

Pour l'entrée au répertoire de la Comédie-Française de *Juste la fin du monde*, de Jean-Luc Lagarce, l'auteur dramatique français contemporain le plus joué en France, mort du sida en 1995, à 38 ans, Michel Raskine a axé sa mise en scène sur... le théâtre. Le résultat est brillant et bouleversant.

Quand Lagarce rédige sa pièce, en trois mois, lors d'une résidence « Médicis hors-les-murs », en 1990, à Berlin, il se sait condamné, à terme. Mais il en a eu l'idée, comme le rappelle Jean-Pierre Thibaudat (*Le Roman de Jean-Luc Lagarce*, éd. Les Solitaires intempestifs), avant de connaître sa séropositivité. Louis (Pierre Louis-Calixte) est revenu dans sa famille, un dimanche, après une longue absence entrecoupée de *« petites lettres elliptiques »* griffonnées au dos de cartes postales. Il revient parce qu'il va mourir *« plus tard, l'année d'après »*, et qu'il veut prendre congé des siens et leur parler.

L'instantané et la longueur

Un frère trop différent (Antoine, Laurent Stocker), une sœur trop jeune (Suzanne, Julie Sicard) et une belle-sœur (Catherine, Elsa Lepoivre) étrangère à l'enfance passée, pleine de bonne volonté maladroite qui reflète comme un miroir brisé les cassures et les déchirures. Et cette mère (Catherine Ferran) qui ne dit rien pendant longtemps, qui semble même lointaine, décalée, indifférente, qui ne sait même plus l'âge de son fils, et qui pourtant va expliquer, au beau milieu de la pièce, avec clairvoyance, tendresse et distance, l'impossible retour, les impossibles retrouvailles. Et lui, Louis, ne répondra que par un *« petit sourire »*, comme toujours.

A cet argument simple répond une construction complexe. Louis, qui se dérobe et parle à peine lors des scènes familiales, intervient, seul, au cours de longs monologues, comme en contrepoids. Chaque membre de la famille s'adresse à lui une fois par une longue tirade, alors que les autres échanges sont brefs, percutants. Cette architecture qui mêle l'instantané et la longueur, ajoutée à la langue de Lagarce, faite de phrases fluides, mais souvent entrecoupées d'hésitations sur les mots « justes » ou la grammaire, donnent à l'œuvre sa respiration fragile, entrecoupée, vacillante, que la mise en scène reflète constamment.

Muriel Mayette, l'administratrice du Français, avait demandé au metteur en scène de jouer en *« gros plan »*. La salle Richelieu oublie ses fastes et ses dorures pour laisser place au théâtre et rien d'autre. Le plateau avance jusque dans la salle, créant une proximité avec le public accentuée par l'exigence faite aux spectateurs de jouer leur rôle : leur attention est constamment requise par les comédiens. Le ton est donné d'entrée : la mère attend le public devant une vidéo de Louis, torse nu, et lorsqu'il entre en scène, il enlève l'écran d'un ample geste du bras, claque des doigts, et c'est parti !

Le décor s'apparente à celui d'une répétition : au fond, un rideau rouge ; alignées le long du rideau, des chaises banales portent le nom de l'acteur d'un côté du dossier et celui du personnage de l'autre ; dans un coin, un amoncellement de *« vieilleries »*, sous une guirlande d'ampoules multicolores.

Place aux acteurs : Pierre Louis-Calixte, tantôt gamin, tantôt habité de douleur muette ; Elsa Lepoivre, drôle et fine ; Julie Sicard, exubérante mais peut-être un peu trop stridente ; Catherine Ferran, magnifiquement digne et lointaine, et surtout Laurent Stocker, déchirant face à l'incompréhension de tous. On gardera en mémoire l'un des seuls moments de paix, quand chacun sur une voix chantonne ou siffle le *Prélude op 18 n°3* pour orgue de César Franck, qui accompagne la pièce comme un chant funèbre et doux.

Martine Silber,
Le Monde daté du 10.03.2008

POURQUOI CES ARTICLES ?

L'article de Fabienne Darge dresse un portrait de Jean-Luc Lagarce à l'occasion de l'Année Lagarce, organisée en 2007 par la compagnie et la maison d'édition Les Solitaires intempestifs, qu'il créa avec des amis, dont François Berreur qui chapeauta l'ensemble des manifestations. Car Jean-Luc Lagarce, malgré le succès de ses pièces (il est, après Shakespeare et Molière, l'auteur le plus joué en France) est un auteur dramatique encore mal connu au début du XXIe siècle. Fabienne Darge offre ainsi un panorama de son œuvre, à la fois en tant que dramaturge et en tant que metteur en scène, qui permet de saisir la profondeur de son théâtre et la densité de l'homme.
L'article de Martine Silber décrypte les choix de mise en scène de *Juste la fin du monde* par Michel Raskine au moment où Lagarce vient d'entrer au répertoire de la Comédie-Française. Martine Silber insiste sur la façon dont le travail de Michel Raskine et de ses comédiens met en lumière la langue complexe qui se déploie dans cette pièce, confrontée à la difficulté d'établir un dialogue.

LA POÉSIE DU XIXe SIÈCLE AU XXIe SIÈCLE

Victor Hugo, *Les Contemplations* (livres I à IV)

Victor Hugo.

Lorsque les poèmes des *Contemplations* sont publiés, en 1856, Victor Hugo est déjà un auteur reconnu et une figure politique importante. Écrit en grande partie durant son exil, ce recueil occupe une place bien particulière dans son œuvre colossale. Avec ces vers, Hugo trouve un espace capable d'accueillir le souvenir de sa fille morte en 1843. Dans sa préface, il précise que « ce livre doit être lu comme on lirait le livre d'un mort. » Il ajoute que le recueil se présente aussi comme « les Mémoires d'une âme ».

Itinéraire poétique

D'un livre à l'autre

Ce recueil est organisé avec soin, et les quatre premiers livres qui le composent n'échappent pas à cette règle. Chaque partie semble posséder **son unité et sa couleur**. Dans le premier livre, « Aurore », le poète peut installer un cadre bucolique ou encore évoquer « le firmament [...] plein de la vaste clarté » (I, 4). Sa voix se fait aussi ferme lorsqu'il s'agit de se dresser « contre un acte d'accusation » (I, 7). Le deuxième livre creuse souvent ce sillon, pour laisser s'épanouir cette « âme en fleur ». Les deux livres suivants sont plus sombres. Dans « Les luttes et les rêves », nous sommes loin du cadre champêtre. Hugo nous confronte à la souffrance, à la pauvreté, à la solitude ou à l'injustice, comme dans « Mélancholia » ou dans « Le maître d'études ». La voix poétique semble parfois vaciller, évoquant elle-même des « heures de doute » (III, 3). Cette voix se brise dans le livre IV, qui entame le cycle intitulé « Aujourd'hui ». Tout se passe comme s'il était impossible d'évoquer directement le « 4 septembre 1843 », jour de la mort de Léopoldine Hugo. Ces quelques poèmes pour sa fille, pour reprendre le titre de cette section, évoquent un passé heureux et un présent marqué par la tristesse, comme dans le cinquième poème : « Son regard reflétait la clarté de son âme. / [...] Et dire qu'elle est morte ! Hélas ! que Dieu m'assiste ! » Ce quatrième livre s'achève sur un hommage à Charles Vacquerie, qui venait d'épouser la fille du poète et qui s'est noyé avec elle en tentant de la sauver. L'amour se mêle donc à la tristesse.

Des jalons autobiographiques

L'itinéraire amenant le lecteur à passer d'un livre à l'autre semble d'autant plus organisé qu'il est accompagné de nombreuses dates. Hugo pose ici des jalons pour guider la lecture. C'est également ce que suggère la répartition en **deux grands ensembles** intitulés « Autrefois (1830-1843) » et « Aujourd'hui (1843-1855) ». L'organisation

PARCOURS

Les « Mémoires d'une âme ».

Victor Hugo, dans la préface des *Contemplations*, annonce au lecteur que celui-ci s'apprête à lire les « Mémoires d'une âme ». Il fait ainsi de l'écriture lyrique une forme de témoignage utile à tous les lecteurs.

POÉSIE ÉPIQUE ET POÉSIE LYRIQUE

- La poésie appartient au registre épique lorsque le poète prend en charge l'histoire d'un peuple, ou les grands événements qui l'ont marquée, et qu'il les porte par sa voix. Il les fait résonner, les magnifie, et les transmet comme Ronsard dans *La Franciade* (1572).
- Le poète joue également un autre rôle qui lui fait dire les mouvements les plus intimes du cœur. Dans ce cas, le poète cherche par son lyrisme à exprimer les sentiments et émotions qui l'étreignent, positifs ou négatifs : bonheur, joie, espoir, plainte, regret, nostalgie, etc. Un texte lyrique peut être qualifié d'élégiaque s'il exprime la mélancolie. Le thème en est souvent le malheur en amour, la mort d'un être cher, ou la nostalgie due à l'exil. Joachim Du Bellay rédige par exemple Les Regrets (1558), recueil de sonnets exprimant la déception devant les mœurs romaines et la nostalgie du pays natal.

LA POÉSIE ENGAGÉE

Le poète peut associer lyrisme et dénonciation des travers de son temps. Lorsqu'il témoigne des événements de son époque, il exprime alors son horreur et son indignation en devenant à la fois un observateur et un juge. Ainsi, dans *Les Tragiques* (1615), Agrippa d'Aubigné dépeint les persécutions et les massacres des protestants ; les actions et le pouvoir de Napoléon sont dénoncés dans *Les Châtiments* de Victor Hugo (1852).

est si minutieuse que, dans le livre IV, le troisième poème évoque l'année du décès de Léopoldine : 43. Même si cette dernière n'est pas nommée, à l'inverse de Charles Vacquerie, le recueil comporte un grand nombre de liens explicites avec la vie du poète. **Ces rappels autobiographiques** donnent le sentiment que c'est bien son âme qu'il explore et met à nu sous nos yeux. Ils donnent à ce recueil des allures de mémoires.

Un voyage lyrique

Un « je » troublé

Le recueil, malgré quelques accents **polémiques**, est souvent **lyrique**. Hugo multiplie tout au long du recueil les références **au mythe d'Orphée**. « Oui, je suis le rêveur [...] et j'entends ce qu'Orphée entendit. », proclame-t-il par exemple (I, 27). Comme Orphée, le poète manie la lyre. C'est ce qu'annonce par exemple le deuxième poème du recueil : « Le poète s'en va dans les champs ; il admire, / Il adore ; il écoute en lui-même une lyre ». Le poète « écoute en lui-même » et nous invite à explorer les troubles du « je ». Les marques de la première personne du singulier sont nombreuses, ce qui permet d'inscrire ce recueil dans le registre lyrique et l'histoire du mouvement romantique.

Les émotions se heurtent souvent dans les quatre premiers livres. Certes, le « deuil » amène le poète à exprimer l'ampleur de sa douleur. Le lecteur est invité à **compatir**, c'est-à-dire à souffrir avec les différents personnages des *Contemplations*. Le poète se montre même sensible au calvaire d'un cheval agonisant « sous le bloc qui l'écrase et le fouet qui l'assomme ».

On n'oubliera toutefois pas que, fidèle à son esthétique faite de contrastes, Hugo manie avec brio **l'art du clair-obscur**. Un instant de lumière peut éclairer l'obscurité tandis que la noirceur du présent menace souvent la gaieté d'« autrefois ».

La lutte contre le silence

Ce **nouvel Orphée** doit cependant lutter pour imposer son chant. Si la voix du poète est ferme ou enjouée dans les premiers livres, elle apparaît de plus en plus **menacée par la tentation du silence**. C'est qu'il faut, pour Hugo, parvenir à dire l'indicible. C'est en ce sens que le blanc qui suit la date du 4 septembre 1843 impose un vide menaçant. Le poème suivant montre que ce gouffre a englouti trois années. Le poète parvient à reprendre la parole, mais il semble usé, d'autant que le deuil de sa fille rejoint le souvenir d'une mère partie trop tôt :

Il est temps que je me repose ;
Je suis terrassé par le sort.
Ne me parlez pas d'autre chose
Que des ténèbres où l'on dort !

Le temps se fige dans un présent qui n'avance plus, et les verbes au futur, dans bien des poèmes, sont associés à des marques de la négation.

C'est pourtant précisément en **exhibant ses fêlures** que le poète parvient à lutter contre ce silence qui pourrait avoir raison de sa parole. Un renversement s'opère alors, et les mots, sans nier la douleur ou le doute, l'emportent sur la page blanche. Le lien avec le lecteur, d'un bout à l'autre de ces quatre livres, a finalement raison de **la solitude dont se plaint un poète incompris**, attaqué ou brisé.

Ouvertures

Une quête métaphysique

Cette quête qui mène le « je » vers son passé prend aussi **des accents métaphysiques**. La voix poétique cherche souvent à « aller au bord de l'infini », comme l'annonce Hugo dès la préface et comme le souligne encore le titre du sixième et dernier livre. Souvent « le ciel s'ouvre à ce chant comme une oreille immense » et « l'infini tout entier d'extase se soulève » (I, 4). Ce terme d'extase fait particulièrement sens puisqu'il montre la capacité du « je » à sortir de lui-même pour s'avancer vers ce qui le dépasse.

Aussi le **poète évoque-t-il souvent Dieu** ou le ciel, et tout ce qui, en somme, représente l'infiniment grand, comme à la fin de « Billet du matin » : « Nous avons l'infini pour sphère et pour milieu, / L'éternité pour âge ; et, notre amour, c'est Dieu. » Cette âme voyage donc tout au long des *Contemplations*, pour aller dans le passé, mais aussi pour explorer d'autres univers et même d'autres corps.

> **UN ARTICLE DU *MONDE* À CONSULTER**
>
> Les malheurs de Didine p. 62-64
> (Christian Colombani, *Le Monde* daté du 30.01.1993)

D'un sublime à l'autre

Le sublime n'est pourtant pas toujours là où le lecteur l'attend. Un puissant mouvement traverse le recueil en nous ramenant sans cesse vers les êtres humains, qui font eux aussi partie de ce grand tout.

Si le romantisme a parfois été accusé de se concentrer sur le « moi », Hugo affirme dans sa préface que ce « moi » mène au « nous » : « Ce livre contient, nous le répétons, autant l'individualité du lecteur que celle de l'auteur. *Homo sum*. Traverser le tumulte, la rumeur, le rêve, la lutte, le plaisir, le travail, la douleur, le silence ; se reposer dans le sacrifice, et, là, contempler Dieu ; commencer à Foule et finir à Solitude, n'est-ce pas, les proportions individuelles réservées, l'histoire de tous ? »

CITATIONS

LE « JE » LYRIQUE

Si les poètes peuvent reprendre en disant « je » des événements de leur vie, ils les recomposent librement. Ainsi, les dates indiquées à la fin des poèmes des *Contemplations* ne correspondent pas toujours aux dates d'écriture. Beaucoup de poèmes du premier livre ont par exemple été écrits entre 1853 et 1855 : Hugo crée ainsi un recueil ayant sa propre logique. Le « je » lyrique n'est pas uniquement autobiographique : il tend à devenir universel, puisque les poètes cherchent à exprimer des sentiments que chacun est susceptible d'éprouver.

- « Quand je vous parle de moi, je vous parle de vous. Comment ne le sentez-vous pas ? Ah ! insensé, qui crois que je ne suis pas toi ! » (Victor Hugo, *Les Contemplations*, préface)
- « Hypocrite lecteur, – mon semblable, – mon frère ! », (Charles Baudelaire, *Les Fleurs du mal*, 1857)
- « [J'] ai donné à ce qu'on nommait la muse, au lieu d'une lyre à sept cordes de convention, les fibres mêmes du cœur de l'homme, touchées et émues par les innombrables frissons de l'âme et de la nature. » (Lamartine, *Méditations poétiques*, 1820)
- « Ah ! frappe-toi le cœur, c'est là qu'est le génie ! » (Alfred de Musset, *Premières Poésies*, 1832)
- « Entrez en vous-même / Sondez les profondeurs où votre vie prend sa source. » (Rainer Maria Rilke, *Lettre à un jeune poète*, 1929)

Dissertation (sujet 2021)

Dans la préface des *Contemplations*, Victor Hugo décrit son recueil comme un miroir tendu aux lecteurs. En quoi cette image rend-elle compte de votre lecture des quatre premiers livres du recueil ?

Lamartine par Henri Decaisne, 1830.

Vous répondrez à cette question dans un développement organisé en vous appuyant sur les livres I à IV du recueil de Victor Hugo, sur les textes que vous avez étudiés dans le cadre du parcours associé et sur votre culture personnelle.

Introduction

L'analyse du sujet :

« La clarté du dehors ne distrait pas mon âme. » Ce premier vers du poème 22 du livre III des *Contemplations* dépeint la mélancolie du poète, hermétique au beau temps et à la gaieté extérieure. Son lyrisme passe par la première personne du singulier, « mon ». Mais la force du vers et du poème tient à ce que le lecteur se reconnaît en une telle mélancolie qui s'empare de son humeur entière. Qui n'a jamais vécu cette phase, ne serait-ce que brièvement ? Or, dans la préface des *Contemplations*, Victor Hugo décrit son recueil comme un miroir tendu aux lecteurs. Cette métaphore compare le reflet du miroir à l'identification du lecteur aux poèmes. Du moins, il y découvrirait une image de lui-même. Ainsi, les sentiments, les expériences, les souvenirs ou les périodes de vie évoqués dans les poèmes seraient non pas ceux du poète, mais ceux du lecteur. Derrière ce paradoxe apparent, Victor Hugo insiste sur le pouvoir universel de son lyrisme, qui concerne toute l'humanité. Peut-on pour autant appliquer cette métaphore aussi simplement ? En quoi cette image suffit-elle à décrire l'impression que produit la lecture des *Contemplations* ?

L'annonce du plan :

Nous montrerons que *Les Contemplations* reflètent toute vie humaine, dont celle du lecteur, pour ensuite souligner la dimension intime et personnelle du recueil, avant de mettre en évidence les équivoques poétiques de ce jeu de miroirs.

Le plan développé

I. *Les Contemplations*, un reflet de toute vie humaine

A. Les souvenirs

Comme un miroir tendu au lecteur, *Les Contemplations* reflètent toute vie humaine. Les moments que Victor Hugo a vécus touchent une fibre universelle. Les poèmes du deuxième livre « L'âme en fleur » retracent des moments délicats passés en compagnie de Juliette Drouet, parsemés de jeux et de conversations tendres. Par exemple, « Églogue » fait revivre une de leurs promenades en Sicile, qu'il compare poétiquement au vol de deux oiseaux. Tout lecteur ayant vécu cet éveil à l'amour se reconnaît dans cette comparaison. *[Autres exemples possibles : « La coccinelle » ; « Mon bras pressait ta taille frêle... » ; « Le lac », de Lamartine.]*

B. Les sentiments

À chaque souvenir est naturellement associé un sentiment, en miroir de l'expérience qu'en a pu faire le lecteur. La tristesse de la perte de Léopoldine, dans le livre IV, « Pauca meae », fait écho aux tragédies de la vie de chacun. Le poème « À Villequier » retrace en cent soixante vers toute l'incompréhension de Victor Hugo, qui paraît si naturelle, et si humaine. Ses réflexions sur la vie et la mort ne se cantonnent pas à lui, mais à tout être humain ayant vécu une expérience similaire. Son emploi du pronom « on » tend vers l'humanité. *[Autre exemple possible : n'importe quel poème du livre IV.]*

ZOOM SUR...

La fuite du temps en poésie.

DES ORIGINES ANTIQUES

La fuite du temps est un thème privilégié par les écrivains et philosophes antiques. *Fugit irreparabile tempus* (« Le temps fuit sans retour ») affirme ainsi Virgile dans ses *Géorgiques* (Ier siècle), ajoutant que l'homme, trop préoccupé qu'il est par des détails, tend à oublier que tout doit mourir. Dans la Rome antique, selon la légende, un esclave devait rappeler aux généraux triomphants qu'ils allaient mourir un jour : c'est le fameux *memento mori* (« souviens-toi que tu vas mourir »). Jouir de sa vie, voici alors pour certains le seul impératif auquel devrait obéir l'homme. Le poète romain Horace le résumait ainsi : *carpe diem* qui signifie « cueille le jour », soit « profite de chaque jour ».

POURQUOI LA POÉSIE ?

Le poème, par sa forme versifiée et souvent courte, se prête particulièrement bien à la mémorisation, à la récitation, et donc à la transmission, survivant en quelque sorte malgré le passage du temps. Il devient alors une sorte de souvenir qui traverse les âges et immortalise son objet. La poésie développera des images symbolisant le temps et la mort, devenues de véritables lieux communs, comme la fleur se fanant, ou encore les cours d'eau, fleuve ou rivière, s'écoulant à la manière du temps. Enfin, le poème, parce qu'il produit de nombreux effets esthétiques, est une forme d'hommage parfaite, célébrant pour toujours son sujet, notamment lorsqu'il s'agit d'une femme que le poète a autrefois aimée : le poème devient le souvenir élogieux de la dame.

LA JEUNE FILLE ET LA MORT

De nombreux poètes développent le thème de la jeune fille enlevée trop tôt par la mort. Ainsi les vers de la ballade « Las, mort, qui t'a fait si hardie... » de Charles d'Orléans. La mort est présentée comme

II. *Les Contemplations*, des souvenirs intimes

A. Une autobiographie poétique

Comment qualifier de miroir une œuvre qui se veut « les mémoires d'une âme » ? Avant de voir le reflet de sa propre vie, le lecteur s'immerge totalement dans celle de Victor Hugo. Certes, la chronologie est brouillée, et il serait difficile de parler de véritable autobiographie, tant les événements sont souvent simplement esquissés. Mais chaque poème peut être considéré comme l'expression d'un souvenir que seul le poète peut comprendre, comme « Lise », souvenir de jeunesse, « À Grandville, en 1836 », retour au temps d'avant l'exil ou « Mes deux filles », qui le replonge dans sa vie de père de famille. *[Autre exemple possible : un poème explicitement autobiographique.]*

B. Des sentiments uniques

Plus que des détails factuels, les poèmes lyriques expriment les sentiments liés aux souvenirs biographiques. Dans sa préface, Hugo explique : « La vie, en filtrant goutte à goutte à travers les événements et les souffrances, a déposé [ce livre] dans son cœur. » Une sorte d'opération magique conduit ainsi le poète à écrire directement ce que la vie a inscrit dans son cœur, et donc ses sentiments. La poésie lyrique naît donc avant tout de l'authenticité des émotions intenses vécues par le sujet lyrique. *[Autre exemple possible : « Les Oiseaux ».]*

III. *Les Contemplations*, un jeu poétique de miroirs

A. Un enchantement musical

Le miroir que tend Victor Hugo au lecteur n'est pas un vecteur tant de reflets simples et proportionnels, que de diffractions poétiques et musicales. Il invite le lecteur à apprécier le poème enchanteur, au-delà de toute interprétation particulière. Le poète est un artisan qui construit musicalement ses vers, comme dans « N'envions rien » (livre II), construit sur alternance entre heptasyllabes et tétrasyllabes. Ces vers courts et originaux dotent l'éloge poétique de la femme d'une fluidité et d'une délicatesse charmante. En le lisant, le lecteur ne se voit pas dans un miroir, mais suit le poète dans un regard poétique et musical sur le monde qui lui parle. *[Autre exemple possible : un poème dont vous êtes capable de faire une analyse musicale ou rythmique.]*

CE QU'IL NE FAUT PAS FAIRE

Attention de ne pas éluder les termes précis, en particulier ici la métaphore du miroir. Que reflète ce dernier ? Les traits physiques, le caractère, les sentiments ? Qui reflète-t-il ? Seulement le lecteur ? L'humanité ? Le poète aussi ?

B. Les ambiguïtés du « je » poétique

Le « je » lyrique, en particulier dans *Les Contemplations*, n'est ni l'auteur, ni le lecteur, ni une entité abstraite, ni l'humanité, mais emprunte à chacune de ces personnes. Quand le poète s'exclame « Je sens quelqu'un de grand qui m'écoute et qui m'aime ! » (« Aux arbres »), son éloge de la nature et de Dieu dépasse largement le simple être de chair qu'est Victor Hugo. La fascination qu'il exprime pour son environnement est comme un miroir tendu non simplement au lecteur, mais à l'existence entière. *Les Contemplations* charrient une véritable philosophie poétique. *[Autres exemples possibles : des poèmes qui comportent une réflexion sur la vie, la mort, la nature, Dieu.]*

Conclusion

Le miroir que Victor Hugo tend à ses lecteurs ne les reflète qu'indirectement, non seulement par les expériences et sensibilités universelles, mais aussi après un travail de réflexion. Avant de se reconnaître lui-même dans *Les Contemplations*, le lecteur découvre un homme singulier, qui a vécu une vie tout aussi unique que celle de chaque être. L'univers poétique dans lequel il se plonge lui fait s'approprier ces mémoires d'une âme avec plus de force qu'un journal ou un récit.

LA BONNE MÉTHODE

Pour ce qui est du plan, la formulation de la question, introduite par « en quoi », invite à deux types de traitements : analytique ou dialectique.
Dans le premier cas, on part du principe que *Les Contemplations* sont indubitablement un « miroir tendu ». Les trois parties se structurent donc autour de trois façons d'envisager un tel miroir. Par exemple : un miroir de l'expérience, un miroir des sentiments et un miroir du regard poétique sur le monde.
Dans le deuxième cas, qui sera retenu dans ce corrigé, on commence par aller dans le sens du sujet, avant de le mettre en doute (ou de le nuancer), pour enfin en élargir ou restreindre les termes en vue de proposer une solution valide.
Rappel : les titres et intertitres, en italiques, ne doivent pas apparaître sur la copie.

OUTILS

impartiale, voire aveugle, car elle ne fait cas ni de l'âge, ni des richesses, ni de la moralité : elle emporte tout le monde. La mort de la bien-aimée, qui incarne la jeunesse, la beauté et l'amour, représente à ce titre la pire des injustices.

ROMANTISME ET FUITE DU TEMPS

Au début du XIXe siècle, le romantisme fera de la fuite du temps un thème privilégié. Les célèbres vers extraits du poème « Le Lac » (1820) d'Alphonse de Lamartine résument l'appréhension romantique du temps :
« Aimons donc, aimons donc ! de l'heure fugitive, /
Hâtons-nous, jouissons ! /
L'homme n'a point de port, le temps n'a point de rive ; /
Il coule, et nous passons ! »

DIÉRÈSE ET SYNÉRÈSE

Elles influent sur le comptage des syllabes. Elles concernent l'association de deux voyelles, dont la première est un *i*, *u* ou *ou*. Dans le langage courant, on prononce ces associations en une seule syllabe (synérèse) : « nuit » en une syllabe, « union » en deux syllabes, etc. En versification, le poète a le choix : soit il adopte le mode courant, effectuant ainsi une synérèse ; soit il désire une prononciation en deux syllabes, nommée diérèse. Exemple : « Vous êtes mon lion superbe et généreux » (Victor Hugo). On n'obtient les douze syllabes de cet alexandrin que si l'on prononce li/on en deux syllabes (diérèse).

MÈTRE

Nombre de syllabes d'un vers.

ENJAMBEMENT

On appelle enjambement le fait que la phrase déborde le vers.

Charles Baudelaire, *Les Fleurs du mal*

Charles Baudelaire par Étienne Carjat.

Après avoir été accusé d'« outrage à la morale publique et religieuse et aux bonnes mœurs », Gustave Flaubert est finalement acquitté en février 1857. Quelques mois plus tard, Charles Baudelaire doit affronter la même épreuve, régler une amende et retirer certains poèmes des *Fleurs du mal*. La société du Second Empire a donc sévèrement jugé ce recueil où le poète plonge dans la fange pour en tirer une étonnante forme de beauté. « Tu m'as donné ta boue et j'en ai fait de l'or », écrit-il ainsi dans un épilogue des *Fleurs du mal* resté inachevé.

Un « maudit livre »

« Le fond de tes abîmes »

Le poète invite son lecteur à explorer « le fond de [ses] abîmes », aussi vastes et profonds que ceux de la mer, comme il le suggère dans « L'Homme et la Mer ». Cette plongée nous entraîne souvent **vers la mort**, qui fait office de titre pour la dernière partie du recueil. La mort a même le dernier mot puisque dans « Le Voyage », Baudelaire écrit : « Ô Mort, vieux capitaine, il est temps ! levons l'ancre ! »

Le lecteur n'est par conséquent pas ménagé. Baudelaire **l'interpelle** même volontiers grâce au jeu des apostrophes. Certaines le concernent directement, comme lorsque le poète s'adresse à son « hypocrite lecteur, – [son] semblable, – [son] frère ! » De même, à travers un dialogue fictif, c'est aussi le lecteur qui se trouve confronté à « Une charogne » ou à des « Remords posthumes ». Le poète est alors semblable à cette horloge :

Horloge ! dieu sinistre, effrayant, impassible,
Dont le doigt nous menace et nous dit :
[« Souviens-toi !
Les vibrantes Douleurs dans ton cœur
[plein d'effroi
Se planteront bientôt comme dans une cible,
Le Plaisir vaporeux fuira vers l'horizon ».

Un recueil condamné

Baudelaire ne craint pas non plus de **heurter l'ordre moral** de la société du Second Empire. Il imagine ainsi une singulière prière dans « La Litanie de Satan » :

Ô toi, le plus savant et le plus beau des Anges,
Dieu trahi par le sort et privé de louanges,
Ô Satan, prends pitié de ma longue misère !

Il célèbre en outre « Le Reniement de saint Pierre » : « Saint Pierre a renié Jésus… il a bien fait. »

La justice ordonne ainsi que six textes soient finalement retirés : « Lesbos », « Femmes damnées », « Les Bijoux », « Le Léthé », « À celle qui est trop gaie », et « Les Métamorphoses du vampire ».

Si l'outrage à la religion n'est finalement pas retenu contre le poète, c'est bien souvent l'évocation de l'homosexualité qui heurte les représentants de la société du Second Empire. L'épreuve est douloureuse pour Baudelaire qui avait **méticuleusement organisé son recueil**. Elle le pousse à composer de nouveaux poèmes qui seront ajoutés à une nouvelle publication en 1861.

PARCOURS

Alchimie poétique : la boue et l'or.

L'ALCHIMIE

L'alchimie, très à la mode au Moyen Âge, est une pratique qui consiste à chercher des moyens de rendre l'homme immortel ou encore de transformer des métaux en or. On peut utiliser l'alchimie comme métaphore de la pratique poétique car les poètes ont le pouvoir de transformer une réalité banale, triste ou moralement condamnable en un objet beau et durable :

- « Faire une perle d'une larme : / Du poète ici-bas voilà la passion, / Voilà son bien, sa vie et son ambition. » (Alfred de Musset, « Impromptu »)
- « La première démarche poétique consiste à remonter à l'origine. À savoir : la souffrance. » (Michel Houellebecq, *Rester vivant*)

LA LAIDEUR

La laideur peut ainsi devenir objet poétique ou pictural. Sa mise en scène sert les buts argumentatifs du poète, révèle l'instabilité du monde et la vanité de la condition humaine, remet en cause la vision traditionnelle de la poésie.

- Pierre de Ronsard, « Quand vous serez bien vieille… » (*Sonnets pour Hélène*, 1578) : le poète dépeint la décrépitude à venir de la femme aimée pour l'inviter au carpe diem.
- François Villon, « La Ballade des pendus » (1489) : le lecteur est invité à faire preuve d'indulgence envers le poète et à se reconnaître dans les cadavres pourrissants du poète et de ses compagnons à la chair « dévorée et pourrie ».
- Lautréamont, *Les Chants de Maldoror* (1869) : le poète exprime une vision négative de la vie et une révolte à l'encontre de la condition humaine dans des poèmes en prose constituant le récit épique des

Un espace de tensions

Le poète et la société

Le poète dresse un portrait parfois peu flatteur de ce « siècle vaurien », qui lui apporte plus de déceptions que de motifs de réjouissance. Dans « Le Cygne », il constate, impuissant : « la forme d'une ville / Change plus vite, hélas ! que le cœur d'un mortel ». Même lorsque le recueil offre quelques contrepoints plus lumineux, le mal s'invite rapidement dans le poème pour créer différents contrastes, comme le prouve « Réversibilité » :

Ange plein de gaieté, connaissez-vous
[l'angoisse,
La honte, les remords, les sanglots, les ennuis,
Et les vagues terreurs de ces affreuses nuits
Qui compriment le cœur comme un
[papier qu'on froisse ?

Le poème suivant, « Confession », nous fait en outre entendre un chant qui met en lumière les défauts des hommes : « Pauvre ange, elle chantait, votre note criarde : / Que rien ici-bas n'est certain. / Et que toujours. avec quelque soin qu'il se farde, / Se trahit l'égoïsme humain [...] ».

Le poète est alors **exilé**, éloigné d'une société qu'il rejette et qui le rejette. Il est l'égal du « grand cygne, avec ses gestes fous / comme les exilés, ridicule et sublime ». Dans « L'Albatros », Baudelaire propose une analogie qui confirme cet isolement. « Pour s'amuser, les hommes d'équipage » capturent ces oiseaux décrits comme des « rois de l'azur », devenant soudain « maladroits et honteux » dès lors qu'ils sont « sur les planches ». À nouveau, le poème est parcouru par une série de contrastes et Baudelaire finit par conclure que « le poète est semblable au prince des nuées / [...] Exilé sur le sol au milieu des huées ».

Conflits intérieurs

Les tensions peuvent aussi traverser le cœur et l'esprit du poète. Le spleen s'oppose ainsi à l'idéal et « l'ennemi » peut aussi être intérieur. Baudelaire écrit ainsi dans « L'Irréparable » :

Pouvons-nous étouffer le vieux, le long
[Remords,
Qui vit, s'agite et se tortille,
Et se nourrit de nous comme le ver des morts,
Comme du chêne la chenille ?

« L'Héautontimorouménos » témoigne aussi de cette scission. « Bourreau de lui-même », comme l'indique le titre du poème, le « je », « faux accord dans la divine symphonie », est tiraillé par des forces contraires :

Je suis la plaie et le couteau !
Je suis le soufflet et la joue !
Je suis les membres et la roue,
Et la victime et le bourreau !
Je suis de mon cœur le vampire.

Le poème devient alors un espace de dissonances. Pour autant, c'est aussi de ces tensions que peuvent naître l'harmonie et la beauté.

Métamorphoses

Alchimie

La « boue » et « l'or » ne sont donc pas seulement opposés. Ils sont aussi complémentaires. Tout l'art du poète revient alors à sculpter une matière laide ou triviale pour en faire un objet précieux, **comme un alchimiste** qui réussirait miraculeusement à transformer le plomb en or. C'est ce que suggère le dernier quatrain du poème intitulé « Le Soleil ». Grâce à une analogie, Baudelaire associe ainsi le poète et le soleil car chacun « ennoblit le sort des choses les plus viles ». De même, dans « À une mendiante rousse », il parvient à trouver, derrière les marques de « la pauvreté », des traces de « beauté », comme l'indique en outre l'association des deux termes à la rime.

Aussi Baudelaire manie-t-il volontiers les figures d'opposition en multipliant les oxymores ou les antithèses. « Ô fangeuse grandeur ! sublime ignominie ! », écrit-il par exemple dans l'un des poèmes de « Spleen et idéal ». **Le chiasme** vient ici illustrer le renversement opéré par le poète. « Ô douceur, ô poison ! », ajoute-t-il dans « Le Balcon ».

Voyages poétiques

Ce singulier recueil nous offre des plongées dans la noirceur mais aussi **des évasions**. Tout en explorant la boue du monde et de la nature humaine, Baudelaire nous propose quelques « invitations au voyage », pour reprendre le titre de l'un de ses plus célèbres poèmes. Il tire pour cela profit des **« Correspondances »**, qui lui permettent de transfigurer la réalité pour en faire la source d'une expérience poétique. Alors « les parfums, les couleurs et les sons se répondent », si bien que le recueil, tout en se faisant l'écho du chaos, peut souvent parvenir à une forme d'harmonie. On comprend dès lors pourquoi Baudelaire manie la synesthésie qui lui permet d'associer différents sens.

Le parfum de ces *Fleurs du mal* peut même devenir enivrant. Non seulement Baudelaire nomme une partie de son recueil « Le Vin », mais il célèbre **différentes formes d'ivresse**. L'odeur d'un « sein chaleureux » peut ainsi donner vie à « des rivages heureux », comme dans « Parfum exotique ».

UN ARTICLE DU *MONDE* À CONSULTER

« Les Fleurs du mal réhabilité » p. 60-62
(Emmanuel Pierrat, *Le Monde* daté du 07.06.1999)

OUTILS

transgressions d'un héros du Mal.
• Tristan Corbière, « Le Crapaud » (*Les Amours jaunes*, 1873) : l'auteur renverse l'image traditionnelle du poète en le transformant en crapaud, animal répugnant.
Les peintres se servent également de la laideur comme sujet d'inspiration. Francis Bacon dépeint ainsi dans *Trois études de figures au pied d'une crucifixion* la souffrance de corps malmenés.

LES BLASONS

Le blason, très répandu au XVIe siècle, est un poème à rimes plates qui loue ou qui dénigre (qui « blasonne ») un objet. Ce peut être la guerre ou l'amour, mais, le plus souvent, il s'agit d'une partie du corps féminin que chante le poète. « Tétin de satin blanc tout neuf/ Tétin qui fait honte à la rose/ Tétin plus beau que mille choses... » (Clément Marot, « Le Blason du beau tétin », 1535.)

LES TERMES PÉJORATIFS ET MÉLIORATIFS

Un terme péjoratif est dévalorisant ; un terme mélioratif est valorisant. Une maison (terme neutre), peut être appelée péjorativement « baraque » ou au contraire, de façon méliorative, « demeure ». Certains suffixes sont péjoratifs : -ard (braillard), -âtre (jaunâtre), -aud (lourdaud), -asse (bavasser), -esque (livresque), -on (souillon), -is (ramassis).

ANTITHÈSE/ OPPOSITION

Une antithèse consiste à rapprocher, dans le même énoncé, deux pensées, deux expressions, deux mots opposés pour mettre en valeur un contraste fort.

Dissertation (sujet 2021)

On a reproché à Baudelaire de « tout peindre, de tout mettre à nu » dans son recueil *Les Fleurs du mal*. Qu'en pensez-vous ?

Vous répondrez à cette question dans un développement organisé en vous appuyant sur le recueil de Charles Baudelaire, sur les textes que vous avez étudiés dans le cadre du parcours associé et sur votre culture personnelle.

Introduction

Analyse du sujet :

Dans son poème « Les ténèbres », issu des *Fleurs du mal*, Baudelaire se décrit ainsi : « Je suis comme un peintre qu'un Dieu moqueur / Condamne à peindre, hélas ! sur les ténèbres ». Il compare sa poésie à de la peinture, laquelle aurait pour support « les ténèbres », soit la tristesse, le désespoir, la mort, le néant, la laideur, la violence… Or, on lui a reproché de « tout peindre, de tout mettre à nu » dans son recueil. Le pronom indéfini « tout » englobe chaque élément du monde sans distinction. La poésie traditionnelle n'autorisait en effet que certains thèmes et certains traitements de ces thèmes. Il a déplu que Baudelaire prenne pour sujets un cadavre, une prostituée, un caveau, voire les allégories de la débauche, de la destruction ou de l'ennui. Mais ces sujets, les dépeint-il ? N'est-il pas plus juste d'affirmer qu'il les transforme, les déforme, et les dénature ? « Mettre à nu », c'est présenter les choses sans artifice, dans leur plus authentique réalité. Mais la forme poétique permet-elle une telle fidélité à la réalité ? Baudelaire méprise toute forme de réalisme et la « triviale image ». Se contente-t-il donc vraiment de tout peindre et de tout mettre à nu ?

Annonce du plan :

Certes, la totalité du monde figure d'une certaine façon dans *Les Fleurs du mal*, mais ce monde est transfiguré plutôt que dépeint, par le biais, finalement, d'une opération d'extraction plus que de mise à nu.

Le plan développé

I. La totalité du monde dans *Les Fleurs du mal*

A. Le monde sensible et matériel

Baudelaire peint « tout » dans le sens où chaque objet du monde, sentiment ou événement y trouverait sa place sans discrimination. Il y est tout autant question d'une « charogne infâme » (« Une charogne »), de « vomissement » (« Le vin des chiffonniers ») ou d'« impurs crachats » (« Bénédiction »), que de « beauté » (« Hymne à la beauté »), d'« extase » (« La chevelure ») ou encore d'« or, acier, lumière et diamants » (« Avec ses vêtements ondoyants et nacrés… »). Les motifs sont extrêmement variés, et prennent en compte l'ensemble de l'environnement du poète. *[Quelques-uns des exemples précédents doivent être précisément développés pour compléter la dissertation.]*

B. L'âme

Au-delà des choses du monde, tous les états d'âme figurent dans *Les Fleurs du mal*. Dans le droit fil d'une tradition lyrique, Baudelaire partage avec son lecteur ses tourments, ses petites joies, ses incertitudes. Son usage de l'oxymore, qui apparaît déjà dans le titre, met à l'honneur ce qui d'ordinaire était doté de connotations péjoratives. « La fontaine de sang », « L'amour du mensonge », « Danse macabre » ou encore « Le mort joyeux » sont autant de poèmes qui révèlent l'âme du poète. Il se dépeint totalement, et une telle mise à nu a été jugée malséante, si ce n'est choquante. *[Quelques-uns des exemples précédents doivent être précisément développés pour compléter la dissertation.]*

MOTS CLÉS

Quelques outils de transfiguration poétique.

ALLÉGORIE
Figuration d'une abstraction (exemples : l'amour, la mort) par une image, un tableau, souvent par un être vivant.

ANALOGIE
L'analogie est une identité de fonctionnement ou un modèle commun entre deux réalités différentes. En général, elle implique un raisonnement (raisonnement par analogie) mais elle peut aussi avoir le sens plus vague de « ressemblance » entre ces deux réalités.

COMPARAISON
Une comparaison rapproche deux idées ou deux objets (ou un objet et une idée) et un rapport d'analogie est établi entre ces deux éléments. Elle comprend toujours au moins deux termes (un comparé et un comparant) et s'opère grâce à un terme comparant (*ainsi que, comme, de même que, pareil à, tel*, etc.).

MÉTAPHORE
Il s'agit d'une figure qui consiste à désigner un objet ou une idée par un mot qui convient pour un autre objet ou une autre idée liés aux précédents par analogie. La métaphore fusionne, donc, les deux termes de la comparaison en un seul ; il s'agit d'une comparaison sans terme comparatif, d'une comparaison implicite. La métaphore est dite filée quand le comparant est développé par plusieurs mots qui lui sont apparentés, sans que leur comparé soit exprimé. Lorsque le comparé et le comparant sont présents dans la phrase, on parle de métaphore *in praesentia* ; quand seul le comparant est présent dans la phrase, on parle de métaphore *in absentia*.

PERSONNIFICATION
Cette figure de style confère à des entités abstraites, ou à des inanimés, des traits de comportement, de sentiment ou de pensée propres aux êtres humains.

LA BONNE MÉTHODE

- Après une courte réflexion, le sujet ne devrait pas déconcerter un élève ayant étudié le parcours sur l'alchimie poétique. Il s'agit de repérer l'extension de la portée de cette alchimie que Baudelaire propose, et qui lui est reprochée. Ce ne sont pas seulement les choses, êtres ou phénomènes bas, hideux ou mauvais qui sont métamorphosés en de sublimes poèmes, mais «tout». Ce pronom indéfini, si englobant, doit faire l'objet d'une attention toute particulière.
- Le passage du verbe «peindre» à la locution verbale «mettre à nu» ne s'effectue pas au hasard. Dans le premier cas, l'accent est mis sur la représentation de la réalité, alors que, dans le deuxième cas, se mêlent l'analyse de la réalité, dont on débusque la nature la plus intime, mais aussi une sorte d'intrusion dans la réalité. Mettre quelqu'un à nu, c'est le rendre vulnérable, le dévoiler alors qu'il souhaitait peut-être rester enveloppé dans sa pudeur...

II. Un monde transfiguré, plutôt que dépeint

A. Un travail sur le monde sensible et l'âme

Ce « tout » dépeint dans *Les Fleurs du mal* ne se cantonne pas à une simple retranscription. Par un processus d'alchimie, il embellit le monde sensible et atténue la violence des états d'âme. Dans des poèmes aussi variés que « Parfum exotique », « Élévation », « La chevelure » ou « Ciel brouillé », le poète colore tout le monde, même ses parties ternes. De même, dans « Paysage », il affirme son intention de faire de ses « pensers brûlants une tiède atmosphère ». *[Quelques-uns des exemples précédents doivent être précisément développés pour compléter la dissertation.]*

B. Une transfiguration par la poésie

Beaucoup plus qu'une simple peinture réaliste, les poèmes sont travaillés dans leur forme pour atteindre la beauté. Cette beauté se manifeste par l'harmonie des vers. L'équilibre d'un poème comme « Harmonie du soir » dévoile la subtilité des rythmes, avec les jeux envoûtants de répétitions et l'absence d'enjambements. Une telle musicalité apparaît dans « Mœsta et errabunda », avec la répétition, dans chaque quintil, des premiers et derniers vers. Une mélodie parcourt tout le poème. *[D'autres poèmes musicaux peuvent être analysés ici.]*

III. Une opération d'extraction, plus qu'une mise à nu

A. L'extraction de la beauté dans la laideur

Le beau se cache dans toute partie du monde. Victor Hugo, grand représentant de la poésie romantique, met un point d'honneur par exemple à réhabiliter symboliquement l'araignée et l'ortie dans « J'aime l'araignée et j'aime l'ortie ». Selon lui, les éléments laids sont tout aussi poétiques que le reste du monde. Tel est le cœur de la poétique de Baudelaire : « ! » (« Hymne à la beauté ») Outre la dimension religieuse, il faut comprendre ces vers dans leurs connotations, le « ciel » étant mélioratif et l'« enfer » péjoratif. *[On peut aussi développer une analyse d'« Une charogne » ici.]*

B. L'extraction du bien dans le mal

En parallèle du beau et du laid, Baudelaire se plaît à extraire du vice et du macabre des considérations légères, réjouissantes ou constructives. La métaphore du fruit investit le « pendu déjà mûr », dans son poème « Voyage à Cythère », sur lequel « de féroces oiseaux » plantent leurs becs. Comme un fruit pousse sur un arbre pour nourrir l'animal, le pendu pousse sur la potence. Après toute décomposition croît un être nouveau. La vie se développe à partir de la mort. Dans tout vice se tapit une vertu. Et l'alchimie du poème baudelairien mime de tels processus, qui passent si inaperçus du commun des mortels. *[N'importe quel autre poème du recueil peut être analysé ici.]*

Conclusion

Baudelaire ne peint pas tout ni ne met tout à nu. Il embrasse tout, s'en empare, le transforme et le fond dans des poèmes qui ne renoncent pas aux vertus séculaires de la poésie, bien au contraire. Les reproches adressés au poète portent précisément sur ce mélange des motifs et des goûts au sein de formes poétiques classiques, qui transmettent au lecteur un souffle d'une grande originalité. Mais s'il ne saurait être qualifié de « réaliste », Baudelaire n'est-il pas pour autant effectivement peintre, un peintre expressionniste ou symboliste qui saisirait un trait du réel pour le transmettre avec force et universalité ?

EXTRAITS CLÉS

LA RÉCEPTION DES *FLEURS DU MAL*

« Il y a des moments où l'on doute de l'état mental de M. Baudelaire ; il y en a où l'on n'en doute plus : c'est, la plupart du temps, la répétition monotone et préméditée des mêmes mots, des mêmes pensées. L'odieux y coudoie l'ignoble ; le repoussant s'y allie à l'infect. Jamais on ne vit mordre et même mâcher autant de seins dans si peu de pages ; jamais on n'assista à une semblable revue de démons, de fœtus, de diables, de chloroses, de chats et de vermine. Ce livre est un hôpital ouvert à toutes les démences de l'esprit, à toutes les putridités du cœur » (Gustave Bourdin, article publié dans *Le Figaro*, 5 juillet 1857).

« L'ALCHIMIE DU VERBE »

« À moi. L'histoire d'une de mes folies.

Depuis longtemps je me vantais de posséder tous les paysages possibles, et trouvais dérisoires les célébrités de la peinture et de la poésie moderne.

J'aimais les peintures idiotes, dessus de portes, décors, toiles de saltimbanques, enseignes, enluminures populaires ; la littérature démodée, latin d'église, livres érotiques sans orthographe, romans de nos aïeules, contes de fées, petits livres de l'enfance, opéras vieux, refrains niais, rythmes naïfs.

Je rêvais croisades, voyages de découvertes dont on n'a pas de relations, républiques sans histoires, guerres de religion étouffées, révolutions de mœurs, déplacements de races et de continents : je croyais à tous les enchantements. » (Arthur Rimbaud, « Alchimie du Verbe », *Une saison en enfer*, 1873)

Guillaume Apollinaire, *Alcools*

Apollinaire a gagné ses galons d'auteur classique mais ce statut ne doit pas faire oublier l'originalité d'*Alcools*, recueil publié en 1913. Non seulement Apollinaire a été pour beaucoup un précurseur, mais il a libéré la poésie d'un certain nombre de carcans. Il a aussi fait entrer son époque dans ses vers. On comprend dès lors qu'il passe pour un poète moderne. Cette exigence de singularité n'empêche toutefois pas l'écrivain de s'approprier différents héritages.

Un calligramme de Guillaume Apollinaire.

Un recueil composite

Des formes variées

Ce qui donne tout d'abord une allure singulière à ce recueil, c'est le soin avec lequel Apollinaire **passe sans cesse d'une forme à l'autre**. Dans « Zone », le premier texte du recueil, certains vers sont rassemblés tandis que d'autres sont isolés. Ce n'est pas le cas du poème suivant, « Le Pont Mirabeau », qui repose sur une alternance de **quatrains** et de **distiques**. Le poème « Chantre » n'est pour sa part constitué que d'un seul vers, comme pour mieux reproduire « l'unique cordeau des trompettes marines ». Il s'agit en somme, pour le poète, de chercher la forme la plus adaptée à son propos, et non de se contenter d'un cadre unique.

Dans un poème aussi, Apollinaire peut **créer des ruptures en passant d'un vers à l'autre**. Certains poèmes font ainsi la part belle à **l'hétérométrie**. Le deuxième poème de « À la santé » comporte par exemple des vers particulièrement courts :

Non je ne me sens plus là
Moi-même
Je suis le quinze de la
Onzième.

Un carrefour poétique

Alcools nous propose par ailleurs un étonnant voyage poétique. **Les références les plus diverses** se croisent sans cesse, ce qui donne à ce recueil une dimension polyphonique. Dans « Zone », le poète s'adresse à la tour Eiffel, signe que le monde moderne a droit de cité dans ce recueil. Nous rencontrons également « des troupeaux d'autobus mugissants ».

Les dédicaces jouent par ailleurs un rôle important : certaines **ancrent encore davantage le recueil dans une forme de modernité**. « Palais » est écrit pour Max Jacob, qui sera ensuite proche du mouvement Dada et du surréalisme. « La Maison des morts » est dédiée à Maurice Raynal qui fut un défenseur du cubisme. C'est à Pablo Picasso, dont il était très proche, qu'Apollinaire dédie « Les Fiançailles ».

Mais le poète trempe sa plume dans bien d'autres sources et certaines appartiennent au passé. Nous retrouvons par exemple **de nombreuses traces du Moyen Âge**. Dans « Merlin et la vieille femme », Apollinaire évoque les fées Morgane et Viviane. Le poète qui « [sait] des lais pour les reines » affectionne par ailleurs les termes tombés en désuétude comme « baller » (« Merlin et la vieille femme ») ou « feuilloler » (« Les Fiançailles »).

Nous rencontrons en outre dans ces pages **des personnages bibliques**, comme Salomé, dans le poème qui porte son nom,

PARCOURS

Modernité poétique ?

DES THÈMES REVISITÉS

Les poètes continuent à utiliser des thèmes traditionnels mais en les traitant différemment. Par exemple, la muse est une figure essentielle de l'inspiration poétique, souvent invoquée par les poètes romantiques. Or Baudelaire rompt avec l'image traditionnelle et idéalisée de la muse qui n'est plus, dans *Les Fleurs du mal* (1857), une divinité inspiratrice mais une créature féminine affaiblie et tourmentée (« La Muse malade », « La Muse vénale »).

DE NOUVELLES SOURCES D'INSPIRATION

Les poètes s'intéressent au quotidien, à ses objets, à ses lieux, car ils peuvent montrer le monde autrement. Les lieux oubliés ou méprisés pour leur manque apparent de poésie sont réhabilités : les terrains vagues qui entouraient Paris avec « Zone » d'Apollinaire ou la banlieue avec Jacques Réda (*Amen*, 1968). Francis Ponge, dans *Le Parti pris des choses* (1942), revendique l'importance majeure de l'objet, trop souvent ignoré à tort. Il s'intéresse donc à l'huître, au pain, au cageot. Tous ces éléments du quotidien lui permettent de proposer implicitement des réflexions sur l'art d'écrire et de lire.

DE NOUVELLES IMAGES

Les comparaisons et les métaphores ont toujours joué un rôle essentiel en poésie : du XIXe siècle au XXIe siècle, le renouvellement touche aussi ce domaine. Baudelaire, dans *Les Fleurs du mal*, propose des associations inattendues comme dans ce vers de « Correspondances » : « Il est des parfums frais comme des chairs d'enfants ». Les surréalistes vont creuser cette veine et chercher des images qui soient les plus étranges possible : à la suite de Lautréamont qui désirait « une rencontre fortuite, sur une table de dissection, d'une machine à coudre et d'un parapluie », ils rapprochent

mais aussi **de grandes figures de l'Antiquité**. « Le sage Ulysse » est par exemple évoqué dans « La Chanson du mal aimé ».

II. Une singulière écriture poétique

Héritages

Apollinaire assume par conséquent de nombreux héritages dans ce recueil et il est loin de rejeter tous les cadres de l'écriture poétique. Il **forge encore des rimes**, même dans « Zone », comme l'illustrent les premiers vers de ce poème, bien qu'il écrive aussi des **vers libres**.

Par ailleurs, bien des thèmes placés au centre du recueil sont empruntés à l'histoire de la poésie. Apollinaire ne l'ignore pas, lui qui fait souvent **référence à Orphée** dans *Alcools*. On retrouve ainsi cette figure majeure de **la poésie lyrique** dans « Le Poème lu au mariage d'André Salmon » et dans « Le Larron ». L'évocation du temps qui passe, symbolisé notamment par la Seine, est un topos bien connu des lecteurs, tout comme la peinture de « L'Automne » ou du « Clair de lune ». À nouveau, cependant, Apollinaire parvient à nous surprendre.

Innovations

L'absence de ponctuation fait bien évidemment partie des surprises qui attendent le lecteur. Il ne s'agit plus d'être guidé par les règles habituelles de la langue : c'est le vers qui impose son propre rythme.

Apollinaire nous offre aussi de singulières images poétiques. En ce sens, il s'inscrit bien dans **l'histoire de la modernité** : il suit le chemin tracé par Rimbaud et annonce le surréalisme. « Merlin et la vieille femme » s'ouvre par exemple sur une étonnante comparaison :

Le soleil ce jour-là s'étalait comme un [ventre
Maternel qui saignait lentement sur le ciel

L'analogie permet d'associer deux éléments bien différents : elle crée un pont pour nous transporter dans un monde qui requiert aussi notre participation.

Tout en restant fidèle au vers, Apollinaire peut aussi se montrer très **prosaïque**. Il s'autorise toutes les libertés comme dans « Réponse des Cosaques zaporogues au sultan de Constantinople » : « Ta mère fit un pet foireux / Et tu naquis de sa colique. »

Le poète va même jusqu'à inventer des noms, comme le prouve, non sans une forme de fantaisie, le poème intitulé « Les Sept Épées ».

III. L'éclatement du sujet

Le « je » en question

La légèreté de certains poèmes est cependant travaillée par **des sentiments plus sombres**. L'alcool devient alors source de tristesse. À la fin de « Nuit rhénane », le lecteur voit ainsi le verre, le vers et le rire voler en éclats : « mon verre s'est brisé comme un éclat de rire ». Le rire peut donc masquer bien des fêlures et le recueil n'est pas exempt de mélancolie. L'évocation de la Seine est par exemple propice à l'épanchement lyrique, comme à la fin de « Marie » :

Le fleuve est pareil à ma peine
Il s'écoule et ne tarit pas
Quand donc finira la semaine.

Le « je » poétique se trouve alors pris dans ce flux, comme il le constate lui-même, toujours dans « Marie » :

Des soldats passent et que n'ai-je
Un cœur à moi ce cœur changeant
Changeant et puis encor que sais-je.

La parole même semble remise en question, et elle est menacée par le silence, à l'image de ces vers extraits des « Fiançailles » : « Je n'ai plus même pitié de moi /Et ne puis exprimer mon tourment de silence. »

Recompositions

Le vertige n'entraîne pourtant pas nécessairement la chute. Si le « je » paraît fragilisé par les épreuves qu'il affronte, il peut aussi sortir vainqueur de ce périple. Il n'est pas toujours isolé et la parole poétique rassemble volontiers ceux qui semblaient éloignés. « Rhénane d'automne » scelle ainsi **l'union des êtres par-delà les différences sociales** :

Ah ! que vous êtes bien dans le beau cimetière
Vous bourgmestres vous bateliers
Et vous conseillers de régence
Vous aussi tziganes sans papiers.

L'amour est aussi célébré, en dépit des souffrances qu'il peut causer.

La parole poétique est donc encore capable d'enivrer d'autant que rien ne semble en mesure d'étancher la soif de découverte du poète. Dans le tout dernier poème d'*Alcools*, Apollinaire écrit ainsi : « Écoutez-moi je suis le gosier de Paris /Et je boirai encore s'il me plaît l'univers. »

Apollinaire nous invite à tendre l'oreille et à ouvrir les yeux pour boire à notre tour « l'univers tout entier contenu dans ce vin » poétique.

UN ARTICLE DU *MONDE* À CONSULTER

Guillaume Apollinaire invente le surréalisme p. 58-59
(Brigitte Salino, *Le Monde* daté du 01.08.2017)

des termes pourtant très éloignés. Pour Breton, Desnos, Éluard, etc., le rationnel n'est qu'une façon parmi d'autres d'envisager le réel, et une façon réductrice.

DE NOUVELLES FORMES

Ce nouveau regard porté sur soi et sur le monde quotidien conduit à un renouvellement des formes. Paul Verlaine consacre, dans *Jadis et naguère* (1884), un texte intitulé « Art poétique » qui lui permet d'exprimer l'originalité et la singularité de la poésie notamment par le refus de l'alexandrin. Le recours au vers libre s'impose et le poème en prose est de plus en plus utilisé (*Petits Poèmes en prose* de Baudelaire, *Le Parti pris des choses* de Ponge). La forme versifiée est conservée mais elle est revisitée. Dans *Raturer outre*, Yves Bonnefoy utilise ainsi en 2010 le sonnet mais en insérant différentes irrégularités rythmiques et prosodiques. Dans « Les Nouvelles du soir », Jaccottet utilise l'alexandrin mais le dissimule par de multiples enjambements et par l'effacement de la majuscule initiale. Le langage poétique est lui aussi transformé : recours à un lexique ou des tournures d'une grande simplicité, néologismes ou barbarismes, représentation graphique des mots.

CITATIONS

- « Le Poète se fait *voyant* par un long, immense et raisonné *dérèglement de tous les sens*. » (Arthur Rimbaud, *Lettre à Paul Demeny*, 1871)

- « La modernité, c'est le transitoire, le fugitif, le contingent, la moitié de l'art, dont l'autre moitié est l'éternel et l'immuable. » (Charles Baudelaire, *Le Peintre de la vie moderne*, 1863)

Dissertation (sujet 2021)

La poésie de Guillaume Apollinaire s'invente-t-elle en rejetant le passé ?

Vous répondrez à cette question dans un développement organisé en vous appuyant sur le recueil de Guillaume Apollinaire, sur les textes que vous avez étudiés dans le cadre du parcours associé et sur votre culture personnelle.

Introduction

Analyse du sujet :

« À la fin tu es las de ce monde ancien » : c'est par ce mouvement de rejet de ce qui lui a précédé que Guillaume Apollinaire inaugure son recueil *Alcools*, publié en 1913, alors que le XXe siècle s'ouvre par de nombreux bouleversements techniques et une transformation de l'espace urbain. La question « la poésie d'Apollinaire s'invente-t-elle en rejetant le passé ? » apparaît donc légitime. La poésie en tant qu'acte créatif (tel que le révèle son étymologie grecque *poiesis* qui signifie « création ») semble se concevoir pour Apollinaire comme une mise à distance de ce qui a été avant lui. Cela apparaît formellement par l'effacement de la ponctuation ou encore par l'utilisation du vers libre. Pour autant, de nombreux poèmes possèdent encore une facture classique et le poète ne rompt donc pas totalement avec le passé. Rejeter, c'est en effet aussi déporter, mettre ailleurs : le passé, qu'il soit personnel (« son » passé) ou historique (« le passé »), insuffle ainsi une dimension lyrique au sein du recueil. Dans quelle mesure le geste de rupture affirmé dans *Alcools* conduit-il à un renouveau de la poésie ?

Le jeune Bacchus, Caravage, 1589.

Annonce du plan :

Si Apollinaire rejette le passé pour mettre en valeur le temps présent, le passé revient sans cesse dans sa poésie indubitablement lyrique, de sorte que l'originalité de la poésie d'Apollinaire se conçoit dans sa dimension atemporelle en ce qu'elle s'invente elle-même.

Le plan développé

I. *Alcools* : un geste poétique de rejet

A. Se défaire du passé…

Dans le recueil, le poète se présente sous la forme d'une figure errante, et ce dès le poème liminaire « Zone » qui retrace la déambulation nocturne du poète dans une ville qui n'a plus rien d'« antique ». De fait, le titre renvoie à la transformation urbaine que subit Paris au début du XXe siècle en évoquant son extension vers la périphérie. Cette longue échappée illustre donc la volonté de se libérer du passé pour rejoindre un avenir autre, à l'image de l'« émigrant » que mentionne Apollinaire à plusieurs reprises dans le recueil. La première strophe du poème intitulé « Le brasier » affirme ainsi dans un geste symbolique avoir « jeté dans le noble feu […] / Ce passé ».

B. …pour se tourner vers un monde nouveau

La poésie de G. Apollinaire rend compte du bouleversement vécu à l'orée du XXe siècle par ses contemporains. Tout change en effet : la ville vit désormais au sein d'un rythme frénétique induit par les communications et les transports. Dans « Le voyageur » il rend compte des « Sonneries électriques des gares chant des moissonneuses ». Il s'agit bien pour l'artiste de retranscrire dans son œuvre cette métamorphose provoquée par le monde moderne. Or, celle-ci est marquée par un renouvellement des pratiques artistiques : le monde change et l'on ne peut plus le voir de la même manière.

Valéry Larbaud n'hésite pas à exalter la modernité du train dans son poème intitulé « Ode » (1913).

C. La poésie comme recomposition du monde moderne

Inventer, c'est composer une réalité nouvelle. À la manière de l'esthétique cubiste, le poète va multiplier les points de vue au sein même de sa pratique poétique. « L'émigrant de Landor Road » commence par un récit à la troisième personne (« Le chapeau à la main il entra du pied droit ») avant de proposer à la troisième strophe un monologue lyrique à la première personne qui restitue la parole de l'émigrant. Cette alternance permet de faire jaillir des images multiples qui répondent à la complexité de l'être humain. En outre, en supprimant la ponctuation, il met en avant un style heurté. Les vers sont désormais juxtaposés, obligeant le lecteur à chercher lui-même un sens. Le poète fragmente les expériences vécues : « Zone », qui évoque un moment de désolation, constitue ainsi une méditation sans cesse entrecoupée, restituée par l'agencement fragmentaire aux dépens de la strophe traditionnelle.

André du Bouchet dans « L'avril » (1995) propose quant à lui, un vers continuellement interrompu qui cherche à appréhender un monde qui se dérobe toujours.

Cependant, malgré la marche du monde, le passé ne peut s'effacer de la poésie d'Apollinaire qu'il entend véritablement comme un principe de vitalité poétique. Apollinaire « rejette » ainsi pleinement le passé vers sa poésie : celui-ci est au cœur de sa poétique.

II. L'obsession du passé

A. La fuite du temps

S'inscrivant dans une longue tradition poétique, Apollinaire fait l'amer constat de ce qui a été et ne sera plus. Le poète est impuissant

LA BONNE MÉTHODE

- Dans ce sujet, il faut repérer d'une part le présent du verbe « s'invente-t-elle », mais aussi le gérondif « en rejetant ». D'emblée, la formulation fait apparaître une opposition avec le terme « le passé ».
- Le verbe « rejeter » permet de jouer sur la polysémie : rejeter, c'est certes pousser loin de soi un objet, l'écarter, mais c'est aussi le jeter ailleurs, dans une autre direction.
- Enfin, il fallait remarquer la forme pronominale du verbe « s'inventer » qui invite à repérer le retour sur soi de l'objet poétique.

face au temps qui passe. Le court poème « L'adieu » traduit en un quintil poignant ce sentiment d'écoulement du temps : « [...] L'automne est morte souviens-t-en / Nous ne nous verrons plus sur terre / Odeur du temps brin de bruyère [...] ». La synesthésie de ce dernier vers rend pleinement sensible ce temps qui a été et n'est plus. Il n'y a rien que le poète puisse faire, même la saison, qui fait l'objet d'une personnification, « est morte ». Il n'y a pas de retour en arrière possible, si ce n'est poétique.

Paul Verlaine dans « Colloque sentimental » (1869) saisit le dialogue de deux vieux amants, figures déjà spectrales qui « évoqu[ent] un passé » qui n'est plus.

B. Le lyrisme du souvenir personnel

Chez Apollinaire, la figure du poète est donc mélancolique : son propre passé devient matière poétique. En évoquant des amours passés, le recueil s'inscrit ainsi pleinement dans la tradition élégiaque. C'est ce que laisse entendre aussi son titre ambivalent : l'alcool conduisant à l'affliction, le sentiment nostalgique est prégnant, notamment dans « La chanson du mal-aimé » qui se termine sur ce chant poétique qui évoque un temps révolu « Je me souviens d'une autre année / [...] J'ai chanté ma joie bien aimée / Chanté l'amour ». La poésie sublime dès lors le passé.

C. Vers le passé lointain

Il n'y a pas que sa vie passée qu'Apollinaire ressasse : une place essentielle est faite au passé légendaire. Son lyrisme est ainsi empreint de merveilleux où hier et autrefois font l'objet d'un traitement important. Un poème tel que « La Loreley » qui se réfère à un temps légendaire lui permet de développer le thème du sacrifice amoureux.

Le mouvement surréaliste puisera lui aussi dans la mythologie. La sirène, la fée, la créature sont au cœur de la poétique d'André Breton.

Le passé, loin d'être révolu, devient un matériau poétique qui signifie l'éternel retour des angoisses : le passé s'inscrit dans le présent. En réalité, Apollinaire refuse la linéarité du temps et son écriture poétique dépasse le clivage entre passé, présent et futur.

III. Une poésie de la régénération, qui « s'invente » elle-même

A. Circularité du temps

Les poèmes regroupés dans le recueil, rédigés sur près d'une quinzaine d'années, ne sont pas organisés chronologiquement, « Zone » étant de manière significative le dernier poème qu'il a composé, et pourtant placé en ouverture du recueil. Il s'ouvre sur le mot « fin » alors que le dernier vers du dernier poème (« Vendémiaire ») se ferme sur l'aube « le jour naissait à peine ». Cet agencement paradoxal refuse toute fin et renvoie au début de l'œuvre. Les images récurrentes de la nuit et du jour, des saisons signifient en permanence cette conception circulaire du temps.

B. L'écho comme principe organisateur

Pour Apollinaire, tout revient donc sans cesse. L'inquiétude, les angoisses sont susceptibles d'un sempiternel retour, à l'image de la Seine dont l'onde dans « Le pont Mirabeau » est restituée par l'hétérométrie des vers et les effets d'enjambements comme aux vers 8 à 10 : « Tandis que sous / Le pont de nos bras passe / Des éternels regards l'onde si lasse ». Un fonctionnement spéculaire se retrouve souvent au sens même de l'architecture des poèmes. On peut prendre pour exemple la section « Rhénanes » qui s'ouvre et se referme sur l'ambiance nocturne de « Nuit rhénane » et « Les femmes » tandis que « La Loreley » en semble le pivot, traitant à la fois de la mort et de l'amour. *Alcools* ne présente ainsi pas une lecture progressive ; ce qui compte, ce sont les échos créés entre les différents poèmes.

C. Le pouvoir de régénération de la poésie

Il ne faut pas oublier que l'alcool est un agent purificateur : en ce sens, la poésie transcende ce que le réel nous impose. Le recueil poétique se veut donc une expérience alchimique où la poésie tire sa force d'elle-même et non des expériences vécues ou à vivre. Il s'agit bien de « s'inventer » : la poésie d'Apollinaire se génère d'elle-même. Le recueil s'achève sur « Vendémiaire », véritable hymne à la vie renouvelée. Le monde entier converge en effet dans la bouche (métonymie de la parole poétique) du poète, qui est complètement gorgé de ce renouveau.

Conclusion

Alcools est un véritable appel à la nouveauté qui procure une ivresse au poète. Apollinaire écarte ainsi dans un mouvement de refus ce qui a été avant, et ce afin de se tourner pleinement vers son époque en pleine transformation. À ce monde nouveau correspond une écriture nouvelle, il s'agit de voir autrement. Pour autant, le passé ne s'efface pas complètement : le souvenir est tenace. Poète malheureux, Apollinaire se situe dans une longue lignée de poètes mélancoliques devant la fuite du temps. L'écriture poétique vient alors rappeler ce passé qui n'est plus et le rend, de la sorte, éternel.

CE QU'IL NE FAUT PAS FAIRE

La première et la deuxième parties ne doivent pas se contredire : la deuxième partie doit s'attacher à montrer que la thèse suggérée par le sujet n'est pas suffisante pour rendre compte du recueil.

ZOOM SUR...

LE CUBISME

Il s'agit d'un mouvement pictural à l'orée du XXe siècle dont les représentants les plus célèbres sont P. Picasso, A. Gleizes, S. Delaunay ou encore F. Léger. Les peintres font le choix de représenter autrement la réalité et de se détacher de la vraisemblance au profit d'une nouvelle conception de la spatialité. Le peintre, pour cela, abandonne donc le principe de la perspective (qui était utilisée depuis l'art de la Renaissance) et use désormais de la juxtaposition, de la fragmentation, de la multiplication des points de vue. Le tableau ne reproduit plus ce que les yeux voient et c'est au spectateur de recomposer cette réalité, car ce qui est représenté est complètement décomposé. Ce qui compte dorénavant, c'est d'atteindre la sensibilité du spectateur qui est alors contraint de renouveler son regard. C'est ce que fera Apollinaire dans son écriture : *Alcools* apparaît de fait comme un collage qui repose sur un effet de contraste permanent. Le poète fait surgir sans cesse des sentiments contradictoires et même des points de vue différents. Ainsi, le poème « Les femmes » fait alterner des propos qui semblent incohérents et des passages plus lyriques afin de restituer au mieux une atmosphère à la fois menaçante et rassurante.

Guillaume Apollinaire invente le surréalisme

1917 – La première des « Mamelles de Tirésias » provoque un chahut de tous les diables. Apollinaire y crée pour la première fois un « drame surréaliste en deux actes et un prologue »

Ils se sont égayés sur les trottoirs de Montmartre, certains dévalant la rue Lepic, d'autres grimpant vers le haut de la butte. C'était un beau dimanche d'été, le 24 juin 1917, et ils venaient d'assister à une représentation surchauffée : la première des *Mamelles de Tirésias*, de Guillaume Apollinaire. Il y avait eu un chahut de tous les diables, des insultes et des hurlements de joie, et même une petite frayeur, quand une spectatrice avait cru qu'un beau jeune homme en uniforme anglais allait tirer avec son revolver : Jacques Vaché, venu avec André Breton, qui allait assurer la gloire d'un mot inventé par Guillaume Apollinaire et inscrit dans le programme des *Mamelles de Tirésias*, « drame surréaliste en deux actes et un prologue ».

En 1917, « surréalisme » est un mot de plus dans la cohorte des « ismes » qui fleurissent pour qualifier l'avant-garde, se bagarrer en son nom, ou la moquer, ce dont un critique ne se prive évidemment pas, en décrivant une salle où se mêlent des *« fauvistes, cubistes, orphistes, dentistes, enfin, toute la ménagerie littéraire »*. Et quelle ménagerie ! Jean Cocteau, Louis Aragon, Paul Fort, Philippe Soupault, Max Jacob, Jules Romains, Maurice Martin du Gard, Willy, Gaston Gallimard, Julien Benda, Madame Rachilde. Les couturiers Paul Poiret et Jacques Doucet. Les peintres Diego Rivera, Juan Gris, Gino Severini. Des bourgeois cultivés. Une foule de journalistes. Seuls manquent Matisse... et Picasso, qui est à Rome. Mais il est présent dans le programme, pour lequel il a dessiné une écuyère qui se cabre.

C'est Thérèse, l'héroïne des *Mamelles de Tirésias*. Une sacrée femme : elle a décidé que cela suffisait, qu'elle n'obéirait plus à son mari et vivrait sa vie, en s'autorisant tout ce qu'interdit sa condition – faire la guerre, être artiste, avocate, sénatrice, ministre, médecin, mathématicienne, philosophe, chimiste... La liste de Thérèse est longue, et son premier désir, très clair : ne plus faire d'enfants. Son mari n'en revient pas. Il ne trouve qu'une chose à lui répondre : *« Donne-moi du lard, je te dis, donne-moi du lard. »* Las ! Thérèse fait éclater ses mamelles, et se retrouve aussi plate qu'une morue. La barbe lui pousse, une moustache frise son visage : la voilà devenue homme, étalon, taureau. Beau gars.

Puisque c'est ainsi, dit le mari, je vais m'en charger : c'est moi qui ferai des enfants. Parce qu'il faut en faire, et beaucoup, surtout en temps de guerre. Et parce que cela permettra d'assouvir un fantasme : être enceint. Ne demandez pas comment le mari de Thérèse devenue Tirésias s'y prend, mais il se débrouille si bien qu'en un jour il donne naissance à 40 049 enfants. Une manne : *« L'enfant est la richesse des ménages/ Bien plus que la monnaie et tous les héritages »*, déclare-t-il à un journaliste. Le père est bien décidé à spéculer sur sa progéniture, en générant un homme d'affaires, un écrivain à succès ou un maître chanteur. Mais les bouches coûtent cher à nourrir, et la famine menace à Zanzibar, où se déroule l'action.

C'est alors qu'intervient le revirement. Par un tour de passe-passe proprement apollinairien, Tirésias redevient Thérèse, le mari redevient son mari, tout rentre dans l'ordre et s'achève par une chanson rythmée par des grelots : *« Et puis chantez matin et soir/ Grattez-vous si ça vous démange/ Aimez le blanc ou bien le noir/ C'est bien plus drôle quand ça change/ Suffit de s'en apercevoir. »*

Le final est à l'aune du style de la pièce, truffée d'humour gaulois, de jeux de mots, de calembours, d'audaces et de plaisanteries de potache. Il y a du Jarry dans les *« merdecin »* qu'on entend, et l'esprit de Dada n'est pas loin. Un esprit bête et méchant, dirait-on aujourd'hui, où la pièce d'Apollinaire a été détrônée par l'opéra que Francis

POURQUOI CET ARTICLE ?

Pour prendre la mesure de la modernité de Guillaume Apollinaire, il est important de le situer dans son époque. C'est ce qu'invite à faire cet article qui revient sur l'invention du terme « surréaliste » par Apollinaire. Vous pourrez donc découvrir ici que le terme est né avec *Les Mamelles de Tirésias*, « drame surréaliste en deux actes et un prologue ». De nombreux artistes se rassemblent durant la première de cette pièce le 24 juin 1917. Outre Louis Aragon et André Breton, on retrouve Jean Cocteau, Philippe Soupault ou encore Max Jacob. Pablo Picasso est absent, mais l'ami d'Apollinaire a participé au programme en proposant un dessin. Les spectateurs de cette pièce assistent à l'étonnante métamorphose d'une femme qui se transforme en homme : Thérèse devient Tirésias avant de retrouver sa première identité. Apollinaire joue avec les repères des spectateurs et annonce certains traits du surréalisme en faisant preuve d'une grande liberté. L'article montre aussi les liens qui unissent ce texte avec l'esprit qui anime ensuite le mouvement dada. La pièce surprend par son audace et la salle s'agite, à tel point que la représentation prend des allures de scandale. Pour autant, derrière l'humour et les provocations se cache une réflexion particulièrement moderne sur la place de la femme dans la société.

Poulenc en a tiré, en 1944. Mais ces galéjades servent une cause : *« Chanter la vie, l'avenir, le changement, dût-on, pour se prémunir, se draper d'une souveraine indifférence face à la vie, face à la mort »*, comme l'a écrit Jacqueline Piatier dans *Le Monde*.

En 1917, Apollinaire porte un bandeau autour de la tête. Il a été trépané après avoir reçu un éclat de shrapnel, le 17 mars 1916, alors qu'il lisait *Le Mercure de France*, dans une tranchée, au bois des Buttes, au nord de l'Aisne. Il s'était engagé dès le 5 décembre 1914 dans la Légion étrangère, parce qu'il n'était pas français, mais russe – il a été naturalisé le 9 mars 1916. Après sa blessure, Apollinaire accroche son casque chez lui, dans son appartement de Saint-Germain-des-Près. Il reprend ses activités littéraires, dans un Paris artistique bouillonnant. En octobre, il fait paraître *Le Poète assassiné*. Puis écrit *Les Mamelles de Tirésias*, en puisant dans l'actualité.

Dans la France en guerre

Thérèse n'affirme pas son féminisme par hasard. Dans la France en guerre, des femmes se battent pour leurs droits et se mettent en grève. Leur place a changé : elles se sont mises à conduire des taxis ou à distribuer le courrier, et les ouvrières ont pris de l'assurance dans les usines, où elles ravitaillent les soldats en armes et matériel, pour des salaires bien inférieurs à ceux des hommes. Au printemps 1917, lasses d'être trop peu payées, des couturières, les « midinettes », descendent dans la rue. D'autres leur emboîtent le pas. Elles empruntent un de leurs slogans à Anatole France : *« On croit mourir pour la patrie et on meurt pour les industriels. »*

Pendant ce temps, au front, des poilus se mutinent, révoltés par la boucherie du Chemin des Dames (200 000 morts et blessés) et leurs conditions de vie effroyables. Deux tabous sont brisés : refus du combat pour les hommes, refus du travail en temps de guerre pour les femmes, que l'Etat incite à repeupler la France. Quelque 38 200 enfants sont nés en 1916, contre 79 040 en 1914. Des primes à la naissance sont offertes, et certaines usines créent des crèches et des pièces pour l'allaitement. C'est cette politique nataliste qu'Apollinaire met en pièces : *« Criez partout sur le boulevard/ Qu'il faut refaire des enfants à Zanzibar »*, claironne le mari de Thérèse, cerné de berceaux et de moïses, dans le second acte.

Voilà qui nous ramène au 24 juin 1917. Les Mamelles de Tirésias sont jouées au Conservatoire Renée-Maubel (l'actuel Théâtre Michel-Galabru), une salle qui porte le nom de sa propriétaire et se trouve rue de l'Orient. Elle est bleue et blanche et contient 450 places. C'est un lieu de rendez-vous de l'avant-garde, dans le haut de Montmartre où l'herbe pousse entre les pavés. Apollinaire et ses amis n'y répètent pas. Ils se retrouvent dans des appartements ou des ateliers, à partir de mars, et l'un d'entre eux dira que *« ce n'était pas de la mise en scène, mais plutôt de la mise en engueulade. »* A part Louise Marion (Thérèse), qui a joué avec Lugné-Poë, et Marcel Herrand (le mari), apprenti comédien qui fera une belle carrière, tous sont des amateurs.

Et vogue la galère, jusqu'à la première : la musique a été confiée à Germaine Albert-Birot, mais, faute de pouvoir réunir un orchestre, elle est interprétée au piano. Le décor et les costumes sont signés par le peintre Serge Férat, qui reprend des thèmes cubistes. Max Jacob se glisse dans le chœur, et Philippe Soupault dans le trou du souffleur. Annoncée pour 16 h 45, la représentation commence avec deux heures de retard, à cause de la cohue dans le théâtre, où les poulbots (l'atelier du dessinateur est rue de l'Orient) regardent entrer une faune excentrique et agitée. *« On s'y entassait comme les ingrédients d'une bombe »*, dira Cocteau. De fait, il y a autant de raffut dans la salle que sur la scène. Et plus de scandale qu'à la création de *Parade* par les Ballets russes de Serge Diaghilev, qui a eu lieu le 18 mai, au Théâtre du Châtelet.

« La gaîté moderne »

C'est à cette occasion que le mot « surréalisme » a été imprimé pour la première fois. *« Dans le texte qu'il consacre à* Parade*, explique l'universitaire Etienne-Alain* Hubert, sans dire un mot de l'argument du ballet, *Apollinaire déclare "qu'une sorte de surréalisme" résulte des décors et des costumes de Picasso, comme de la chorégraphie de Messine. »* Quelques semaines plus tard, le mot revient dans le sous-titre des *Mamelles de Tirésias*, et Apollinaire s'en explique dans la préface : *« Quand l'homme a voulu imiter la marche, il a créé la roue qui ne ressemble pas à une jambe. Il a fait ainsi du surréalisme sans le savoir »*. Le jour de la création, le mot ne fait pas débat. Deux clans s'opposent. Les contre, comme Jacques Vaché, reprochent bruyamment à l'auteur de *« rafistoler du romantisme avec du fil téléphonique »*. Les pour, comme Aragon, défendent avec autant d'ardeur un théâtre nouveau : « Les Mamelles *nous libèrent enfin du théâtre des boulevards. »*. André Breton reste impérial, à son habitude. Il dira bien plus tard avoir apprécié *« la gaîté moderne »* des *Mamelles de Tirésias*, mais regretté qu'Apollinaire ne soit pas allé plus loin.

En 1920, il revient sur la définition donnée dans la préface, comme le précise Etienne-Alain Hubert : *« S'il y reconnaît une incitation décisive à l'inventivité, il ajoute immédiatement que "l'idée de la jambe humaine, perdue dans la roue, ne s'est retrouvée que par hasard dans la bielle de la locomotive". La variante est de taille : avec le rôle donné au "hasard", surgit l'intuition que l'homme est le plus authentiquement créateur quand il renonce à la maîtrise de sa production. Le Manifeste du surréalisme se profile. »* Il paraîtra en 1924. Sept ans après que Guillaume Apollinaire, sanglé dans son uniforme et entouré d'amis, a descendu la rue Lepic.

Brigitte Salino,
Le Monde daté du 01.08.2017

« Les Fleurs du mal » réhabilité

Il y a cinquante ans, la Cour de cassation autorisait la publication de six poèmes de Baudelaire, censurés lors de leur publication, en 1857, pour outrage à la morale publique et aux bonnes mœurs. En 1924 encore, un exemplaire non expurgé avait été retiré d'une vente aux enchères sur ordre de la justice

C'est le 31 mai 1949, à l'issue de douze jours de délibéré, que la chambre criminelle de la Cour de cassation rend une décision laconique mais sans surprise : après quelque quatre-vingt- douze années de purgatoire, les six pièces les plus sulfureuses des *Fleurs du mal* sont à nouveau autorisées à la publication. La requête en révision en faveur de Charles Baudelaire, présentée par le président de la Société des gens de lettres auprès du ministère de la justice, a été approuvée par l'avocat général lui-même.

Dans leur arrêt, les magistrats de la haute juridiction réexaminent tour à tour les critères de l'outrage aux bonnes mœurs. Ils relèvent, sans plus de précisions, que *« les poèmes faisant l'objet de la prévention ne renferment aucun terme obscène ou même grossier et ne dépassent pas, en leur forme expressive, les libertés permises à l'artiste ; que si certaines peintures ont pu, par leur originalité, alarmer quelques esprits à l'époque de la première publication des* Fleurs du mal *et apparaître aux premiers juges comme offensant les bonnes mœurs, une telle appréciation, ne s'attachant qu'à l'interprétation réaliste de ces poèmes et négligeant leur sens symbolique, s'est révélée de caractère arbitraire ; qu'elle n'a été ratifiée ni par l'opinion publique ni par le jugement des lettrés ».*

Quant à l'intention de Baudelaire, les juges de 1949 retiennent tout aussi pudiquement que *« le jugement dont la révision est demandée a reconnu les efforts faits par le poète pour atténuer l'effet de ses descriptions (...). Les poèmes incriminés sont manifestement d'inspiration probe ».* Ils en concluent qu' *« il échet de décharger la mémoire de Charles Baudelaire, de Poulet-Malassis et de De Broise de la condamnation prononcée contre eux ».*

L'édition originale est constituée de mille trois cents exemplaires des *Fleurs du mal* – augmentés d'une vingtaine de volumes tirés sur vergé –, mis en vente le 25 juin 1857 par les éditeurs Auguste Poulet-Malassis et Eugène de Broise. Cinquante-deux poèmes seulement sur cent que contient le recueil sont alors totalement inédits.

Dès le 5 juillet, *Le Figaro* publie, sous la plume de Gustave Burdin, une véritable dénonciation publique du recueil : *« L'odieux y coudoie l'ignoble ; le repoussant s'y allie à l'infect. Jamais on ne vit mordre et même mâcher autant de seins dans si peu de pages ; jamais on n'assista à une semblable revue de démons, de fœtus, de diables, de chloroses, de chats et de vermine ! Ce livre est un hôpital ouvert à toutes les démences de l'esprit, à toutes les putridités du cœur. »*

Baudelaire restera persuadé que cet article fut à l'origine de ses malheurs judiciaires. Et de fait, le 7 juillet, la justice se saisit du dossier et se penche plus particulièrement sur treize poèmes, dont quatre ont été signalés dans l'article du quotidien.

Le 9 juillet 1857, Baudelaire rassure encore sa mère : *« On avait répandu le bruit que j'allais être poursuivi ; mais il n'en sera rien. Un gouvernement qui a sur les bras les terribles élections de Paris n'a pas le temps de poursuivre un fou. »* Le 11, il écrit pourtant à son éditeur : *« Vite, cachez, mais cachez bien toute l'édition... Voilà ce que c'est que de ne pas vouloir lancer sérieusement un livre. Au moins, nous aurions la consolation, si vous aviez fait tout ce qu'il fallait faire, d'avoir vendu l'édition en trois semaines, et nous n'aurions plus que la gloire d'un procès, duquel d'ailleurs il est facile de se tirer. »*

Le poète déclare d'ailleurs au magistrat instructeur : *« Mon unique tort a été de compter sur l'intelligence universelle, et de ne pas faire une préface où j'aurais posé mes principes littéraires et dégagé la question si importante de la morale. »* Il mentionne également le prix du volume, qui empêcherait le simple quidam d'y avoir accès. Il écrira encore pour sa défense : *« Je répète qu'un livre doit être jugé dans son ensemble. »*

Mais la loi du 17 mai 1819 (dont les sanctions ont été aggravées par une loi du 25 mars 1822) a instauré une politique systématique de censure. Le délit d' *« outrage à la morale publique et religieuse, ou aux bonnes mœurs »* est plus redoutable que ne l'imagine ou ne l'espère alors l'auteur des *Fleurs du mal*, surtout lorsqu'il est invoqué par un lecteur aussi obstiné qu'Ernest Pinard. Le substitut impérial avait déjà, six mois auparavant, demandé l'interdiction de *Madame Bovary* devant le tribunal de Rouen. Flaubert, politiquement plus en faveur, avait été relaxé mais tout de même *« blâmé »* par ses juges. Pinard poursuivra également, mais en vain, au mois de septembre de la même année, *Les Mystères de Paris*, d'Eugène Sue. Imperturbable, il estimera encore dans *Mon journal*, publié trente-cinq ans plus tard, n'avoir fait qu'accomplir sa mission ; le magistrat n'a pas à jouer un rôle de critique littéraire.

Dans une lettre datée du 14 août 1857, le même Flaubert s'inquiète du procès auprès de Baudelaire : *« Ceci est du nouveau : poursuivre un volume de vers ! Jusqu'à présent la magistrature laissait la poésie fort tranquille !*

POURQUOI CET ARTICLE ?
Cet article écrit par l'avocat Emmanuel Pierrat éclaire la réception pour le moins agitée des *Fleurs du mal* de Baudelaire. Il rappelle ainsi que le recueil, en s'intéressant à des sujets jugés scandaleux, a été la cible de bien des attaques. Publié le 25 juin 1857, il doit dès le 5 juillet subir les foudres d'un article du *Figaro* qui affirme que « l'odieux y coudoie l'ignoble ; le repoussant s'y allie à l'infect ». Mais les ennuis de Baudelaire ne font que commencer puisque la justice du Second Empire se penche sur ces *Fleurs du mal*. Le poète et ses éditeurs sont finalement condamnés pour « outrage à la morale publique et aux bonnes mœurs ». Six poèmes sont alors censurés. Emmanuel Pierrat revient aussi sur les réactions des contemporains de Baudelaire comme Gustave Flaubert, Sainte-Beuve, Barbey d'Aurevilly ou Victor Hugo. Il montre par ailleurs que le recueil est longtemps resté sulfureux puisqu'en 1924 un exemplaire de l'édition de 1857 est retiré d'une vente aux enchères. Il faut finalement attendre 1949 pour que la chambre criminelle de la Cour de cassation revienne sur la condamnation et autorise la publication des six poèmes censurés, ce qui donne lieu à de nouveaux affrontements entre éditeurs en 1959. Près d'un siècle après sa première publication, le recueil continue donc à être au centre de nombreux débats !

Je suis grandement indigné. Donnez-moi des détails sur votre affaire si ça ne vous embête pas trop, et recevez mille poignées de mains des plus cordiales. »

Sainte-Beuve, lui, ne veut pas se compromettre et ne soutient son protégé que très mollement en lui adressant de très prudents *Petits Moyens de défense tels que je les conçois*. Barbey d'Aurevilly s'indigne, en revanche, au sortir de l'audience, que l'avocat de Baudelaire, Gustave Chaix d'Est-Ange, ait plaidé « *je ne sais quelles bassesses, sans vie et sans voix* ».

Le jugement est donc rendu, le 20 août 1857, par la sixième chambre du tribunal correctionnel de la Seine. Il écarte l'offense à la morale religieuse, mais retient l'outrage à la morale publique et aux bonnes mœurs : « *L'erreur du poète dans le but qu'il voulait atteindre et dans la route qu'il a suivie, quelque effort de style qu'il ait pu faire, quel que soit le blâme qui précède ou suit ses peintures, ne saurait détruire l'effet funeste des tableaux qu'il présente aux lecteurs et qui, dans les pièces incriminées, conduisent nécessairement à l'excitation des sens par un réalisme grossier et offensant pour la pudeur.* » Baudelaire est condamné à trois cents francs d'amende et ses éditeurs à cent francs. Six poèmes – *Lesbos, Femmes damnées (Delphine et Hippolyte), Le Lethé, A celle qui est trop gaie, Les Bijoux et Les Métamorphoses du vampire* –, dont deux ont pourtant déjà été publiés auparavant, sont interdits.

Charles Asselineau rapporte, dans son essai biographique sur Baudelaire, l'avoir interrogé juste après le prononcé du délibéré : « *Vous vous attendiez à être acquitté ?* » Le poète lui aurait répondu : « *Acquitté ! J'attendais qu'on me ferait réparation d'honneur.* » Victor Hugo tente, le 30 août, de réconforter Baudelaire : « *J'ai reçu, Monsieur, votre lettre et votre beau livre. L'art est comme l'azur, c'est le champ infini : vous venez de le prouver. Vos* Fleurs du mal *rayonnent et éblouissent comme des étoiles. Continuez. Je crie bravo ! de toutes mes forces, à votre vigoureux esprit. Permettez-moi de finir ces quelques lignes par une félicitation. Une des rares décorations que le régime actuel [celui de Napoléon III] peut accorder, vous venez de la recevoir. Ce qu'il appelle sa justice vous a condamné au nom de ce qu'il appelle sa morale ; c'est là une couronne de plus. Je vous serre la main, poète.* » Tandis que les Goncourt notent, en octobre suivant, dans leur *Journal* : « *Baudelaire soupe à côté. – Se défend, assez obstinément, et avec une certaine passion sèche, d'avoir outragé les mœurs dans ses vers.* »

Baudelaire ne fait pas appel de la décision, espérant une réduction de la peine. Une requête à l'impératrice, en date du 6 novembre, amène en effet le ministère de la justice à baisser le montant de l'amende à cinquante francs.

Parallèlement, le poète se plaint de son éditeur, qui s'est contenté d'arracher les pages censurées plutôt que de détruire tous les exemplaires du recueil. Il voudra même un temps écrire six autres pièces en remplacement des textes censurés. Baudelaire gardera encore longtemps le projet de refaire l'histoire des *Fleurs du mal*. Poulet-Malassis, qui avait déjà connu les foudres de la justice à plusieurs reprises, écrit, le 10 novembre 1857 : « *L'affaire des* Fleurs du mal *a été de mon côté et de fond en comble une affaire de dévouement absolu. Je savais d'avance que nous avions la moitié des chances d'être poursuivis et si je m'étais fait illusion à ce sujet tous ceux qui savaient que j'imprimais ce livre se seraient chargés de me désabuser.* »

Le poète et ses éditeurs concluent pourtant un nouveau contrat pour *Les Fleurs du mal*, le 1er janvier 1860. Il prend en considération la condamnation, et l'accord initial du 30 décembre 1856 y est expressément annulé.

En 1864, Baudelaire rejoint Poulet-Malassis en Belgique, où celui-ci s'est réfugié et aurait réédité, dès 1858, les poèmes condamnés. C'est cette année-là qu'ils sont à nouveau bel et bien imprimés, dans le *Parnasse satyrique du XIXe siècle*. Ils figurent également dans *Les Épaves*, publié par Poulet-Malassis, en 1866, à Bruxelles, et dont Baudelaire envoie même un exemplaire à Pinard. Cette édition est à son tour poursuivie par la justice française et condamnée par le tribunal correctionnel de Lille, le 6 mai 1868, près d'un an après la mort du poète.

En 1871, toutes les pièces du procès de 1857 disparaissent dans l'incendie du palais de justice de Paris. En 1924, un exemplaire complet de l'édition de 1857 est retiré d'une vente aux enchères, à la demande du ministère public. La Société Baudelaire lance alors, en 1925, une campagne en faveur de la révision du jugement initial. La demande sera repoussée, faute de pièces ou de faits nouveaux justifiant le réexamen de l'affaire. Et c'est seulement en 1929 que le ministère de la justice élabore un projet de loi *ad hoc* ouvrant droit à la désormais vénérable Société des gens de lettres de demander la révision des « *condamnations prononcées pour outrage aux bonnes mœurs par la voie du livre* » et devenues définitives depuis plus de vingt années. Cette initiative demeure lettre morte, malgré la publication, le 15 décembre 1933, dans le *Mercure de France* du plaidoyer pour « *La Révision du procès Baudelaire* » signé par Paul Blanchart et... Jeanne Renault de Broise. Les descendants des éditeurs d'origine se montreront d'ailleurs longtemps intéressés par le sort des pièces condamnées.

Un nouveau procès sera même intenté, en 1959, à l'encontre de vingt-trois éditeurs qui avaient tous repris, après 1949, les six poèmes jusque-là interdits. Une héritière des éditeurs d'origine, appuyée du jeune avocat Roland Dumas, alors commis d'office, y demandera, ironie du sort, la saisie de « *tous les exemplaires édités comprenant les six pièces condamnées* ». Elle revendiquera en effet une prorogation de la durée des droits d'auteur sur l'œuvre, tombée officiellement dans le domaine public, en compensation de la privation d'une si longue période d'exploitation. La première chambre civile de la Cour de cassation lui donnera tort définitivement le 5 juillet 1967. Il faut attendre 1946 pour que l'idée d'un texte législatif permettant la révision des procès littéraires soit reprise par le député communiste Georges Cogniot. L'unique article en est adopté sans aucune opposition, le 12 septembre 1946, le rapporteur ayant expressément précisé que le texte permettrait « *de réviser les condamnations prononcées contre des ouvrages qui ont enrichi notre littérature et que le jugement des lettrés a déjà réhabilités* ».

Fort de cette loi du 25 septembre 1946, dont ce sera la première application, la Société des gens de lettres peut alors immédiatement déposer un recours en révision, sur lequel se penche, le 19 mai 1949, la Cour de cassation. Le 3 août précédent, la justice avait condamné *J'irai cracher sur vos tombes*, de Boris Vian. Le 16 juillet 1949, naissait la loi sur les publications destinées à la jeunesse, qui établissait un système de censure encore en vigueur aujourd'hui.

Emmanuel Pierrat,
Le Monde daté du 07.06.1999

Les malheurs de Didine

Comment être pleinement soi-même quand on naît dans l'ombre d'un génie ? En se mariant, Léopoldine a tenté d'échapper à l'emprise de son père et de rompre l'enchantement. Mais, après sa fin tragique en 1843, Victor Hugo reprend sa fille sous son aile et l'immortalise dans « les Contemplations ».

Bébé, elle était de toutes les sorties. Ses parents la traînaient dans les soirées, aux repas de la mère Saguet.

« *... Et puis, menez Léopoldine,*
Sans laquelle très mal on dîne,
Sylphide, ange femelle, ondine... »

Sous les feux de la rimaille elle offrait ses beaux yeux noirs, ses gazouillis, ses câlins. « *Elle était,* écrit Jules Janin, *l'orgueil de son père, l'amour des poètes qui l'avaient bercée dans son berceau, elle était l'adoration de sa mère.* » Plus tard, elle passait, gracieuse, dans le salon de la place Royale, parmi les invités et leur demandait d'illustrer son album. Lamartine s'exécutait d'un long poème, d'autres tournaient leur compliment...

On admirait Hugo, on flattait Didine pour sa féminité, son doux front studieux, son âme ; rarement pour son intelligence, car elle se débattait à écrire de « *tout son cœur* » des lettres plates à son « *cher papa* », dans une orthographe incertaine. Elle ne savait que lui répéter : « *Viens avec nous qui t'aimons tant !* » Elle voulait seulement se réchauffer à ses rayons. Lui, avec de soupirants « helas ! », de convaincants mensonges « *Ne dis jamais, même en plaisantant, ma fille bien-aimée, que je t'oublie* », – lui renvoyait de ses escapades « en patache ou en coucou », de magistrales pages d'écriture. Hugo fabriquait des phrases et des vers avec de l'amour paternel : les génies font feu de tout bois. Elle était la piété filiale, il la prenait par la main, sans jamais vouloir l'effrayer : « *L'ogre adorait les petits enfants.* » Les autres, Charlot, Toto et Dédé, entraient dans le chaud décor des pépillantes amours, mais Didine, la contemplée, la préférée, la sirène, pouvait être engloutie par l'Homme de la mer.

Elle fut longtemps sans méfiance, comme l'enfant d'un père ordinaire. Elle s'asseyait sur les genoux de la statue et là, sans doute inquiète de tant de renommée, elle fronçait le sourcil pour trouver dans sa petite cervelle mieux que le langage enfantin du cœur. Ces efforts étaient vains : quoi qu'elle ait dit, elle inspirait à son père de beaux vers qui finissaient dans des recueils. C'était décourageant.

Léopoldine était humble et candide. Elle n'aimait pas l'école mais s'y était résignée. Elle savait mieux les travaux domestiques que les poètes latins. Sainte-Beuve qui, à l'époque, voyait partout des beautés chez les Hugo, avait offert à l'enfant, qui était pour lui *« la plus perlée et la plus charmante ballade de son père »*, un exemplaire de Paul et Virginie : elle n'avait pas neuf ans. C'était intimidant.

En grandissant, la fille de Victor Hugo ne profitait pas de ses privilèges d'élue. Elle n'était pas même dépensière : la robe de sa première communion avait été taillée dans une robe d'organdi qui avait appartenu à Juliette Drouet. Elle se prêtait innocemment aux machinations morales du grand homme : elle symbolisait la pureté et le rachat. Cependant l'ange descendait volontiers de son piédestal pour aller au bal, et préférait aux chants hugoliens des romances comme les *Laveuses du couvent*.

A la maison de la place des Vosges, le tumulte devenait infernal. Hugo, pair de France, académicien, frappait à grands coups sur la forge. Sa célébrité était immense. Plus rien ne poussait sous ce chêne. Il étouffait ceux qui l'aimait, car le monstre était humain. Ses amples antithèses donnaient le mal de mer au cercle de famille. Léopoldine, qui, peu à peu, se formait l'idée d'un bonheur à sa mesure, aspirait au havre qui l'abriterait des tempêtes de ce père-océan. Jusque-là, elle s'était protégée en jouant les grandes personnes, l'enfant-femme, mais, à présent, elle devait admettre qu'un autre Hugo, tout autre qu'un père caressant, habitait des livres vastes et profonds, une œuvre souveraine qu'il lui faudrait lire, comprendre, juger, pour devenir à son tour, comme Adèle, comme Juliette, la confidente, le porte-voix et le porte-parole d'un génie. Elle n'était pas très encline aux abstractions, la gloire où elle baignait depuis sa naissance ne l'éblouissait guère. Quand Hugo se présentait à l'Académie, elle pensait comme Juliette qui écrivait à son Toto : *« Je fais les mêmes vœux que Mademoiselle Didine et je me réjouis à l'avance de vous conserver sans aucun persil... »* L'adolescente ne savait plus comment donner à la fois de l'amour à un père et à un « temple vivant ». Au seuil de l'âge adulte, dans l'ombre du géant, elle ne fut plus rien, rien qu'un petit désir de s'échapper.

Didine, *« Qui disait souvent : je n'ose/ Qui jamais ne disait : je veux »*, prit la bouée qui passe, le premier parti venu. Elle aima Charles sans hésiter. Ils s'étaient connus en 1838 au Havre. L'année suivante, à Villequier, il lui avait pris la main, il l'avait entraînée sur une autre rive, et Charles Vacquerie, le frère aîné d'Auguste, un familier des Hugo, avait triomphé de son cœur. Elle avait quinze ans, lui vingt-deux. Victor était vaincu. Adèle poussa au mariage, comme si la femme de l'immortel, mère aimante, voulait éviter à la frêle Didine le perpétuel et turbulent voisinage d'un esprit démesuré. Hugo, le jeune patriarche, résista : il n'aimait pas ce doux Normand, sans qualités, sans fortune, qui lui volait son feu et sa vestale. Il avait aussi de sombres pressentiments, peut-être une superstition inavouable : Léopoldine, qu'il avait montée au pinacle, porté dans ses bras au Cénacle, l'enfant du poète, survivrait-elle loin du nid ? En regardant Charles, assez laid mais sportif, le bon Charles, prévenant et intimidé, donc maladroit, assis en fiancé à la table familiale, et sa future, Léopoldine dont les yeux célèbres chaviraient dangereusement, le lion ne voulait pas soulever la patte et lâcher sa colombe. Il attendait, prétendait-il, pour signer, de ne plus avoir de rhumatismes aux mains. Mais il signa...

Les grands malheurs ont devant eux un long chemin invisible que les victimes suivent aveuglément, poussées par les hasards, leurs bourreaux. Un chemin bordé de remords. Le mariage eut lieu le 15 février 1843. Il n'y eut pas de réjouissances : la famille Vacquerie pleurait ses morts. La sœur de Charles venait de perdre son mari et ses deux enfants. Le jeune couple alla s'installer au Havre. En mars, une comète passa dans le ciel de Paris... Léopoldine, près de son homme, savourait des joies pures et patientes comme des travaux d'aiguille. Juliette s'inquiétait de trouver son Victor, *« son petit homme... tout rembruni »*. Elle lui écrivait : *« Ne crains rien pour ta Didine, mon adoré, elle sera la plus heureuse des femmes... »* Le père Vacquerie mourut à son tour. Didine vit pour la première fois un cadavre, s'habilla de noir et n'en aima que davantage son Charles qui sut pleurer dignement. Hugo envoya des condoléances : il portait un tout autre deuil.

Au Havre, cependant, la tristesse et l'ennui se dissipaient. Léopoldine allait accueillir sa mère et sa sœur pour les vacances : elles iraient assister aux régates, aux baptêmes des navires, elles feraient des parties de campagne, elles ne se quitteraient plus... Victor et Juliette étaient partis pour leur voyage annuel, dans le Sud-Ouest et en Espagne cette fois. En juillet, avant le départ, Hugo était venu embrasser sa fille. Le lendemain, il lui avait adressé une lettre : *« Mes yeux sont pleins de larmes, je ne voudrais jamais te quitter... »*, avec un

POURQUOI CET ARTICLE ?

Cet article revient sur les liens qui unissaient Victor Hugo et sa fille Léopoldine. Celle qui est surnommée « Didine » joue en effet un rôle central dans *Les Contemplations*, recueil qui évoque des souvenirs heureux mais aussi le poids du deuil. L'article raconte les circonstances de la noyade de la fille du poète le 4 septembre 1843. Il permet de mieux comprendre la douleur de Victor Hugo qui, avant de retrouver le chemin de la littérature, en vient même à cesser d'écrire, lui qui était pourtant un infatigable créateur. C'est ce dont témoigne le vide placé dans *Pauca meæ*, entre « 15 février 1843 » et « Trois ans après ». Mais Christian Colombani montre aussi que l'amour de cet illustre père a pu être étouffant. « Didine, la contemplée, la préférée » fait la fierté de son père et ce dernier ne voit pas d'un bon œil que sa fille s'éloigne de lui. Alors que le dernier poème du quatrième livre des *Contemplations* rend hommage à Charles Vacquerie, Victor Hugo n'a pas toujours considéré son gendre avec autant de bienveillance. Le recueil n'est donc pas un simple reflet du passé : il transfigure la relation entre le père et sa fille. Certes, le poète semble alors gommer quelques traits importants mais il donne aussi une dimension plus universelle à ses vers en se présentant comme un nouvel Orphée. La matière autobiographique s'efface alors derrière la puissance poétique. L'article peut en somme enrichir la lecture des *Contemplations* et la réflexion sur les pouvoirs de la poésie.

post-scriptum pour son gendre : *« ... J'ai vu ma fille heureuse. Pour vous, mes enfants, songez que c'est là le paradis. Vivez-y tous les deux jusqu'à la mort. »* Mais enfin, le père trahi ne s'était pas attardé au Havre. Il avait au cœur une déception, une sourde rancune, une crainte. Il ne devait plus jamais revoir Léopoldine.

Le 4 septembre à 14 h 30, la tragédie se dénoua. Le canot sur lequel se trouvait Charles, sa femme, son oncle et son neveu âgé de onze ans, chavira dans la Seine. Tous furent noyés. Etrange accident, à quelques brasses de la rive. Le temps était beau, l'heure calme. Ils étaient attendus à Villequier pour le repas. Il y eut une rafale de vent, un coup de faux sous le soleil, l'embarcation mal lestée se retourna. On vit Charles deux ou trois fois remonter à la surface, puis disparaître. Un drame presque sans bruit, incompréhensible, comme si le poids du destin avait roulé du côté de la malchance : l'oncle capitaine et Charles étaient d'excellents nageurs, sur les bords du fleuve des témoins avaient cru à un jeu...

Il n'y avait pas sept mois que Léopoldine avait abandonné Paris. Elle avait à peine commencé son existence terrestre à l'écart des incandescences du poète, elle s'était à peine lissé les ailes, et elle quittait le monde sur lequel s'était posé son pied léger...

Là-bas, Hugo voyageait sans savoir, sans prévoir, *« riant aux éclats de l'auberge et du gîte. »* Il écrivait encore à sa fille qui dérivait déjà sur l'océan des morts : *« Donc, continue d'engraisser, de rire et de bien te porter. Rayonne mon enfant, tu es dans l'âge. »* Les signes n'apparurent que plus tard... Le 24 août, Hugo était monté au lac de Gaube, et, le lendemain, il avait raconté son excursion à son plus jeune fils, son *« cher petit Toto »* : *« Rien de plus gracieux et de plus joli que ce lac. – l'eau en est glaciale. – Si l'on y tombe, on est mort. C'est ce qui est arrivé il y a deux ans à deux jeunes mariés dont le tombeau est au bord du lac sur un rocher. J'y ai cueilli cette petite fleur. Je te l'envoie pour la joindre à l'autre. Celle-ci s'appelle une cinéraire. Elle est bien nommée, tu vois, venant sur un tombeau. »* Le 8 septembre, Hugo et Juliette visitaient l'île d'Oléron. A Villequier, on avait enterré Charles et Léopoldine dans un même cercueil. Il y avait la fièvre sur l'île, beaucoup d'enfants mouraient. *« Ce soir-là tout pour moi était funèbre et mélancolique. Il me semblait que cette île était un grand cercueil couché dans la mer et que cette lune en était le flambeau. »*

Hugo apprit la nouvelle du drame, le 9 septembre, à Rochefort, en lisant *le Siècle*. Il rentra immédiatement à Paris, soutenu par Juliette qui lui cachait la vue des cimetières sur la route. Longtemps, il pleura auprès d'Adèle qui, prostrée, serrait dans sa main une mèche de la chevelure de son enfant. Ils croyaient l'entendre dans la maison tourner la clé de la porte. Ils se prenaient à lui parler encore. Hugo ne pouvait plus écrire, le chantre ne pouvait plus chanter, au milieu du chemin de sa vie se dressait à présent une borne : le tombeau de Léopoldine entre *Autrefois* et *Aujourd'hui*. Le poète pleura tout l'automne. Il rencontra Léonie Biard, une fraîche passion, une superbe proie. Mais la blessure ne se referma plus. Cinq ans plus tard, il écrivait à Arsène Houssaye qui venait de perdre sa fille : *« ... On va, on vient, on travaille, on sourit même ; mais, quoi qu'on fasse, il y a toujours une chose morne et sombre dans le cœur : le souvenir de l'enfant disparu. »*

Charles, le jeune rival, avait donné une preuve suprême d'amour : il s'était laissé couler avec Léopoldine qui s'était cramponnée de toutes ses forces au canot. Les Vacquerie avaient aussi payé leur tribut de larmes ; vis-à-vis des Hugo, ils n'avaient pas à se sentir gênés comme des gens en visite qui ont cassé un tanagra. Plus tard, le poète dédia un poème à son gendre : il s'effaçait devant l'acte héroïque du brave Charles : *« N'ayant pu la sauver, il a voulu mourir. »* Il lui accordait enfin sa fille, et devant la postérité. Au petit cimetière de Villequier, les tombes néogothiques des Vacquerie, toutes pareilles, où poussaient jadis des rosiers, protègent aujourd'hui comme des sentinelles mîtrées le sommeil des infortunés. Ici, plus tard, les rejoignirent Adèle, leur mère, et Adèle leur sœur, la fugueuse qui s'échappa dans la folie. L'effrayant génie repose dans les caves sonores du Panthéon.

Mais morte, Léopoldine, enfant prodigue, sagement immobile et glacée, retrouvait sa place dans le giron de la poésie. Plus de révolte, de désaccord, sa mort lui donnait tort. Sa véritable existence si courte, ses désirs, son doux bonheur près d'un falot, elle en somme, elle après tout devait rentrer au bercail comme une égarée dans la nuit. Le père, le *« pèrissime »* lui écrivait des funérailles universelles, un livre comme une pyramide. Tel Orphée et sa lyre, il allait la chercher au royaume des ombres. A Jersey, dans la maison de Marine Terrace qui passait pour hantée, il commandait encore à l'esprit de sa fille : les tables tournantes frappaient son nom. Il la voyait *« à travers la vitre de l'éternité »*, il la cherchait sur l'aile de la poésie, le souffle de l'inspiration poussait sa barque à son rivage. Il se fit mort parmi les morts pour la reprendre par la main. En 1856 parurent *les Contemplations* :

« Mets-toi sur ton séans,
Lève tes yeux, dérange
Ce drap glacé qui fait des plis
Sur ton front d'ange,
Ouvre tes mains
Et prends ce livre : Il est à toi. »

Christian Colombani,
Le Monde daté du 30.01.1993

LA LITTÉRATURE D'IDÉES DU XVIe SIÈCLE AU XVIIIe SIÈCLE

Rabelais, *Gargantua*

À partir du personnage de Pantagruel, Rabelais invente l'histoire d'une famille de géants qui va passionner la France et l'Europe. Le succès rencontré par *Pantagruel*, publié en 1532, est tel que Rabelais décide de raconter dans le livre suivant, paru deux ou trois ans après, l'histoire de son père, Gargantua. Si l'on retrouve dans ce second roman la même drôlerie, le même esprit parodique que dans le premier, il se dote néanmoins d'une dimension satirique et pédagogique plus marquée, diffusant les valeurs de l'humanisme.

Portrait anonyme de François Rabelais.

Un roman de chevalerie parodique

Un chevalier particulier

Outre son gigantisme, Gargantua apparaît d'emblée comme un héros à part. Sa naissance tout d'abord le désigne comme tel, lui qui « naquit en façon bien étrange », en sortant par « l'oreille senestre de sa mère » (chap. VI). Certes, cette naissance est une parodie de la conception du Christ par l'oreille, mais elle signale aussi le caractère exceptionnel de cet enfant qui de plus ne crie pas « Mies ! mies ! » mais « À boire ! à boire ! à boire ! ».

Le ton est ainsi donné, et les particularités de Gargantua seront à l'image de sa naissance et de ses premiers cris : Grandgousier découvre « l'esprit merveilleux » de son fils « à l'invention d'un torchecul » (chap. XIII). Le décalage comique est d'autant plus marqué que le récit ne manque pas de rappeler que Philippe, roi de Macédoine, comprit, lui, quelle était l'intelligence de son fils en le voyant dresser le cheval Bucéphale, effarouché par son ombre (chap. XIV) !

Des prouesses déroutantes

Les prouesses accomplies par un héros si particulier ne peuvent elles-mêmes qu'être atypiques. Ainsi, lorsque Gargantua entre en guerre contre Picrochole, il s'arme en chemin d'« un haut et grand arbre » qui lui « servira de bourdon et de lance » (chap. XXXVI). Et sa jument, quelque peu particulière elle aussi (voir chap. XVI), comme tout fidèle destrier qui se respecte, n'est pas en reste, puisqu'en « piss[ant] pour se lâcher le ventre », elle noie tous les ennemis occupant le gué de Vède ! Lorsque commence l'assaut du château, Gargantua n'a qu'à donner quelques coups de son « grand arbre » pour détruire le château et les ennemis qu'il abritait.

Bien évidemment, les prouesses guerrières de Gargantua, par leur aspect inattendu et cocasse, prêtent à rire. Et c'est à travers ce rire que se réalise la dimension satirique de ce livre.

La satire des dogmatismes

La critique du sophisme

Aussi drôle que soit ce récit, il ne se livre pas moins à une critique virulente de toutes les formes de dogmatismes : intellectuels, religieux, politiques. Les sophistes constituent de ce fait une cible de choix, eux qui, au lieu d'éveiller l'esprit, le corrompent par toutes sortes de raisonnements fallacieux. Cette critique du sophisme est initiée au chapitre XIV : l'enseignement du sophiste en lettres latines Thubal Holoferne puis celui de Jobelin Bridé

PARCOURS

Rire et savoir.

BRÈVE HISTOIRE DE LA CENSURE

La censure comme institution examinant les publications et spectacles destinés au public et décidant d'autoriser ou d'interdire leur diffusion totale ou partielle apparaît dès la fin du Moyen Âge. Le pouvoir religieux et le pouvoir politique sont les instigateurs de la censure, car ils souhaitent contrôler la diffusion des idées porteuses de critiques à leur encontre qui affaibliraient, voire anéantiraient leur puissance. L'Église catholique est ainsi la première à surveiller l'enseignement par le biais des universités et la circulation des écrits à travers le travail des copistes et l'activité des libraires. Mais l'invention de l'imprimerie au XVe siècle rend la tâche de l'Église plus compliquée. C'est alors que les facultés de théologie font paraître des *Index des livres prohibés*. Les monarques absolus s'en prennent quant à eux directement aux imprimeurs, par des peines allant d'amendes lourdes à la prison, afin d'interdire ou de limiter la propagation de certains écrits. Au XVIIe siècle, un corps de censeurs est créé, et il faut avoir obtenu le « privilège du roi » pour pouvoir imprimer un ouvrage. C'est avec la Révolution française et la *Déclaration des droits de l'homme et du citoyen* de 1789 qu'est supprimée la censure royale. Néanmoins, avec le rétablissement de régimes politiques monarchiques et impériaux au XIXe siècle, il faut attendre la loi de 1881 pour que l'imprimerie et la librairie soient déclarées « libres », tandis que certaines formes de censure perdurent jusque dans la deuxième moitié du XXe siècle.

LA TRADITION DU RIRE DANS LA LITTÉRATURE FRANÇAISE

Dans la littérature française, le rire est une tradition qui s'affirme au Moyen Âge grâce aux genres de la farce, du dit, du conte ou du fabliau, par exemple. La farce met principalement en scène des personnages

ont pour unique conséquence de rendre Gargantua « fou, niais, tout rêveux et rassoté » (chap. xv). Il faudra l'intervention du bien nommé Ponocrates (dont le nom signifie « le pouvoir par l'effort ») pour éveiller l'esprit de Gargantua.

La satire des sophistes culmine au chapitre xix avec la harangue de maître Janotus de Bragmardo. Enivré à dessein par Gargantua et ses compères, celui-ci ne parvient qu'à articuler un joyeux galimatias de français et de latin qui a pour seul avantage de faire éclater de rire toute l'assemblée et jusqu'à Janotus lui-même. Voici l'apparence de logique et de rhétorique des sophistes une fois pour toutes ridiculisée.

La critique de la tyrannie

C'est en usant de la même façon de l'art de la caricature littéraire que Rabelais critique la tyrannie à travers le personnage, une fois encore bien nommé, de Picrochole, le roi mû par la « bile amère » qui compose son nom et son humeur. Au chapitre xxxi, la harangue faite par Ulrich Gallet à Picrochole au nom de Grandgousier afin d'éviter une guerre expose la démarche diplomatique que Picrochole aurait dû suivre en cas d'offense et condamne la fureur avec laquelle il a agi en attaquant le peuple de Grandgousier.

Les chapitres xxxii et xxxiii révèlent l'appétit guerrier de Picrochole et son désir mégalomane de conquête, ses gouverneurs lui proposant un plan d'attaque s'étendant du nord de l'Europe au Proche-Orient, en passant par la Russie et le Maghreb. Au détroit de Gibraltar, Picrochole érigerait des colonnes « plus magnifiques que celles d'Hercule », et la Méditerranée serait rebaptisée « mer Picrocholine » ! Le détournement et l'exagération ridiculisent Picrochole et sa tyrannie, qui deviennent non plus un sujet de crainte mais d'amusement, le tragique de la guerre étant de ce fait lui aussi désamorcé.

Un hymne à la vie

Une philosophie « pantagruélique »

Gargantua est un livre qui célèbre la vie, neutralisant les puissances de mort. Son sous-titre donne d'emblée le ton puisqu'il est dit « livre plein de pantagruélisme » et que, dès le premier chapitre, ses lecteurs sont invités à « pantagruéliser » : « ainsi que voir pourrez en pantagruélisant, c'est-à-dire, buvant à gré, et lisant les gestes horrifiques de Pantagruel ». La philosophie pantagruéliste consiste en effet à se réjouir des plaisirs de la vie, particulièrement le boire et le manger, et à préférer le rire aux larmes face aux malheurs du monde.

De ce fait, les occasions de boire et de faire ripaille se multiplient dans *Gargantua*. Cet éloge des plaisirs de la vie se double d'une réhabilitation du corps s'opposant à l'ascétisme chrétien qui faisait du corps un sujet tabou. Lorsque Ponocrates rectifie l'éducation de Gargantua, il ne manque pas de lui enseigner une nouvelle hygiène de vie où les soins du corps trouvent toute leur place, et il fait appel à l'écuyer Gymnaste (au nom toujours significatif !) pour lui apprendre l'art de la chevalerie (chap. xxiii).

Une soif de connaissance et un appétit des mots inextinguibles

Cette faim de vie se double d'une soif de connaissance et d'un appétit des mots qui se marquent notamment par l'abondance des références culturelles et la truculence de la langue employée. Les chapitres ix et x multiplient à outrance le recours aux citations d'auteurs, puisant aussi bien dans le christianisme que dans l'Antiquité gréco-romaine : « Et comme être au temps passé advenu témoignent Marc Tulle *li. I. quaestio.* Tuscul., Verrius, Aristote, Tite-Live, après la bataille de Cannes, Pline *lib. VII. c. xxxii.* et *Iiii.* A. Gellius *Ii. III. XV.* et autres, à Diagoras Rhodien, Chilon, Sophocle, Denys, tyran de Sicile, Philippide, Philémon, Polycrate, Philistion, M. Juventius, et autres, qui moururent de joie » (chap. x). Avec humour et fantaisie, Rabelais convoque ainsi les plus grands auteurs de la culture occidentale.

À cet amour de la culture se mêle celui de la langue, qu'il pétrit et repétrit à souhait, inventant des mots inoubliables tels que « matagraboliser » (chap. xix), immortalisant certaines expressions comme « à la venue des coquecigrues » (chap. xlix) ou rebondissant de jeu de mots en jeu de mots : « Par mêmes raisons [...] ferais-je peindre un penier : dénotant qu'on me fait peiner. Et un pot à moutard, que c'est mon cœur à qui moult tarde » (chap. ix).

UN ARTICLE DU *MONDE* À CONSULTER

Rabelais l'insolent Rabelais p. 78
(Véronique Maurus, *Le Monde* daté du 22.07.2003)

d'avocats, de marchands ou d'artisans et leurs clients qui se jouent toutes sortes de bons tours et auxquels il arrive toutes sortes de péripéties comiques. La plus célèbre farce du Moyen Âge est *La Farce de maître Pathelin* (vers 1465). Le dit, quant à lui, prend souvent la forme d'un monologue et possède une dimension satirique plus marquée, comme *Le Dit de l'herberie* (vers 1265) de Rutebeuf qui se moque des vendeurs d'herbes prétendument médicinales. Le conte en prose comme le fabliau (qui est, pour reprendre l'expression de Joseph Bédier, un « conte à rire en vers ») visent eux aussi à amuser l'auditeur ou le lecteur par le récit de bons ou mauvais tours et l'emploi de bons mots.

LE NOM DE LA ROSE (1980) D'UMBERTO ECO OU LE TRAITÉ PERDU D'ARISTOTE

En 1980, l'écrivain érudit italien Umberto Eco publie *Le Nom de la rose*, sorte de roman policier médiéval dans lequel il imagine une série de meurtres liés à l'existence du second tome de la *Poétique* d'Aristote (tome qui en réalité n'a jamais été retrouvé), consacré à la comédie et dont les pages auraient été empoisonnées par un religieux considérant que le rire est le propre du diable et qu'il est donc défendu d'en faire l'éloge. Ce roman a été adapté au cinéma par Jean-Jacques Annaud en 1986, avec Sean Connery dans le rôle principal.

Le Rire, huile sur bois, anonyme.

Dissertation

« Le rire de Rabelais est en grande partie un superbe déguisement pour essayer de détourner les ennemis, brouiller les pistes, éviter les censures si terribles alors. » Dans quelle mesure ces propos de Michel Butor dans *Répertoire II* s'appliquent-ils à votre lecture de *Gargantua* ?

Vous répondrez à cette question dans un développement organisé en vous appuyant sur le livre de Rabelais ainsi que sur votre culture personnelle.

« Les pèlerins mangés en salade » - Illustration de Gustave Doré, 1873.

Introduction

Analyse du sujet

La thèse exprimée par Michel Butor présente le rire dans *Gargantua* comme une stratégie littéraire (« un superbe déguisement ») élaborée par Rabelais afin d'assurer l'existence de ce livre, c'est-à-dire de le sauver des griffes de la censure (lexique de la parade : « détourner », « brouiller », « éviter »). On pourrait néanmoins opposer à cette idée le fait que le rire dans *Gargantua* apparaît aussi, bien souvent, comme un rire spontané, qui surgit de manière irrépressible. Est-ce à dire que ce rire posséderait en lui-même une vertu ?

Annonce du plan

Gargantua est en effet présenté par Rabelais comme un « livre-silène », un livre qui sous le rire dissimulerait des matières moins « folâtres » qu'il n'y paraît, accréditant la thèse de Michel Butor. Mais le rire dans *Gargantua* se révèle être aussi un rire de pur divertissement. Or, la liberté insolente de ce rire assure également son aspect subversif.

Le plan développé

I. Le rire comme déguisement

A. Un « livre-silène »

Dans *Gargantua*, les deux textes qui précèdent le récit affirment deux projets contradictoires. Dans l'avis aux lecteurs, l'auteur annonce que son livre ne vise qu'à amuser son lecteur : « Vrai est qu'ici peu de perfection / Vous apprendrez, sinon en cas de rire : / Autre argument ne peut mon cœur élire ». Pourtant, on découvre l'affirmation contraire dans le « Prologue de l'auteur ». Les « silènes », ces petites boîtes peintes pour « exciter le monde à rire » mais qui renferment de « fines drogues », servent explicitement de comparant à *Gargantua* : « C'est pourquoi faut ouvrir le livre : et soigneusement peser ce qui y est déduit. Lors connaîtrez que la drogue dedans contenue est bien d'autre valeur, que ne promettait la boîte. C'est-à-dire que les matières ici traitées ne sont tant folâtres, comme le titre au-dessus prétendait. » La même idée est exprimée par le proverbe « L'habit ne fait point le moine » comme par la célèbre métaphore de l'os à moelle. Le prologue multiplie ainsi les images et les déclarations explicites engageant le lecteur à ne pas se contenter de l'aspect divertissant de ce récit, mais à y rechercher de « très hauts sacrements et mystères horrifiques, tant en ce qui concerne notre religion, qu'aussi l'état politique et vie économique ».

B. Un livre qui développe de sérieuses critiques

En effet, *Gargantua* recèle de réelles critiques religieuses et politiques. Le chapitre XL, par exemple, intitulé « Pourquoi les moines sont refuis du monde, et pourquoi les uns ont le nez plus grand que les autres », remet en cause avec virulence l'utilité des moines, appelés « mâchemerdes » et comparés au singe qui ne fait que « tout conchier et dégâter ». Ils n'ont

MOTS CLÉS

Jeux de style et jeux de mots.

BURLESQUE

Issu du latin *burlesco* signifiant « comique, plaisant », le burlesque est un style qui fait parler des personnages nobles (héros tragiques ou épiques) dans une langue basse et vulgaire, introduisant ainsi un décalage comique. Le *Virgile travesti* (1648-1653) de Scarron constitue l'une des œuvres burlesques les plus emblématiques.

HÉROÏ-COMIQUE

À l'inverse du burlesque, l'héroï-comique traite de réalités basses sur un ton épique ou grandiloquent, des personnages issus de basse condition s'exprimant comme des princes ou des rois.

PARODIE

La parodie est l'imitation comique d'une œuvre, du style d'un auteur, etc. Son intention est le plus souvent moqueuse, maniant aussi bien l'ironie que l'humour. À la différence du burlesque et de l'héroï-comique qui relèvent d'un décalage entre la forme et le fond, la parodie concerne autant la forme que le fond.

PASTICHE

Le pastiche est lui aussi l'imitation d'un texte ou d'un auteur, mais à la différence de la parodie, le pastiche ne caricature pas ni ne se moque, il cherche à s'approcher le plus possible de son modèle, souvent guidé par la volonté de rendre hommage au texte ou à l'auteur qu'il imite.

SATIRE

La satire, terme issu du latin *satira* signifiant « farce », était à l'origine un poème destiné à attaquer ou à tourner en dérision un sujet ou une personne. Dans l'Antiquité, Horace et Juvénal se sont illustrés dans ce genre. En France, Boileau s'est fait leur héritier avec son recueil versifié *Satires* (1666). Par extension, le terme de « satire » en est ensuite venu à désigner l'intention critique manifeste d'un texte, quel que soit le genre littéraire auquel il appartient.

ni l'utilité du paysan ni celle de l'homme de guerre, du médecin, du docteur évangélique ou du marchand selon Gargantua. Pire, lorsque Grandgousier réplique que les moines prient Dieu pour les hommes, Gargantua lui rétorque qu'ils ne font que « marmonn[er] grand renfort de légendes et psaumes nullement par eux entendus ». De même, la guerre contre Picrochole peut être lue comme une critique virulente de la violence absurde des guerres.

Pourtant, comme le précise Michel Butor, le rire dans *Gargantua* n'est qu'« en grande partie » un rire de déguisement. Car il est aussi un rire de pur divertissement.

II. Un rire de pur divertissement

A. Amuser par le récit de « bons tours »

Plusieurs fois au cours de son récit, Rabelais ne résiste pas au plaisir d'amuser son lecteur en narrant les bons tours que ses personnages se jouent les uns aux autres. Au chapitre XVII, lorsque Gargantua arrive à Paris, il est vite harcelé par les Parisiens et décide de leur payer « sa bienvenue et son *proficiat* » en les « compissant » « par ris » avant de dérober les cloches de Notre-Dame. Dans le chapitre XII, « Des chevaux factices de Gargantua », Gargantua mène le maître d'hôtel et le fourrier du seigneur Painensac à ses écuries de chevaux de bois, avant de se montrer bon « causeur » en enchaînant pour eux devinettes, plaisanteries et calembours. Car le bon tour est souvent accompagné d'un bon mot.

B. Le « bon mot » ou le plaisir de jongler avec les mots

Rabelais se laisse souvent emporter par le plaisir de jongler avec les mots, quitte à ralentir le rythme de son récit à seule fin de faire goûter à son lecteur la truculence de la langue française. C'est le cas dans le chapitre X, « De ce qu'est signifié par les couleurs blanc et bleu », où Rabelais, se moquant des interprétations symboliques des couleurs, n'hésite pas à accumuler les calembours. De la même façon, il invente des étymologies fantaisistes et humoristiques, comme pour le nom de la Beauce (« Je trouve beau ce », chap. XVI) ou celui de Paris (« par ris », chap. XVII). Le personnage de Gargantua est lui-même caractérisé par son adresse verbale, s'amusant à rimer « tant et plus » de manière irrévérencieuse sur les lieux d'aisance au chapitre XIII.

La spontanéité du rire dans *Gargantua* favorise son aspect subversif : en s'autorisant à rire de tout sans restriction, Rabelais remet en cause les normes en vigueur.

III. Un rire de subversion

A. Tourner en dérision et réhabiliter

Le rire dans *Gargantua* permet de remettre en question l'ordre établi, d'une part en tournant en dérision les excès, religieux et politiques, par exemple, et d'autre part en réhabilitant des sujets tabous. La tyrannie exercée par certains monarques est ainsi dénoncée à travers le personnage de Picrochole, dont le ridicule lui ôte toute autorité, c'est-à-dire tout crédit. La déraison qui s'est emparée de lui se manifeste par exemple à travers des actes insensés tels que le meurtre de son cheval, qui avait simplement trébuché (chap. XLIX), alors même que le cheval est ce qui fait le chevalier ! Picrochole, sans monture, s'imagine dès lors voler un âne à des meuniers (qui ne le laissent pas faire), symbole de sa déchéance. Mais si le rire tourne en dérision et décrédibilise, il peut aussi réhabiliter. C'est le cas du thème du corps, par exemple : l'omniprésence du comique du bas corporel, tout comme les connaissances médicales de Rabelais que dénotent certaines descriptions, permettent de réhabiliter un corps humain que la religion chrétienne a rendu tabou.

B. L'abbaye de Thélème : l'utopie comme pied de nez final ?

Le rire permet ainsi de proposer de nouvelles valeurs, comme s'y attèlent les derniers chapitres de *Gargantua* en racontant la construction de l'abbaye de Thélème et la manière d'y vivre. Le chapitre LIV, reproduisant « l'inscription mise en la grande porte de Thélème », fait dans un premier temps la liste de tous ceux qui ne sont pas les bienvenus dans cette abbaye, s'affirmant comme une nouvelle satire en vers de la société française du XVIe siècle. La deuxième partie de cette liste recense à l'inverse tous ceux qui sont les bienvenus, composant une nouvelle société idéale. L'abbaye de Thélème entend ainsi renverser les valeurs qui mènent le monde et se faire l'incarnation même de la liberté : « En leur règle n'était que cette clause. Fais ce que voudras » (chap. LVII).

Conclusion

Certes, le rire dans *Gargantua* relève d'une stratégie littéraire qui doit lui permettre d'échapper à la censure en l'inscrivant dans une ambiguïté salvatrice. Mais ce rire naît aussi d'un geste spontané, le plaisir d'amuser et de s'amuser, que ce soit par la narration de facéties ou grâce à la richesse de la langue française. Cette liberté du rire lui confère son aspect subversif puisqu'il décrédibilise et réhabilite à sa guise afin de garantir une liberté de penser et de vivre toujours plus grande.

CALEMBOUR

Un calembour est un jeu de mots formé sur des mots qui ont un son (ou « signifiant ») ressemblant mais un sens (ou « signifié ») différent. Rabelais multiplie dans ses œuvres les calembours comme celui-ci : « Le Bon Dieu fit **les planètes**, et nous faisons les **plats nets**. »

NÉOLOGISME

Le néologisme désigne la création d'un mot nouveau. Dans *Gargantua*, par exemple, Rabelais invente le mot « matagraboliser » pour dire « se fatiguer l'esprit », à partir du grec *mátaios* (*μάταιος*) signifiant « vain, frivole » et du terme *graboliser* issu de *grabeler*, « fouiller, examiner avec attention ».

ANAGRAMME

Une anagramme est un mot formé à partir des lettres d'un autre mot, placées dans un ordre différent. François Rabelais s'amuse ainsi à se désigner comme l'auteur de *Gargantua* sous le nom d'« Alcofribas Nasier » : « La vie très horrifique du grand Gargantua, père de Pantagruel, jadis composée par M. Alcofribas abstracteur de quintessence. »

CITATION

Le rire.

« Voyant le deuil, qui vous mine et consomme, / Mieux est de rire que de larmes écrire. / Pour ce que rire est le propre de l'homme. » Rabelais, *Gargantua*, « Aux lecteurs ».

La Bruyère, *Les Caractères* (livres v à x)

En 1665 paraissent les *Maximes* de La Rochefoucauld et, en 1670, les *Pensées* de Pascal. C'est dans cette veine de réflexions brèves, variées et souvent satiriques que s'inscrit La Bruyère lorsqu'il entreprend le projet des *Caractères*, cette même année 1670 si l'on en croit le témoignage de l'avocat Brillon, son contemporain. La rédaction et la publication des *Caractères* s'échelonnent jusqu'en 1696, avec, entre 1688 et 1696, date de la mort de La Bruyère, neuf éditions successives. C'est dire que *Les Caractères* est la grande œuvre de La Bruyère, qu'il n'a cessé, jour après jour, de compléter, d'augmenter, de rectifier. Au cœur des seize livres qui composent *Les Caractères*, les livres v à x offrent une peinture colorée de la vie en société à la ville et à la cour.

L'œil du moraliste : des portraits sans concession

Une galerie de portraits individuels

Les Caractères peuvent tout d'abord être perçus comme une série de portraits individuels, peints « d'après nature » (préface). Tout comme dans l'œuvre originelle dont s'inspire La Bruyère, *Les Caractères* de l'auteur grec Théophraste, ces portraits individuels peuvent représenter des « types » comme le flatteur, l'impertinent, le courtisan, etc. C'est par exemple le cas du portrait d'Arrias (remarque 9, livre v), « homme universel », ou de Théramène (remarque 14, livre vii), « l'épouseur ».

Mais le portrait individuel peut aussi être un portrait « à clef » qui, pour décrire un type, partira d'un modèle (re)connu de tous comme Théobalde (remarque 66, livre v), qui désignerait le poète Isaac de Benserade, incarnant le type de l'auteur à la mode.

Jean de La Bruyère.

Un portrait d'ensemble de la société du xviie siècle

À travers ces portraits, mais aussi grâce aux autres sortes de « remarques », selon le terme employé par La Bruyère pour qualifier son texte (préface), c'est un portrait d'ensemble de la société du xviie siècle que brosse l'auteur, ménageant contrastes, parallèles et gradations. Ainsi croque-t-il les « partisans » dans le livre vi (« Des biens de fortune »), les « courtisans » dans le livre viii (« De la cour »), les « grands », princes et autres gens de haute naissance dans le livre ix (« Des grands »). Aux contrastes sociaux s'ajoutent et se mêlent des contrastes géographiques, comme ceux entre la ville et la campagne ou entre la ville et la cour.

La Bruyère immortalise à la fois les évolutions de son siècle, comme l'ascension des gens fortunés au détriment de la noblesse (livre vi), et des traits caractéristiques de son époque, qu'il s'agisse de modes comme les

PARCOURS

La comédie sociale.

METTRE EN SCÈNE LE « THÉÂTRE DU MONDE »

Parce qu'il est un art d'imitation, de représentation et d'illusion, le théâtre est sans doute le genre littéraire le plus apte à dénoncer la dualité des apparences, le change que se donnent les uns et les autres sur la scène sociale.

L'œuvre de Molière s'affirme par exemple comme une satire en règle de l'hypocrisie qui règne en société, critiquant les comportements affectés des uns dans *Les Précieuses ridicules* (1659), les précautions inutiles et égoïstes prises par d'autres pour éviter le ridicule du cocuage dans *L'École des femmes* (1662), la manipulation de familles entières par des imposteurs dans *Tartuffe* (1669) ou encore les prétentions risibles des bourgeois dans *Le Bourgeois gentilhomme* (1670). Le théâtre de Molière, par le détour du rire, étale ainsi au grand jour les mensonges dont sont tissées les relations sociales, révélant l'envers du décor. Le théâtre de Marivaux, quant à lui, s'amuse à inverser et à renverser les rôles, mettant en lumière le double jeu des personnages, leur propension à l'intrigue et à la duplicité, ce qui permet aussi de représenter les inégalités sociales sur lesquelles est fondée la société d'Ancien Régime. Ainsi les maîtres se déguisent-ils en domestiques dans *Le Jeu de l'amour et du hasard* (1730) ou bien deviennent-ils, contre leur gré cette fois, valets dans *L'Île des esclaves* (1725). Dans *Le Prince travesti* (1724), c'est un roi qui se fait passer pour un aventurier, tandis que dans *La Fausse Suivante* (1724), c'est une demoiselle qui prend les habits d'un chevalier. Dans les œuvres de Marivaux, les personnages prêchent

bains des quais Saint-Bernard (remarque 2, livre VII), de coutumes comme celle des jeunes mariées recevant leurs visiteurs sur leur lit durant les trois premiers jours de leur mariage (remarque 19, livre VII) ou d'*habitus* comme la versatilité de la louange et du blâme (remarque 32, livre VIII). La Bruyère fixe ainsi des traits pour mieux les infléchir.

Un livre pour instruire et corriger

La mise en scène de la dualité des apparences

La Bruyère exprime clairement son projet d'écriture dans la préface de son livre : « [le public] peut regarder avec loisir ce portrait que j'ai fait de lui d'après nature, et s'il se connaît quelques-uns des défauts que je touche, s'en corriger » ; « on ne doit parler, on ne doit écrire que pour l'instruction ». Aussi l'auteur signale-t-il la dualité des apparences pour mieux faire comprendre à son lecteur ce qui se joue en coulisses. L'image répandue du *theatrum mundi* (« le théâtre du monde ») revient en effet à plusieurs reprises, comme avec la remarque 25 du livre VI sur les cuisines. Mais la dualité des apparences peut également être épinglée à travers un caractère, comme celui de Théodote, comédien-né (remarque 61, livre VIII), ou à travers un discours dont La Bruyère explicite avec humour les sous-entendus, comme s'il traduisait une langue étrangère (remarque 37, livre IX). En dénonçant mensonge et hypocrisie, La Bruyère entend amener son lecteur à un plus haut degré de lucidité.

La présence du *je*

L'instruction que La Bruyère souhaite dispenser à son lecteur se lit aussi dans la manifestation constante au fil des pages d'un *je*. Sa présence peut surprendre dans un livre où l'expression de « remarques » générales tendrait à effacer (ou tout du moins à minorer) l'expression d'une subjectivité. Mais la présence de ce *je* joue en réalité un rôle primordial dans le dessein d'instruction affiché par La Bruyère, en faisant partager au lecteur la singularité d'une expérience, c'est-à-dire en légitimant le général par le particulier. Autrement dit encore, la présence du *je* légitime l'emploi du *on*, comme dans l'enchaînement des remarques 49 et 50 du livre V : la remarque 49 fait le récit à la première personne du singulier de la découverte d'une « petite ville » tandis que la remarque 50, par l'emploi du *on* et de tournures indéfinies, fixe les traits caractéristiques des « petites villes ». Mais outre l'emploi du *je* et du *on*, on trouve aussi souvent celui du *vous* dans *Les Caractères* – là encore, non sans raison.

De l'art de manier la langue : démonstration et traité implicite ?

Variété et variation : le choix d'une esthétique proche de la conversation

La variété et l'art de la variation déployés dans *Les Caractères* ont souvent retenu l'attention des critiques littéraires, qui ont mis en avant les contrastes marqués entre les différentes « remarques » qui composent cette œuvre, allant de la simple « pointe » exprimée en une ou deux lignes au portrait développé sur plusieurs pages. Sans doute faut-il voir dans la variation des formes d'expression et la variété des sujets traités un choix esthétique qui rapproche *Les Caractères* d'une conversation mondaine. La Bruyère s'ingénie en effet à ne pas lasser son lecteur, qu'il implique directement, presque comme un interlocuteur. De fait, le dire semble bien souvent le modèle de l'écrire, comme le donne à penser la remarque 78 du livre V : « Il me semble que l'on dit les choses encore plus finement qu'on ne peut les écrire. »

Le langage au cœur des réflexions

Le langage apparaît ainsi au cœur des réflexions formulées dans *Les Caractères*, à la fois comme manière – façon d'écrire – et comme matière – sujet traité. Un livre entier, le livre V, « De la société et de la conversation », est consacré à l'analyse du langage et de ses emplois. Mais les réflexions sur le langage essaiment aussi dans les autres livres qui composent *Les Caractères*, comme dans l'exemple déjà cité du discours à double entente de la remarque 37 du livre IX consacré aux « grands », ou comme au livre VIII consacré à « la cour », où les remarques 79 à 82 traitent respectivement des paroles qui ne s'effacent pas, des bons mots, des phrases toutes faites et des cinq ou six termes de lexique spécialisé par lesquels on se fait passer pour un spécialiste de l'art. *Les Caractères* rappellent ainsi toute l'importance de savoir manier et décrypter les mots dans une société où ils étaient souvent décochés comme des flèches.

UN ARTICLE DU *MONDE* À CONSULTER

La Bruyère sans afféterie p. 80
(Marc Semo, *Le Monde* daté du 13.09.2019)

PARCOURS

donc le faux pour savoir le vrai, amenant les spectateurs à prendre conscience de certaines réalités et de certaines vérités qui tout à coup leur sautent aux yeux.

LE DÉPLACEMENT DU REGARD

La dénonciation des travers de la société française peut aussi s'effectuer par un déplacement du regard : il suffit pour cela de rendre les personnages « étrangers » aux lecteurs.
Dans ses *Fables*, publiées entre 1668 et 1694, La Fontaine reconstitue tout le microcosme de la société française du XVIIe siècle, épinglant les défauts de celles et ceux qui la composent en les représentant sous les traits d'animaux. La distance suscitée par cette animalisation entre les personnages et les modèles dont ils sont inspirés offre à La Fontaine une plus grande liberté de critiquer.
C'est sur le même principe de mise à distance des personnages que reposent les *Lettres persanes* (1721) de Montesquieu : dans ce roman épistolaire, les protagonistes sont deux Persans qui visitent la France et « s'étonnent » de leur découverte de ce pays. Grâce au regard étranger de ces deux personnages, Montesquieu peut se livrer à une véritable vivisection satirique de la société française de son temps.

Commentaire

Vous commenterez ce texte issu des Caractères *de La Bruyère.*

Pamphile ne s'entretient pas avec les gens qu'il rencontre dans les salles ou dans les cours : si l'on en croit sa gravité et l'élévation de sa voix, il les reçoit, leur donne audience, les congédie ; il a des termes tout à la fois civils et hautains, une honnêteté impérieuse et qu'il emploie sans discernement ; il a une fausse grandeur qui l'abaisse, et qui embarrasse fort ceux qui sont ses amis, et qui ne veulent pas le mépriser.

Un Pamphile est plein de lui-même, ne se perd pas de vue, ne sort point de l'idée de sa grandeur, de ses alliances, de sa charge, de sa dignité ; il ramasse, pour ainsi dire, toutes ses pièces, s'en enveloppe pour se faire valoir ; il dit : *Mon ordre, mon cordon bleu*, il l'étale ou il le cache par ostentation : un Pamphile en un mot veut être grand, il croit l'être ; il ne l'est pas, il est d'après un grand. Si quelquefois il sourit à un homme du dernier ordre, à un homme d'esprit, il choisit son temps si juste, qu'il n'est jamais pris sur le fait ; aussi la rougeur lui monterait-elle au visage s'il était malheureusement surpris dans la moindre familiarité avec quelqu'un qui n'est ni opulent, ni puissant, ni ami d'un ministre, ni son allié, ni son domestique ; il est sévère et inexorable à qui n'a point encore fait sa fortune : il vous aperçoit un jour dans une galerie, et il vous fuit ; et le lendemain, s'il vous trouve en un endroit moins public, ou s'il est public en la compagnie d'un grand, il prend courage, il vient à vous, et il vous dit : *Vous ne faisiez pas hier semblant de nous voir.* Tantôt il vous quitte brusquement pour joindre un seigneur ou un premier commis ; et tantôt s'il les trouve avec vous en conversation, il vous coupe et vous les enlève : vous l'abordez une autre fois, et il ne s'arrête pas ; il se fait suivre, vous parle si haut que c'est une scène pour ceux qui passent : aussi les Pamphiles sont-ils toujours comme sur un théâtre ; gens nourris dans le faux, et qui ne haïssent rien tant que d'être naturels ; vrais personnages de comédie, des *Floridors*, des *Mondoris*.

On ne tarit point sur les Pamphiles ; ils sont bas et timides devant les princes et les ministres, pleins de hauteur et de confiance avec ceux qui n'ont que de la vertu ; muets et embarrassés avec les savants ; vifs, hardis et décisifs avec ceux qui ne savent rien ; ils parlent de guerre à un homme de robe, et de politique à un financier ; ils savent l'histoire avec les femmes ; ils sont poètes avec un docteur, et géomètres avec un poète : de maximes, ils ne s'en chargent pas ; de principes, encore moins, ils vivent à l'aventure, poussés et entraînés par le vent de la faveur et par l'attrait des richesses ; ils n'ont point d'opinion qui soit à eux, qui leur soit propre, ils en empruntent à mesure qu'ils en ont besoin ; et celui à qui ils ont recours, n'est guère un homme sage, ou habile, ou vertueux, c'est un homme à la mode.

La Bruyère, *Les Caractères*, livre IX, « Des grands », remarque 50

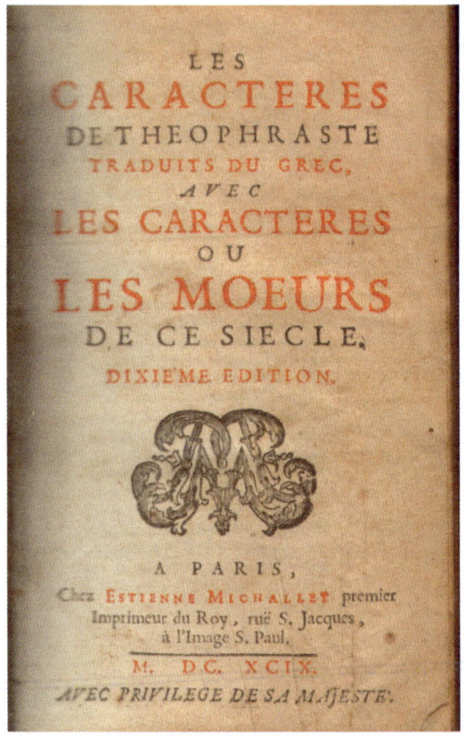
LES
CARACTERES
DE THEOPHRASTE
TRADUITS DU GREC,
AVEC
LES CARACTERES
OU
LES MOEURS
DE CE SIECLE.
DIXIE'ME EDITION.

A PARIS,
Chez ESTIENNE MICHALLET premier Imprimeur du Roy, ruë S. Jacques, à l'Image S. Paul.
M. DC. XCIX.
AVEC PRIVILEGE DE SA MAJESTE'.

Page de garde de la dixième édition (1699).

Introduction

Présentation de l'extrait

Après s'être intéressé dans le livre VIII des *Caractères* au monde de la cour, La Bruyère brosse dans le livre IX le portrait des « grands » et de ceux qui gravitent autour d'eux. À la suite de toute une série de remarques sur le comportement des « grands » et les principaux traits qui les caractérisent, La Bruyère introduit avec la remarque 50 le portrait de Pamphile, qui,

EXTRAIT CLÉ

L'imagination « maîtresse d'erreur et de fausseté ».

« C'est cette partie dominante dans l'homme, cette maîtresse d'erreur et de fausseté, et d'autant plus fourbe qu'elle ne l'est pas toujours, car elle serait règle infaillible de vérité si elle l'était infaillible du mensonge. Mais étant le plus souvent fausse, elle ne donne aucune marque de sa qualité, marquant du même caractère le vrai et le faux. […]
Cette superbe puissance ennemie de la raison, qui se plaît à la contrôler et à la dominer, pour montrer combien elle peut en toutes choses, a établi dans l'homme une seconde nature. Elle a ses heureux, ses malheureux, ses sains, ses malades, ses riches, ses pauvres. Elle fait croire, douter, nier la raison. Elle suspend les sens, elle les fait sentir. […]
Elle ne peut rendre sages les fous, mais elle les rend heureux, à l'envi de la raison, qui ne peut rendre ses amis que misérables, l'une les couvrant de gloire, l'autre de honte.
[…] Le plus grand philosophe du monde sur une planche plus large qu'il ne faut, s'il y a au-dessous un précipice, quoique sa raison le convainque de sa sûreté, son imagination prévaudra. Plusieurs n'en sauraient soutenir la pensée sans pâlir et suer. […] Le ton de voix impose aux plus sages et change un discours et un poème de force. L'affection ou la haine changent la justice de face. Et combien un avocat bien payé par avance trouve-t-il plus juste la cause qu'il plaide ! Combien son geste hardi la fait-il paraître meilleure aux juges dupés par cette apparence ! Plaisante raison qu'un vent manie et à tout sens ! » (Blaise Pascal, *Pensées*, « Vanité »)

REPÈRE

LE BLÂME

Les procédés les plus couramment utilisés pour blâmer sont :
- un vocabulaire péjoratif ;
- des figures par amplification (hyperbole) ou par opposition (antithèse), des répétitions (anaphore, accumulation…) qui accentuent la réprobation, exagèrent la critique ;
- des métaphores et des comparaisons dépréciatives ;
- une ponctuation expressive, des phrases de type exclamatif ou interrogatif qui traduisent, par exemple, la colère et l'indignation du locuteur.

situé à la fin de ce livre, culmine comme un point d'orgue. Ce portrait condense en effet à la fois l'art de La Bruyère et ses principales critiques vis-à-vis de ceux qui composent la société de son temps.

Problématique et annonce du plan
En quoi peut-on dire que Pamphile, au-delà du « caractère » singulier qu'il représente, incarne le prototype même du caractère à la manière de La Bruyère ? Comme d'autres, Pamphile, parce qu'il apparaît comme un avatar de « grand », est comparé à un comédien. Mais, prenant sans cesse une nouvelle apparence, il se révèle n'être qu'un fantoche sans consistance. N'ayant aucune individualité propre, il en devient d'autant plus facilement un « type », à travers lequel La Bruyère exhibe avec malice la fabrication littéraire du caractère.

Le plan développé

I. Un avatar de « grand » : Pamphile comédien

A. Théâtralité de Pamphile

Le thème du *theatrum mundi* (« théâtre du monde ») parcourt l'ensemble des *Caractères*. La Bruyère le développe une fois encore dans ce portrait où il souligne la théâtralité de Pamphile, par exemple dans la façon dont il donne de la voix : « il se fait suivre, vous parle si haut que c'est une scène pour ceux qui passent : aussi les Pamphiles sont-ils toujours comme sur un théâtre ». Pamphile est d'emblée décrit comme jouant un rôle, affectant d'être ce qu'il n'est pas, comme l'indique l'adjectif « fausse » qui qualifie la « grandeur » qu'il prétend avoir, révélant le double jeu auquel il se livre.

B. Dualité de Pamphile

Le portrait de Pamphile le caractérise en effet comme un être double. Tel un Janus à deux visages, Pamphile minute le moment précis où il peut sans embarras montrer un visage souriant à un homme qui n'occupe pas de place importante dans la société : « il choisit son temps si juste, qu'il n'est jamais pris sur le fait ». La maîtrise du « bon moment » par Pamphile manifeste son aptitude à calculer, c'est-à-dire son absence de spontanéité, étant toujours dans la stratégie. Les précisions temporelles (« un jour », « le lendemain ») accentuent la versatilité calculée de Pamphile, qui change de face selon son intérêt et va jusqu'à accuser l'autre de ses propres méfaits (« Vous ne faisiez pas hier semblant de nous voir »).

Ainsi Pamphile change-t-il d'apparence selon l'heure, le lieu et la compagnie, toujours guidé par le seul souci de son intérêt. Mais à force de changer d'apparence, il semble perdre toute consistance.

II. Du comédien au fantoche : la critique de l'inconsistance

A. L'absence de forme à soi

Paradoxalement, Pamphile se définit comme n'étant qu'une perpétuelle mutation, revêtant les costumes les plus divers selon son avantage. Le dernier paragraphe énumère les changements d'attitude et de comportement de Pamphile en fonction de ses interlocuteurs, devenant tour à tour « bas et timid[e] », « plei[n] de hauteur et de confiance », « poèt[e] », « géomètr[e] », etc., selon qu'il a affaire à des « princes et [d]es ministres », des gens « qui n'ont que de la vertu », « un docteur », « un poète », etc. Sauf qu'à force d'emprunter les manières des autres, Pamphile n'en a aucune à lui. C'est ce qu'expriment les tournures possessives marquées : « ils n'ont point d'opinion qui soit à eux, qui leur soit propre ». Comble du comble, le modèle auquel Pamphile emprunte ses opinions est... « l'homme à la mode », autrement dit l'homme le plus changeant / changé qui soit quand on sait ce que durent les modes !

B. Une illusion dont il est la seule dupe

Pamphile passe donc son temps à imiter les hommes qui sont en vogue. Il ne s'affirme de ce fait que comme un imitateur, qui n'atteint ni ne dépasse jamais son modèle : « un Pamphile en un mot veut être grand, il croit l'être ; il ne l'est pas, il est d'après un grand ». Le pire étant encore que personne n'est dupe de ses imitations... à part lui ! Sa « fausse grandeur », qui, par une antithèse savoureuse, « l'abaisse », n'abuse pas ses amis, au contraire. Pamphile n'illusionne que lui-même : « Un Pamphile est plein de lui-même, ne se perd pas de vue, ne sort point de l'idée de sa grandeur, de ses alliances, de sa charge, de sa dignité ; il ramasse, pour ainsi dire, toutes ses pièces, s'en enveloppe pour se faire valoir. » Les figures d'exagération (hyperboles, gradations) et les tournures réfléchies employées dans cette phrase décrivent ironiquement combien Pamphile est le seul à croire aux rôles qu'il endosse.

Mais Pamphile n'est pas le seul dans ce portrait à jouer double jeu : La Bruyère s'amuse en dévoilant, en même temps qu'il façonne celui de Pamphile, les secrets de fabrication d'un « caractère ».

III. (D)écrire un caractère : mode d'emploi

A. Du particulier à l'universel : de Pamphile aux Pamphiles

La description de Pamphile a ceci de particulier que les trois paragraphes qui la composent constituent autant d'étapes de fabrication du « caractère », allant du particulier à l'universel. Le premier paragraphe commence ainsi par décrire un certain Pamphile, individu singulier, comme l'indique le simple emploi de son nom propre : « Pamphile ne s'entretient pas... » Mais, dans le paragraphe suivant, Pamphile devient « un Pamphile » : l'antonomase, figure de style qui consiste à employer un nom propre comme un nom commun, marque un degré de plus dans la fabrication du « caractère » qu'incarne Pamphile. Il n'est donc plus un être particulier mais un type d'être que l'on rencontre de temps à autre dans la société. C'est alors que le passage au pluriel dans la transition vers le dernier paragraphe, « aussi les Pamphiles » puis « On ne tarit point sur les Pamphiles », vient en réalité constituer ce type de personnage comme caractéristique de la société que dépeint La Bruyère dans son livre. Il ne s'agit plus d'un type occasionnel mais d'un type répandu dans cette société et qui contribue à lui donner son identité.

B. La plume comme un scalpel

Tout en dévoilant avec malice les étapes de fabrication d'un « caractère » puisqu'il les présente explicitement au lecteur, La Bruyère semble également s'amuser à révéler les rouages de l'écriture satirique dont relève la composition d'un « caractère ». Car la critique dans ce portrait s'avère double : critique de Pamphile comme imitateur des « grands » d'une part, mais aussi critique des « grands » à travers Pamphile d'autre part puisqu'il en singe les défauts ! Ainsi, lorsque Pamphile imite les « grands » en étant plein de « l'idée de sa grandeur, de ses alliances, de sa charge, de sa dignité », quand il dit « *Mon ordre, mon cordon* » et qu'« il l'étale ou [qu']il le cache par ostentation », cette imitation donne à voir le ridicule des « grands » eux-mêmes, gonflés de leur importance. La plume précise comme un scalpel de La Bruyère est en fait doublement incisive.

Conclusion

Le portrait de Pamphile concentre tout l'art de La Bruyère, en tant que portrait d'un « caractère » singulier faisant partie intégrante de la comédie sociale dont il expose au grand jour les coulisses, mais aussi en tant que modèle d'exposition et mode d'emploi d'écriture d'un « caractère » dont il manifeste toute la subtile ironie.

Olympe de Gouges, *Déclaration des droits de la femme et de la citoyenne*

Olympe de Gouges.

Lorsqu'elle écrit en 1791 la *Déclaration des droits de la femme et de la citoyenne*, Olympe de Gouges n'en est pas à son premier écrit politique (et polémique !) : elle a déjà signé un nombre important de textes engagés tels que *Sur « l'espèce d'hommes nègres »* (1788), *Lettre au peuple ou projet d'une caisse patriotique par une citoyenne* (1788), *Le Cri du sage par une femme* (1789), etc. Avec cette *Déclaration*, Olympe de Gouges fait entendre une nouvelle fois des revendications féministes, mais elle propose aussi une véritable refondation de la société française, soulignant du même coup combien les femmes ont été les grandes oubliées de la Révolution française.

D'une voix de femme à la voix des femmes ?

Une prise de parole audacieuse

La *Déclaration des droits de la femme et de la citoyenne* est tout d'abord une prise de parole audacieuse dans un contexte sociopolitique troublé et violent : celui de la Révolution française. La structure même de ce texte porte la trace de cette période de transition qui fait passer de la monarchie à la république : s'affirmant comme le pendant féminin (et la réécriture ironique) de la *Déclaration des droits de l'homme et du citoyen* de 1789 rédigée par les « représentants du peuple français, constitués en assemblée nationale », la *Déclaration* d'Olympe de Gouges est pourtant dédiée « À la reine », Marie-Antoinette (qui sera guillotinée en 1793). Si cette dédicace manifeste un souci de concorde politique de la part d'Olympe de Gouges, elle s'explique également par le fait que son autrice a conscience de son audace lorsqu'elle réclame, en tant que femme, les mêmes droits pour les femmes que pour les hommes. Aussi cherche-t-elle à obtenir l'appui de celle qui est encore la femme la plus puissante de France, la reine : « Il n'appartient qu'à celle que le hasard a élevée à une place éminente, de donner du poids à l'essor des droits de la femme, et d'en accélérer les succès », écrit-elle.

S'exprimer au nom de toutes les femmes : créer une sororité

Olympe de Gouges a donc conscience qu'en tant que femme, sa voix risque de n'être pas entendue. C'est pourquoi elle voudrait ne plus être seulement une voix singulière mais devenir la voix des femmes. Dans le « Préambule » de sa *Déclaration*, c'est au nom des « mères », des « filles », des « sœurs », « représentantes de la nation », qu'elle s'exprime : elle entend ainsi représenter toutes les femmes françaises. De même, dans le « Postambule », elle exhorte les femmes à reconnaître leurs droits : « Ô femmes ! femmes, quand cesserez-vous d'être aveugles ? » Elle les appelle à s'unir afin d'obtenir l'égalité : « opposez courageusement la force de la raison aux vaines prétentions de supériorité ; réunissez-vous sous les étendards de la philosophie ».

Cette (ré)union des femmes qu'Olympe de Gouges appelle de ses vœux peut se lire aussi dans l'emploi récurrent qu'elle fait

PARCOURS

Écrire et combattre pour l'égalité.

MARIE DE GOURNAY ET FRANÇOIS POULLAIN DE LA BARRE : DEUX PRÉCURSEURS

Marie de Gournay et François Poullain de La Barre méritent d'être mentionnés comme étant parmi les premiers philosophes à publier des textes affirmant l'égalité des femmes et des hommes. Marie de Gournay, « fille d'alliance » de Montaigne selon l'expression de ce dernier, fait paraître en 1622 *Égalité des hommes et des femmes*. François Poullain de La Barre publie quant à lui en 1673 *De l'égalité des deux sexes. Discours physique et moral où l'on voit l'importance de se défaire des préjugés*. Dans ces deux brefs ouvrages aux titres explicites, Marie de Gournay et François Poullain de La Barre entendent démontrer que, contre l'opinion communément admise, les femmes ne sont pas inférieures aux hommes.

MARY WOLLSTONECRAFT ET SA *DÉFENSE DES DROITS DE LA FEMME (A VINDICATION OF THE RIGHTS OF WOMEN*, 1792)

En 1792, l'Anglaise Mary Wollstonecraft publie ce court texte en réponse au *Rapport sur l'instruction publique* rédigé par le Français Talleyrand en 1791 pour l'Assemblée nationale et qui évacue la question de l'éducation des femmes comme étant peu pertinente. Dans ce livre, Mary Wollstonecraft, qui a déjà publié en 1786 *Réflexions sur l'éducation des filles*, dénonce les préjugés dont sont victimes les femmes et réclame le droit pour elles à une éducation semblable à celle des hommes ainsi que l'égalité des droits entre eux.

« femme » ou « la femme » dans sa *Déclaration*. À ce terme de « femme », elle accole celui de « citoyenne », façon de revendiquer l'égalité civile entre les femmes et les hommes.

Un nouveau « contrat social »

L'affirmation d'une égalité naturelle entre les femmes et les hommes

Avec cette *Déclaration*, Olympe de Gouges entend affirmer l'égalité en droits des femmes et des hommes, comme l'énonce l'article premier : « La femme naît libre et demeure égale à l'homme en droits. » Elle justifie cette assertion par le caractère naturel de cette égalité : « l'exercice des droits naturels de la femme n'a de bornes que la tyrannie perpétuelle que l'homme lui oppose ; ces bornes doivent être réformées par les lois de la nature et de la raison » (art. IV).

En rappelant le caractère naturel de l'égalité en droits des femmes et des hommes, Olympe de Gouges légitime les revendications des femmes à l'égalité : fait de société, la suprématie des hommes est une injustice qu'il convient d'effacer à présent que s'institue un régime démocratique, la Première République, qui doit faire respecter les « lois de la raison ». Ce n'est donc que justice et bon sens que de concourir à protéger et à faire respecter les droits des femmes, qui sont les mêmes que ceux des hommes.

L'affirmation du statut de « citoyennes » des femmes et ses conséquences

Mais Olympe de Gouges ne se contente pas de vouloir faire reconnaître l'égalité en droits des femmes et des hommes : elle atteste aussi du statut de « citoyennes » des femmes et, par là, de la nécessité de leur participation au façonnement de la société et de la nation, comme l'énoncent les articles XIII et XIV. Cette nécessaire participation des citoyennes à la vie de la société va de pair avec la garantie de leur liberté d'opinion et d'expression, inscrite dans les articles X et XI de cette déclaration : « Nul ne doit être inquiété pour ses opinions mêmes fondamentales ; la femme a le droit de monter sur l'échafaud, elle doit avoir également celui de monter à la tribune » (art. X). Les femmes étant soumises aux mêmes rigueurs de la loi que les hommes (art. VI à IX), elles doivent réciproquement disposer des mêmes libertés.

En garantissant la liberté d'expression des femmes, Olympe de Gouges introduit dans sa *Déclaration* la question épineuse de la reconnaissance de la paternité des enfants, obligeant les hommes à prendre leur part de responsabilité dans la naissance d'« enfants naturels », refusant que les femmes portent seules cette responsabilité (appréhendée par la société comme une culpabilité) et que l'identité de leurs enfants s'en ressente. Car Olympe de Gouges entend aussi faire évoluer la façon dont les femmes sont perçues et se perçoivent.

Changer l'image et la place des femmes : changer les femmes

La critique des femmes dans les sociétés d'Ancien Régime

Dans le « Postambule », Olympe de Gouges brosse un « effroyable tableau de ce que [les femmes ont] été dans la société » : substituant à la force qui leur manquait la ruse et le charme, les femmes y apparaissent comme de dangereuses éminences grises, « le gouvernement français [...] [ayant] dépendu, pendant des siècles, de l'administration nocturne des femmes ».

En peignant les femmes sous les traits de manipulatrices et de meurtrières, Olympe de Gouges reprend des clichés répandus dans la société quant à la « nature » des femmes. Mais elle ne les reprend que pour mieux en dénoncer le caractère culturel : « Une femme n'avait besoin que d'être belle ou aimable ; quand elle possédait ces deux avantages, elle voyait cent fortunes à ses pieds. Si elle n'en profitait pas, elle avait un caractère bizarre ou une philosophie peu commune [...] ; alors elle n'était plus considérée que comme une mauvaise tête ; la plus indécente se faisait respecter avec de l'or ; le commerce des femmes était une espèce d'industrie reçue dans la première classe, qui, désormais, n'aura plus de crédit. » Autrement dit, dans une société corrompue, les femmes ne pouvaient qu'être elles-mêmes corrompues si elles désiraient survivre et être respectées.

Éduquer les femmes (autrement)

Avec cette *Déclaration*, Olympe de Gouges exprime l'urgence de se pencher sur la question de l'éducation des femmes : « puisqu'il est question, en ce moment, d'une éducation nationale, voyons si nos sages législateurs penseront sainement sur l'éducation des femmes ». Dépassant le cadre *stricto sensu* d'une déclaration de droits, Olympe de Gouges ébauche déjà la perspective dans laquelle devra s'inscrire un projet d'éducation des femmes : il s'agit de faire d'elles des êtres libres de leurs pensées et de leurs actes, ce qui coïncide avec la réforme du statut civil des femmes et des « conventions conjugales ».

UN ARTICLE DU *MONDE* À CONSULTER

Olympe l'imprécatrice p. 81
(Véronique Maurus, *Le Monde* daté du 25.07.2003)

VIRGINIA WOOLF ET *UNE CHAMBRE À SOI (A ROOM OF ONE'S OWN*, 1929)

Ce livre réunit les conférences que Virginia Woolf donna en 1928 dans les *colleges* féminins des universités de Cambridge (Newnham College et Girton College) concernant les femmes et le roman. (Au Royaume-Uni, le terme de *college* désigne une faculté au sein d'une université.) En réfléchissant à ce sujet, elle se met à dénoncer les nombreuses difficultés auxquelles se heurtaient les femmes qui souhaitaient s'instruire et écrire, revendiquant le droit pour elles de devenir des écrivaines à part entière et d'être reconnues comme telles.

SIMONE DE BEAUVOIR ET *LE DEUXIÈME SEXE* (1949)

C'est à la suite d'une discussion avec son compagnon Jean-Paul Sartre que Simone de Beauvoir commence à réfléchir à ce que « ça avait signifié pour [elle] d'être une femme », comme elle le raconte dans *La Force des choses*. Pensant d'abord pouvoir répondre rapidement à cette question, Simone de Beauvoir prend peu à peu conscience de la nécessité d'entreprendre une véritable réflexion sur la condition féminine : « Je fus si intéressée que j'abandonnai le projet d'une confession personnelle pour m'occuper de la condition féminine dans sa généralité. J'allai faire des lectures à la Nationale et j'étudiai les mythes de la féminité » (*La Force des choses*). En juin et novembre 1949 paraissent ainsi successivement les deux tomes du *Deuxième Sexe*, ce vaste essai sur la condition féminine appelé à devenir la bible du féminisme, en dépit d'une réception houleuse en France, alors qu'aux États-Unis ce livre connaît un succès retentissant. Simone de Beauvoir y examine tous les mythes et clichés sur les femmes et la « féminité », brosse un tableau exigeant et lucide de la condition féminine, et plaide pour l'instauration d'une véritable égalité entre les femmes et les hommes.

Dissertation

La littérature peut-elle avoir un pouvoir politique ?

Vous répondrez à cette question dans un développement organisé en vous appuyant sur la Déclaration des droits de la femme et de la citoyenne d'Olympe de Gouges, sur les textes que vous avez étudiés dans le cadre du parcours associé et sur votre culture personnelle.

Introduction

Analyse du sujet

« Longtemps j'ai pris ma plume pour une épée, à présent je connais notre impuissance », écrit Jean-Paul Sartre à la fin de son autobiographie, *Les Mots* (1964), exprimant ainsi, à la suite d'autres écrivains qui l'ont précédé, un certain désenchantement quant au pouvoir politique que pourrait détenir la littérature. Pourtant, les menaces de mort, les persécutions qu'ont subies et subissent de nombreux écrivains à travers le monde, de Rabelais à Salman Rushdie, en passant par Olympe de Gouges et Voltaire, par exemple, suffisent à témoigner du fait que la littérature dérange. Que peut alors la littérature lorsqu'elle se mêle de politique ?

Annonce du plan

Nombre d'écrivains ont envisagé la littérature comme une arme leur permettant de façonner les hommes et la société. Toutefois, les défaites de la démocratie et le non-respect des droits humains ont montré que la littérature pouvait se révéler impuissante. De ce fait, peut-être faut-il plutôt percevoir la littérature comme un bouclier : un contre-pouvoir.

Le plan développé

I. Prendre sa plume comme une épée

A. Affûter l'esprit : éduquer

La philosophie et la littérature se sont longtemps proposé d'éduquer les princes appelés à gouverner un peuple, notamment grâce aux « miroirs des princes », le genre du « miroir » (sorte de manuel moral et politique) étant apparu dès le Moyen Âge. C'est de cette tradition que semble hériter La Fontaine lorsqu'il dédie ses *Fables* au Dauphin de France : « L'apparence en est puérile, je le confesse ; mais ces puérilités servent d'enveloppe à des vérités importantes. » Ainsi les différentes fables qui composent son recueil abordent-elles des thèmes moraux et politiques qui doivent permettre au jeune Dauphin d'affûter son esprit afin de gouverner avec justice et justesse.

B. Pourfendre préjugés et dogmatismes

La littérature sert aussi d'arme lorsqu'elle est utilisée pour pourfendre préjugés et dogmatismes, comme le firent les écrivains des Lumières et, parmi eux, tout particulièrement Voltaire. Dans ses contes philosophiques, ses héros enseignent aux lecteurs une nouvelle façon de percevoir le monde et donc d'y prendre place. Le sage Zadig, par exemple, héros éponyme du conte de 1748, juge de toutes choses avec raison et discernement, comme lorsqu'il devient Premier ministre au chapitre VI. Face à ce personnage mesuré et rationnel, la critique des dogmatismes et fanatismes apparaît d'autant plus véhémente, comme dans le chapitre XII, intitulé « Le souper », où éclate une dispute entre croyants de différentes confessions à laquelle Zadig met fin dans un esprit de tolérance.

Olympe de Gouges à l'échafaud.

MOTS CLÉS

Les genres de l'argumentation directe.

L'ESSAI

L'essai est un ouvrage de réflexion dont la forme est libre et le ton personnel. On considère que ce genre littéraire naît avec les *Essais* (1580) de Montaigne, dans lesquels l'auteur se met en scène librement, mêlant récit autobiographique et réflexions philosophiques. L'essai est caractérisé par son ampleur, puisqu'il compte souvent plusieurs centaines de pages, et par son hétérogénéité, puisqu'il traite en général de nombreux sujets différents. Néanmoins, un essai peut aussi être consacré à un sujet en particulier que l'auteur abordera de manière délibérément subjective.

LE TRAITÉ

À l'origine, le traité est un ouvrage didactique qui cherche à informer le lecteur en présentant une synthèse exhaustive sur un sujet donné (traité de la musique, traité d'architecture, etc.). En littérature, il peut toutefois servir à exposer les arguments d'un auteur, comme le *Traité sur la tolérance* (1763), dans lequel Voltaire, en cherchant à réhabiliter le protestant Jean Calas (accusé du meurtre de son fils), dresse un réquisitoire contre le fanatisme et démontre la nécessité pour chacun d'apprendre la tolérance.

LE PAMPHLET

Le pamphlet est un texte court et très agressif, qui présente une critique virulente du sujet dont il traite. Dans *La Littérature à l'estomac* (1950), par exemple, Julien Gracq attaque sans concession le milieu et les mœurs littéraires de son époque, dénonçant la comédie des prix littéraires, la médiatisation à outrance des auteurs, etc.

LE LIBELLE

Proche du pamphlet, le libelle est un court texte satirique visant à critiquer une attitude ou à attaquer une personne, voire les deux à la fois. Il peut se révéler diffamatoire, ayant souvent servi au cours des siècles à mettre ses ennemis dans l'embarras, notamment durant la période révolutionnaire.

LA BROCHURE

Petit ouvrage broché comportant quelques feuillets, il fut là encore pendant longtemps l'un des genres les plus utilisés pour diffuser ses idées.

La littérature peut ainsi être utilisée comme une arme destinée à lutter contre les despotismes et dogmatismes. Néanmoins, face à la violence humaine, elle se révèle parfois impuissante.

II. Aveu d'impuissance de la littérature ?

A. Désenchantement et refus de l'engagement : le divorce entre littérature et politique

En France, l'histoire politique mouvementée du XIXe siècle a suscité à la fois beaucoup d'espoirs et de désillusions, allant jusqu'au désenchantement. L'amertume de Gérard de Nerval est par exemple patente après l'échec de la révolution de juillet 1830, à la suite de laquelle est instituée une monarchie constitutionnelle et non une république. Dans son poème « En avant, marche ! », la politique est décrite comme « une vieille hideuse », une « prostituée / De tous les trônes absolus », et la liberté comme une chimere. Théophile Gautier, quant à lui, déjà perçu comme le chef de file de « l'art pour l'art », décide de fermer définitivement ses fenêtres à la politique après la révolution de 1848 et le coup d'État de Louis-Napoléon Bonaparte, comme il l'écrit dans la préface de son recueil *Émaux et Camées* (1852) : « Sans prendre garde à l'ouragan / Qui fouettait mes vitres fermées, / Moi, j'ai fait *Émaux et Camées* ».

B. Des textes restés lettre morte ?

De fait, il semble que la littérature ait un bien mince pouvoir politique, comme le manifeste l'histoire de certains textes, à commencer par la *Déclaration des droits de la femme et de la citoyenne* d'Olympe de Gouges, qui n'eut qu'un faible écho politique et fut longtemps oubliée, jusqu'au XXe siècle, où elle fut republiée grâce à la romancière féministe Benoîte Groult. Il en fut de même de l'ouvrage de François Poullain de La Barre, *De l'égalité des deux sexes* (1673), texte pourtant lui aussi majeur et précurseur concernant l'égalité entre femmes et hommes. De la même façon, les nombreux plaidoyers de Victor Hugo en faveur de l'abolition de la peine de mort, que l'on pense au *Dernier Jour d'un condamné* (1829), à *Marion Delorme* (1831) ou à *Claude Gueux* (1834), n'ont pas eu d'effet immédiat.

Et pourtant, ces textes nous sont parvenus, nous les lisons encore et nous en mesurons toute l'importance. Aussi faut-il penser le pouvoir politique de la littérature à travers le temps : comme le dit le proverbe latin, « les paroles s'envolent, les écrits restent ».

III. La littérature comme bouclier : un contre-pouvoir

A. Défendre : faire entendre des voix inaudibles ou muselées

Comme l'écrit Italo Calvino dans *La Machine littérature* (1984), « la littérature est nécessaire à la politique avant tout lorsqu'elle donne une voix à qui n'en a pas ». La littérature est donc cet espace où se font entendre des voix autrement inaudibles. L'engagement de Voltaire dans l'affaire Calas (1761-1765) puis dans celle du chevalier de La Barre (1765-1766) permet la réhabilitation posthume de ces deux condamnés à la torture et à la mort. Dans le cas de l'affaire Sirven, Voltaire obtient même la relaxe et la réhabilitation de la famille Sirven de son vivant. L'intervention de Voltaire permet ainsi à ces familles protestantes injustement accusées de faire entendre leur vérité. Lorsqu'elle rédige sa *Déclaration*, Olympe de Gouges aussi fait entendre une voix souvent muselée, celle des femmes, rappelant qu'à rôle égal lors de la Révolution française, les femmes n'ont pourtant pas obtenu les mêmes droits que les hommes.

B. Dénoncer : changer nos représentations

La littérature sert enfin à faire évoluer nos représentations. C'est à ce travail de longue haleine que se livre notamment Olympe de Gouges dans sa *Déclaration* en réfléchissant à la question de la « nature » des femmes : elle affirme que les femmes sont par nature égales en droits aux hommes et que la ruse habituelle qu'on leur prête ne leur est point naturelle mais est au contraire la conséquence d'une contrainte sociale. Ce faisant, Olympe de Gouges libère les femmes des clichés négatifs qui pèsent sur elles, libération symbolique nécessaire pour que s'accomplisse une libération civile et politique.

Conclusion

Certes, lorsqu'il écrit « Longtemps j'ai pris ma plume pour une épée, à présent je connais notre impuissance », Sartre semble une fois pour toutes affirmer l'absence de pouvoir politique de la littérature. Mais ce serait oublier qu'il ajoute aussitôt après : « N'importe : je fais, je ferai des livres ; il en faut ; cela sert tout de même. » C'est que le pouvoir politique de la littérature doit être pensé à travers le temps et non dans l'immédiateté d'une publication : comme la *Déclaration* d'Olympe de Gouges, certains textes portent leurs fruits bien des années, voire des siècles après leur publication. La littérature s'avère alors être un véritable contre-pouvoir, résistant à l'épreuve du temps, au musellement de la parole et de la pensée.

L'AFFICHE

Manuscrite ou imprimée, l'affiche, collée sur un mur, servait à exprimer des idées, à transmettre un message. Olympe de Gouges, par exemple, a eu plusieurs fois recours à l'affichage ; à son époque, il fallait alors obtenir l'accord de l'un des afficheurs autorisés pour que son texte soit affiché sur un mur. C'est d'ailleurs une affiche, *Les Trois Urnes ou le Salut de la patrie par un voyageur aérien*, qui lui coûtera la vie.

LA LETTRE ET LA LETTRE OUVERTE

La lettre, support de correspondance privée entre un émetteur et un destinataire, a pourtant souvent servi de moyen d'expression et de diffusion d'idées en étant volontairement rendue publique. Voltaire use de ce procédé en 1766, adoptant un nom d'emprunt, pour sa *Relation de la mort du chevalier de La Barre*, adressée au marquis de Beccaria. Mais la lettre peut aussi être explicitement écrite pour être publiée, dans un journal ou une revue : on parle alors de « lettre ouverte ». C'est le choix effectué par Émile Zola pour dénoncer l'antisémitisme dont fut victime Alfred Dreyfus en publiant sa lettre *J'accuse… !*, adressée au président de la République, dans le journal *L'Aurore*, le 13 janvier 1898.

LE MANIFESTE

Le manifeste est un bref texte dans lequel un individu, un groupe politique ou artistique expose une prise de position ou un programme. La naissance du mouvement surréaliste est par exemple annoncée par le *Manifeste du surréalisme* publié en 1924 par André Breton.

CITATION

« Nul ne doit être inquiété pour ses opinions mêmes fondamentales ; la femme a le droit de monter sur l'échafaud, elle doit avoir également celui de monter à la tribune. »
Olympe de Gouges, *Déclaration des droits de la femme et de la citoyenne* (art. X).

Rabelais l'insolent Rabelais

Censuré par le parlement pour hérésie, jugé obscène par les théologiens, François Rabelais, dont l'anagramme était Alcofribas Nasier, n'a dû son salut qu'à ses fuites et à quelques protecteurs

Il est, près de Chinon, un pays béni où l'air est plus doux, le soleil plus mielleux, la nature féconde, où les vallons défilent, verdoyants et prospères, piqués de petits bois et de clochers pointus. Un pays de cocagne, dont les collines ourlées de vignes dissimulent en leurs flancs des caves troglodytes aussi vastes que des palais. En ces derniers jours de juin 1543, un homme chemine sur une mule entre champs et prés. Il transpire sous son bonnet carré et son caban, un vêtement à manches longues et pans croisés, inspiré du caftan, qu'il a adopté depuis qu'il a quitté le froc pour apprendre la médecine, il y a quinze ans. Dessous, l'habit est modeste mais propre, le docteur Rabelais prône l'hygiène dans un siècle qui n'en a pas, et se targue d'avoir ainsi fait reculer la mortalité à l'hôtel-Dieu de Lyon. Lui-même n'est plus tout jeune, mais se porte à merveille, grâce à un régime qui s'autorise tout – surtout le vin –, mais, pour faire mentir la légende, avec « juste mesure ». Il est maigre, de taille moyenne, les cheveux poivre et sel, la lèvre moqueuse sous une barbe bien taillée, les yeux bruns, brillants, « magnifiques », disent ses amis – et les femmes, qui l'apprécient...

À la ceinture, il porte toute sa fortune : une fourchette, curiosité ramenée d'Italie, quelques instruments, herbes et poudres nécessaires à sa pratique, un précieux pot de gingembre vert que lui a offert l'ambassadeur de France à Venise, et des lunettes dernier cri, dotées de verres concaves, sans lesquelles, trop myope, il ne peut lire, ni écrire, ni soigner. Dans un coffre, il a serré les livres dont il ne s'est jamais séparé en vingt ans de pérégrinations, les *Aphorismes* d'Hippocrate, qu'il a commentés en public à l'issue de ses études médicales, l'*Eloge de la folie* d'Erasme, son modèle et son maître à penser, l'*Utopie* de Thomas More, Platon, Sénèque, Lucien, plus le sulfureux ouvrage d'un Polonais inconnu, Nicolas Copernic, qui vient d'être publié à l'insu de l'Eglise et qui circule déjà parmi les lettrés. Combien de temps échappera-t-il à la censure et à l'Inquisition ?

Maître François soupire, il est triste et, pour la première fois, découragé. En mars, ses propres livres ont été censurés par le parlement pour hérésie et, s'il revient dans son *« pays de vaches »*, ce n'est pas pour voir son frère aîné, qui a hérité des propriétés familiales, mais pour se cacher en attendant que l'orage passe. Qui viendra le chercher à la Devinière, cette grosse métairie où son père, avocat à Chinon, a fait construire il y a un demi-siècle une maternité privée, loin des miasmes de la ville ? Le petit bâtiment à un étage est élégant, avec son toit d'ardoise doucement pentu, son escalier extérieur abrité par un auvent à colonnes, ses chambres dotées de vastes cheminées, de pierres à évier et de coussièges aménagés dans l'épaisseur des fenêtres. Le domaine a son puits privé, des caves immenses où l'on presse le raisin, un jardin de simples où s'alignent pavots, mandragore, safran et camomille. Là, il a grandi, étudié, rêvé. Là, il peut oublier les *« cerveaux à bourrelets »*, *« cafards »*, *« cagots »*, *« géants parasites et procéduriers »* qui le harcèlent.

Ce n'est pas la première fois que les théologiens le condamnent ; un an après sa publication, en 1532, *Pantagruel* a déchaîné les foudres de la Sorbonne, la puissante faculté parisienne qui veille sur le respect de la doctrine. Accusé d'obscénité – en sus de l'apostasie –, il s'en est tiré de justesse grâce à l'un de ses

POURQUOI CET ARTICLE ?

Cet article dresse un portrait documenté et haut en couleur de François Rabelais qui fait comprendre l'homme tout autant que l'écrivain audacieux et courageux qu'il fut, en immergeant le lecteur dans son époque. Véronique Maurus offre en effet de nombreuses descriptions dont la précision permet de mieux se représenter Rabelais, en mentionnant par exemple ses auteurs fétiches (Hippocrate, Érasme, Thomas More, Nicolas Copernic, etc.), l'historique de la condamnation de ses œuvres par les théologiens (en 1533 pour *Pantagruel*, en 1535 pour *Gargantua*, etc.), les noms de ses protecteurs et soutiens (Jean du Bellay, Geoffroy d'Estissac, François Ier et Marguerite de Navarre, etc.), mais aussi l'éventail de ses intérêts et talents (médecine, botanique, droit, architecture, etc.), son polyglottisme (italien, latin, grec, hébreu, arabe, etc.) et, surtout, les multiples dangers qu'il encourut et auxquels il échappa. Le parcours plus que mouvementé de cet écrivain hors normes le fait apparaître comme l'un des premiers défenseurs de la liberté d'expression.

anciens condisciples, Jean du Bellay, diplomate et évêque de Paris, qui l'a emmené fort à propos à Rome au titre de médecin. Les esprits calmés, la bienveillance de François Ier et de sa sœur, Marguerite de Navarre, lui ont permis de reprendre son poste à l'Hôtel-Dieu de Lyon.

Le succès inattendu de Pantagruel, écrit pour se défouler – plus de 4 000 exemplaires vendus –, lui avait fait *« pousser des géants dans la tête »*, et il a récidivé, deux ans plus tard, avec *La Vie très horrifique du grand Gargantua, père de Pantagruel*. Malgré son apparence de grosse farce, sa démesure, les précautions prises dans la préface et l'usage d'un pseudonyme, il est vrai transparent (Alcofribas Nasier, anagramme de François Rabelais), ce second roman, brocardant les *« sorbonnagres »*, les moines, l'enseignement scolastique, les juges et la plupart des institutions a failli lui coûter très cher.

La parution suivait de peu l'affaire des « placards », une bravade des réformistes qui avait fait basculer le roi du côté des bourreaux. Des bûchers s'étaient allumés à Paris et à Rouen, six hérétiques avaient eu la langue percée, 200 avaient été bannis.

Cette fois, Rabelais n'a dû son salut qu'à la fuite précipitée. Quittant l'hôpital sans préavis, en février 1535, il a trouvé asile chez son premier protecteur, Geoffroy d'Estissac, évêque de l'abbaye bénédictine de Maillezais, un érudit amateur de jardins, qui l'avait déjà recueilli en 1524, lorsqu'il n'était encore qu'un jeune moine révolté par l'inculture des dominicains. Puis, l'alerte passée, il a réussi à rejoindre Jean du Bellay, en partance pour Rome, lequel l'a de nouveau pris dans sa suite, protégé et fait revenir en grâce. Rabelais a même obtenu l'absolution du pape pour son apostasie et l'autorisation d'exercer la médecine tout en réintégrant l'ordre des bénédictins à titre de chanoine séculier.

Depuis, il a vécu grâce à l'appui de ses protecteurs, le succès de ses livres et ses talents de médecin – dûment appréciés par ses contemporains qui le classaient parmi les dix meilleurs praticiens du monde. Il a parcouru la France et l'Italie, poussé par une soif de connaissance, d'expériences, inextinguible. A Rome, il a herborisé pour Geoffroy d'Estissac – à qui il envoyait des graines de salades, de melon, de haricots inconnus en France –, il s'est passionné pour l'architecture et l'art antique. Il a rencontré la plupart des grands esprits de l'époque ou correspondu avec eux, Guillaume Budé, Erasme, Clément Marot ; il a vu Michel Ange peindre son *Jugement dernier* et Pierre Lescot construire le Louvre. Il a dirigé la première dissection publique à Lyon. A Paris, menacé par les troupes de l'Empire, en 1536, il a assisté aux préparatifs du siège, et à Aigues-Mortes, en 1538, à la réconciliation de François Ier et de Charles Quint ; à Turin, il a aidé le gouverneur Guillaume du Bellay, frère de Jean, à administrer le Piémont. Partout il a observé, des coulisses, les intrigues et la politique du temps, dont il a régalé ses amis et lecteurs, au prix d'incessants démêlés avec les autorités. Il est célèbre. Mais seul, sans le sou et de plus en plus menacé.

Jusqu'ici, son optimisme invétéré, sa foi en l'homme et en Dieu, sa boulimie de culture, son humour et son indépendance l'ont tenu debout, marchant toujours vers de nouvelles aventures. Mais, en ce printemps 1543, il est désemparé. La situation des humanistes n'est pas brillante. En prêchant le retour aux sources antiques, la responsabilité de l'homme face à Dieu, en critiquant la décadence de l'Eglise romaine, les superstitions, les pèlerinages, le culte des reliques, ils ont favorisé la montée des hérétiques, sans pour autant rallier leur camp. Longtemps ils ont cru que l'Eglise romaine saurait se réformer de l'intérieur et ont œuvré pour une réconciliation. Mais l'échec de la diète de Ratisbonne a mis fin à tout espoir de compromis. Pis, la répression s'est alourdie.

En 1542, le pape a ranimé l'Inquisition romaine, suivant l'exemple de l'Espagne. En France, François Ier a définitivement choisi son camp : Clément Marot et Robert Estienne, entre autres, ont dû s'exiler à Genève, d'où Calvin dirige la Réforme française. Erasme est mort, fidèle à sa religion, fidèle à ses idées, Budé aussi, Thomas More a été décapité par Henri VIII après avoir refusé le schisme anglican. Suspecté de sympathies hérétiques par les catholiques et de libertinage par les protestants, Rabelais ne sait plus sur qui s'appuyer. Deux de ses protecteurs, Geoffroy d'Estissac et Guillaume du Bellay, sont morts au début de l'année. Il s'est fâché avec son ami, l'éditeur Etienne Dolet, qui a publié une édition non remaniée de *Gargantua* alors qu'il avait pris la précaution d'en expurger les termes trop provocateurs. En vain, puisqu'il figure désormais sur la liste des auteurs interdits. A l'époque, ce n'est pas une figure de style : l'imprudent Dolet finira sur le bûcher pour avoir bravé les censeurs une fois de trop.

L'âge d'or de la Renaissance est fini. Des années terribles se préparent. Rabelais le pressent-il ? Sur son lit de mort, Guillaume du Bellay a fait des prédictions qui l'ont troublé. Lui qui s'est toujours moqué des astrologues et des diseurs d'avenir, jusqu'à publier des *« pronostications »* pastiches – *« cette année, les aveugles ne verront que bien peu, les sourds entendront mal, les riches se porteront un peu mieux que les pauvres... »* –, il s'est pris à douter et prépare un « vrai » almanach pour l'année 1534. La question du mariage le tracasse aussi. Il n'a jamais respecté ses vœux de chasteté ; bon vivant, il a même eu à Paris deux enfants qu'il a fait légitimer par le pape, et, à Lyon, un troisième, mort en bas âge. Mais il veut rester prêtre, et catholique. Il songe à Diogène et au stoïcisme, lequel, traduit en « pantagruélisme », devient *« une certaine gaîté d'esprit confite en mépris des choses fortuites »*. De tout cela, il a envie de faire une troisième épopée où, sous couvert de bouffonnerie, il pourra exposer ses réflexions sur le génie humain.

Le risque est énorme, mais il le prendra, et ce sera le Tiers Livre, ce *« merveilleux Tiers Livre »*, écrira Anatole France, *« le plus riche, le plus beau peut-être »*. Le plus lu au cours du siècle suivant, où il inspirera directement Molière (*Le Mariage forcé*) et Racine (*Les Plaideurs*). Craignant le pire, Rabelais a pris des précautions. Revenu miraculeusement en cour en 1545, grâce à l'appui d'amis proches du souverain malade – qu'il aurait soigné –, il a obtenu un privilège royal pour la publication et s'est bien gardé d'attaquer directement le clergé. Pourtant, la Sorbonne déclarera le roman, à peine sorti, *« farci d'hérésies diverses »*, et Maître François, une fois de plus, devra fuir, à Metz cette fois, une ville d'empire où il ne craint pas les poursuites, puis de nouveau à Rome.

Jusqu'à sa mort, à Paris, en 1553, dans des circonstances mystérieuses, il ne cessera de jouer une épuisante et dangereuse partie de cache-cache avec les autorités, alternant provocations, cavales et retours en grâce.

A Rome, il a encore écrit le *Quart Livre*, sorte d'odyssée burlesque à la poursuite de la *« dive bouteille »*. Il en a profité pour éborgner les mœurs de la papauté et aussi, pour faire bonne mesure, le *« démoniaque Calvin, imposteur de Genève »*. Il n'a pas eu le temps de finir la suite, le *Cinquième Livre*, qui sera publié sous son nom dix ans après sa mort, sans doute à partir de ses notes, par un admirateur anonyme.

Il faut lire Rabelais transcrit en langue moderne pour en apprécier la truculence, l'imagination, la hardiesse, l'intelligence, bref, le génie, à l'égal de Cervantes ou de Shakespeare. Chaque page est une mine. Maître François, qui parlait l'italien, le latin, le grec, l'hébreu, l'arabe et de nombreux patois, qui avait étudié la théologie, le droit, la médecine, l'architecture, la botanique, l'archéologie, l'astronomie, et se passionnait pour toutes les découvertes d'un siècle qui en était riche, a nourri le français de quelque 800 mots, verbes ou adjectifs – algèbre, bastion, frise, escorte, gymnastique, bénéfique, indigène, frugal, chahuter, etc. –, et de dizaines d'expressions comme les *« moutons de Panurge »*, *« prendre de la bouteille »* ou *« l'habit ne fait pas le moine »*, pour ne citer que les plus *« célèbres »* (un autre de ses mots).

Il a inventé l'anagramme, le calembour et la première contrepèterie, *« à Beaumont le Vicomte »* ; le livre de poche et le pastiche. Outre Molière et Racine, il a inspiré les plus grands, La Fontaine (abondamment), Balzac, qui le parodiera dans ses *Contes drolatiques*, Anatole France, qui lui consacrera une biographie, Céline, Alfred Jarry, etc. Quant à Gargantua, Pantagruel et Panurge, ils ont fait le bonheur des illustrateurs, Gustave Doré en tête, avant d'orner les bistrots et tavernes de France. Par la faute de Ronsard, qui lui a consacré une fort méchante épitaphe, on l'a souvent assimilé à ses héros. A tort. Maître François n'était pas un bouffon obèse ni un moine paillard ou un ivrogne, mais un aventurier de la connaissance, curieux, sceptique, lucide, qui aimait rire et déguisait ses critiques en farces pour éviter le bûcher. Un insolent. ●

Véronique Maurus,
Le Monde daté du 22.07.2003

La Bruyère sans afféterie

Après Saint-Simon, Bossuet ou Racine, le romancier et essayiste Jean-Michel Delacomptée dit sa fascination pour l'auteur des « Caractères » dans un portrait vif et fin

Ses *Caractères* (1687) l'ont rendu universellement célèbre. S'il reste le plus lucide, voire le plus pessimiste, des moralistes du Grand Siècle, Jean de La Bruyère (1645-1696) est d'abord un très grand styliste. *« Pour La Bruyère, écrire, c'est peindre. C'est lui qui le dit. L'art des couleurs, des nuances, des contrastes »*, relève Jean-Michel Delacomptée dans *La Bruyère, portrait de nous-mêmes*, très vif essai consacré à cet écrivain d'un seul livre (à l'exception de *Dialogues sur le quiétisme* qu'il laissa inachevés), écrit sur le tard, la quarantaine passée.

« Un portrait, c'est savoir tirer l'esprit d'une vie, dire l'essentiel sans pour autant devoir tout dire », explique le

romancier et essayiste, qui a consacré nombre d'ouvrages aux auteurs du XVIIe siècle, Saint-Simon, Bossuet, Racine..., notamment publiés dans la collection « L'un et l'autre » (Gallimard), dirigée jusqu'à sa mort par Jean-Bertrand Pontalis (1924-2013). Il pensait depuis déjà dix ans à un livre sur La Bruyère, fasciné par cette écriture naturelle, simple, sans afféterie. *« C'est un auteur à lire à voix haute ; c'est là que sa virtuosité s'entend le mieux »*, note-t-il.

La Bruyère fut salué par Roland Barthes comme *« le premier des écrivains modernes »*. Jules Renard, autre grand styliste, notait dans son *Journal* : *« La Bruyère, le seul dont dix lignes lues au hasard ne déçoivent jamais. » « C'est un métier de faire un livre comme de faire une pendule »*, aimait à rappeler ce protégé de Boileau qui toujours resta modeste, un peu en retrait, et plutôt misogyne.

De sa vie on ne sait pas grand-chose, sinon qu'il fut précepteur chez le prince de Condé ; écrire sa biographie tiendrait de la gageure. Jean-Michel Delacomptée analyse surtout très finement ses écrits pour dresser son portrait, qui est aussi celui des hommes de son époque. Sans illusion. *« Il y a ceux qui espèrent en l'avenir de l'homme jusqu'à vouloir le remodeler, optimisme prométhéen aux terrifiants effets, écrit-il. Et ceux qui, comme La Bruyère, prennent l'homme tel qu'il est avec l'espoir de l'améliorer en le confrontant à ses faiblesses, même s'ils n'y croient guère. C'est l'optimisme des conservateurs. »*

La Bruyère hésita longtemps à faire imprimer *Les Caractères*, craignant que ces portraits, même présentés comme un complément de l'œuvre homonyme de l'antique Théophraste, ne lui valent trop d'ennemis à la cour, royaume du cynisme affable et de la perfidie pateline.

Car il est implacable dans sa description d'une société toute d'hypocrisie et de mimétisme. *« Les provinciaux singeaient les bourgeois, qui singeaient les courtisans, qui singeaient les Grands »*, ironise Delacomptée. La Bruyère, fin politique, sait néanmoins ne pas aller trop loin. *« L'on doit se taire sur les puissants : il y a presque toujours de la flatterie à en dire du bien ; il y a du péril à en dire du mal pendant qu'ils vivent, et de la lâcheté quand ils sont morts »*, écrit-il en conclusion de son chapitre « Des Grands ».

Les Caractères ont aussitôt été un succès, et même un best-seller selon les canons de l'époque. Neuf rééditions se succéderont jusqu'à la mort de l'auteur, qui enrichira souvent le texte, comme si l'approbation du public lui permettait de s'enhardir, de prendre progressivement conscience de la précision du miroir qu'il a tendu à la société de son temps. Un miroir qui, montre avec élégance Jean-Michel Delacomptée, nous reflète toujours. ●

Marc Semo, *Le Monde*
daté du 13.09.2019

POURQUOI CET ARTICLE ?

L'article de Marc Semo rend compte avec précision de l'essai que Jean-Michel Delacomptée a consacré à La Bruyère. *La Bruyère, portrait de nous-mêmes* (2019) est un hommage en forme de clin d'œil à cet auteur, maître lui-même de l'art du portrait littéraire. Construit sur l'analyse de ses écrits plutôt que sur une quelconque biographie, l'histoire de la vie du grand homme étant mal connue, le livre de Jean-Michel Delacomptée, explique Marc Semo, met en perspective le travail de style effectué par La Bruyère, lui qui ciselait la langue à l'aune de son regard affûté.

Olympe l'imprécatrice

Féministe et abolitionniste, cette belle ingénue, auteur de libelles et de pièces de théâtre, finira sur l'échafaud sous la Terreur, en 1793, après avoir provoqué Robespierre

L'orage gronde depuis trois jours, et les pavés humides semblent suer sous le soleil. Hier, Olympe de Gouges a glissé et s'est écorché le genou. Rien de grave, pourtant ce matin elle hésite à sortir. Il n'y a pas que le ciel, la ville elle-même paraît gronder de colère et de peur depuis l'assassinat de Marat, il y a une semaine, le 13 juillet 1793. Elle haïssait Marat, qu'elle a traité d'*« avorton »*, mais sa mort, au pire moment, risque d'emporter les derniers restes de la démocratie. Les « bonnets rouges » de la Commune de Paris, avides de revanche, veulent des têtes. Pique à la main, excités en sous-main par la faction la plus extrémiste des Jacobins, ils traquent partout les *« suspects »* : *« espions »*,

« ennemis de la révolution », « aristocrates », « accapareurs », tout est bon.

Olympe a beau adopter jupe plate et fichu croisé, cacher son abondante chevelure brune sous le bonnet à fronces des citoyennes, elle ne peut faire illusion, sauf sur son âge – à 45 ans elle en avoue 38. Pour le reste, sa haute taille, son maintien, ses mains blanches, son visage aux traits délicats à peine marqué par les années, où brillent des yeux de biche noirs, immenses, tout la désigne comme une privilégiée de l'Ancien Régime. C'est une fille naturelle du marquis Lefranc de Pompignan, académicien et champion du parti dévot. Certes, elle a été élevée par sa mère dans la petite bourgeoisie de province, mais la fréquentation assidue des salons et des beaux esprits lui a depuis longtemps fait oublier son accent et les manières des échoppes de Montauban. Il y a vingt-cinq ans que Marie Gouze est devenue Olympe de Gouges, une farfelue qui prend un bain tous les jours, une femme sinon galante, du moins entretenue, une ingénue devenue auteur dramatique puis pamphlétaire, coqueluche de la haute société, qui loue sa beauté et raille ses foucades. Elle ne l'a jamais regretté. Sauf aujourd'hui.

La *« reine des cités »*, disait-elle, lui est brusquement devenue étrangère. Depuis la chute de la Gironde, le 4 juin, tous ses amis, ses relations, ses protecteurs l'ont désertée. Beaucoup se sont enfuis en province, Vergniaud, Roland, Condorcet et son épouse, Sophie, dont elle était proche. Son confident, l'écrivain Louis Sébastien Mercier, a disparu, comme l'homme de sa vie, Jacques Bietrix de Rozière, qu'elle a refusé d'épouser bien qu'il ait fait sa fortune. Elle aussi est partie, début juin, pour retrouver son fils et se mettre à l'abri. Près de Tours, elle a trouvé la maison de ses rêves, adossée aux coteaux qui dominent la Loire. Elle l'a aussitôt baptisée sa *« chaumière »* et achetée avec ses dernières économies. Elle est revenue dans la capitale pour mettre la dernière main au déménagement. Et aussi pour l'affiche.

Cette affiche, elle y songe depuis mai. Elle qui d'ordinaire dicte à la volée, vite, trop vite, sous l'inspiration du moment, qui se vante d'avoir écrit une pièce en trois jours et, bouillant d'impatience, harcèle les éditeurs pour qu'ils impriment ses pamphlets à chaud, cette fois elle a pris son temps. Elle hésite, elle mesure le danger. C'est qu'elle propose un référendum permettant à chacun de choisir par scrutin direct le gouvernement qu'il préfère, monarchiste, fédéral ou révolutionnaire. Imprimée sur fond rouge, *Les Trois Urnes* défie la loi du 29 mars 1793 punissant de mort quiconque tendrait au rétablissement d'un gouvernement autre que républicain, un et indivisible. Mais Olympe, qui rêve de concorde universelle, ne voit pas d'autre moyen d'éviter la dictature, la guerre civile et la violence qu'elle abhorre. Elle tremble encore en pensant aux massacres de septembre 1792, ces milliers de prisonniers abattus à coups de massue ou de hache, la princesse de Lamballe éventrée... Elle a été l'une des rares à oser les dénoncer publiquement : *« Le sang même des coupables, versé avec profusion et cruauté, souille éternellement les révolutions. »* Les responsables ont grincé des dents, mais le bain de sang a cessé. Un autre précédent la conforte : il y a un an, son Pacte national a encouragé la réconciliation des tendances rivales de l'Assemblée. Provisoirement, hélas !

Olympe de Gouges n'est pas une rouée, une femme d'intrigues, encore moins une professionnelle de la contestation, mais une idéaliste passionnée et un peu dilettante. La politique, elle l'a apprise comme le reste, par elle-même, dans les livres et les discussions, depuis sa première affiche, écrite en 1788 à Versailles, en marge des Etats généraux. Imprégnée des thèses de Rousseau, de Beaumarchais, de Choderlos de Laclos, proche de Condorcet, c'est une démocrate fervente et une républicaine modérée, penchant plutôt pour la monarchie constitutionnelle, admiratrice de Mirabeau, qui disait d'elle : *« Nous devons à une ignorante de grandes choses. »* Une autodidacte de la pensée. Son éducation sommaire, ses lacunes, elle ne les nie pas ; au contraire, elle s'en fait drapeau, avec fierté et humour. Elle est, dit-elle, l'ouvrage de la nature, *« tout me vient d'elle, je suis une de ses rares productions »* ; si son talent est brut comme un diamant non taillé, c'est la faute de son géniteur, l'académicien, ce Tartuffe qui ne l'a jamais reconnue, mais dont elle s'acharne à prouver qu'elle est la digne fille. Elle croit à l'hérédité, à l'instinct.

De ces convictions découle l'humanisme généreux, parfois naïf mais très en avance sur son temps, qui guide toute sa conduite. Car Olympe est de ces visionnaires qui vivent leurs idées. Lorsqu'elle propose un impôt volontaire pour sauver la nation, elle verse aussitôt un quart de ses revenus. Condamnant le mariage, elle refuse de porter le nom de son époux décédé, puis de se remarier avec celui qu'elle aime, assumant la solitude, prix de l'indépendance. Dénonce-t-elle l'abus des lettres de cachet ? Elle défend devant l'Assemblée un vieil homme persécuté par son maître. C'est une femme de principes. Intègre, elle a jadis jeté les plats en argent que lui avait fait porter le duc d'Orléans, le jour où elle l'avait invité à dîner

– *« Je ne suis pas une courtisane ! »* –, ce qui lui permettra ensuite de dénoncer ses manœuvres, comme celles de tous les corrompus et agioteurs qu'elle méprise. Elle repoussera de la même manière les avances de Marie-Antoinette, qui espérait la rallier au camp royaliste. Et se ruinera en frais d'impression pour faire passer ses idées dans le public.

Orgueilleuse, dotée d'une confiance en elle inouïe pour l'époque, Olympe est féministe au sens le plus moderne du terme. Elle se sent l'égale des hommes, par le courage, l'intelligence, mais elle n'est ni une suffragette ni la « virago » que dénoncent ses ennemis. Coquette, aimant séduire, elle ne se déguise pas, ne porte ni le sabre ni la culotte, ne se bat pas comme Théroigne de Méricourt et les autres « amazones » qui défraient la chronique. Elle participe aux clubs féminins ou aux loges maçonniques réservées aux femmes, mais de loin, en amateur. Elle préfère les cafés à la mode.

Sa foi en l'égalité des sexes est viscérale, mais ce n'est qu'un combat parmi d'autres, et la *Déclaration des droits de la femme et de la citoyenne* qui la rendra célèbre un libelle de plus, écrit dans l'enthousiasme, alors que le roi vient de prêter serment à la Constitution. Ce texte virulent – *« O, femmes ! femmes, quand cesserez-vous d'être aveugles ? »* –, qui constitue le premier manifeste féministe de l'histoire, passera d'ailleurs inaperçu de ses contemporaines. Pourtant, il ne se contente pas de réclamer le droit de vote que le législateur a oublié de leur donner mais propose un programme complet de mise à égalité : droit au divorce et à l'héritage, remplacement du mariage par un contrat social (une sorte de pacs), reconnaissance des enfants hors mariage, accès à toutes les fonctions, y compris électives, sans distinction, responsabilité civile, etc.

Olympe de Gouges a été la première femme à se jeter dans l'arène publique, mettant là encore ses théories en pratique : elle revendique les mêmes droits que les hommes, elle partagera les mêmes risques. Jusqu'ici, les égéries œuvraient dans la coulisse – salons ou alcôves. Elle, prendra directement à partie l'opinion, via ses pièces de théâtre, puis ses pamphlets, ses affiches. Imperméable aux quolibets, aux critiques et même aux menaces, elle signe et s'adjuge ainsi, au sein d'un pays qui bascule, le rôle dangereux d'imprécatrice. Elle dénonce les abus de l'Ancien Régime comme du nouveau et lutte pêle-mêle pour la liberté, la justice, les faibles, les opprimés, les femmes, mais aussi les Noirs, les filles mères, les enfants naturels, les prostituées, les chômeurs – elle suggère la création d'ateliers nationaux pour les employer.

Elle a été l'une des toutes premières, dès 1785, à réclamer l'abolition de l'esclavage, affrontant le puissant lobby colonial, qui a saboté sa pièce et tenté de la faire emprisonner. Avec le même courage, elle a proposé, en décembre 1792, d'assurer la défense de Louis XVI, dont elle réprouvait pourtant la trahison, pour le principe, parce qu'elle combat la peine de mort. Sa proposition, lue devant la Convention, lui a valu des quolibets – *« Qu'elle tricote plutôt des pantalons pour nos braves sans-culottes ! »* –, puis des menaces : la foule rassemblée sous ses fenêtres l'a huée, elle a fait front. Au plaisant féroce qui l'avait attrapée par les cheveux et, levant son sabre, lançait : « A vingt sous la tête de Mme de Gouges ! Qui en veut ? », elle a répliqué calmement : « Je mets la pièce de 30 sous et vous demande la préférence... » On a ri. Elle était sauvée.

Mais ce 20 juillet 1793 l'humour est impuissant, l'amateurisme ne pardonne plus. La République est au bord du gouffre, menacée aux frontières par toutes les monarchies européennes et à l'intérieur par la révolte des provinces. La France bascule lentement dans la Terreur. Les femmes agaçaient, maintenant elles dérangent, pis elles font peur. On ne leur fera pas de cadeau. Théroigne de Méricourt a été molestée en public, elle en perdra la raison. Les jours de la reine sont comptés. Les clubs féminins seront bientôt interdits. Olympe a été la seule, le 9 juin, à prendre fait et cause pour les Girondins une semaine après leur proscription, prédisant au passage la dictature. Elle a apostrophé Robespierre. Elle risque sa vie et le sait. Pourquoi ne choisit-elle pas de se taire ? Inconscience ? Témérité ? Fascination du martyre ? En tout cas elle ose, une fois de trop.

Dénoncée par son afficheur, elle est arrêtée sur le pont Saint-Michel et aussitôt incarcérée. Elle tente de joindre ses derniers appuis, mais son courrier est intercepté, et il ne reste pas grand monde pour la défendre. Du fond de sa geôle, elle parvient

POURQUOI CET ARTICLE ?

Le texte de Véronique Maurus revient, sous la forme d'un récit haletant, sur les dernières heures d'Olympe de Gouges. Elle rappelle les événements historiques qui ont mené à l'acte qui coûtera la vie à la pamphlétaire, l'impression de l'affiche *Les Trois Urnes*. Cet article permet de découvrir les différentes facettes de cette personnalité peu ordinaire, autodidacte devenue auteure dramatique, féministe de la première heure qui refusa de se remarier après le décès de son premier époux, sachant combien le mariage était défavorable aux femmes. Véronique Maurus éclaire aussi les paradoxes qui façonnent le caractère d'Olympe de Gouges, paradoxes souvent mal compris et qui dessinent pourtant une pensée en avance sur son temps et le portrait d'une femme de conviction.

encore à faire afficher dans Paris un dernier pamphlet décrivant les conditions de son incarcération et protestant de son innocence. En vain. Le 2 novembre, à 7 heures du matin, elle est jugée et condamnée à mort par le Tribunal révolutionnaire. On lui a refusé un avocat. Le lendemain, elle monte sur l'échafaud. Son dernier geste est d'une coquette, elle réclame un miroir : *« Dieu merci, mon visage ne me jouera pas de mauvais tours ! »* Ses derniers mots se bercent d'espoir : *« Enfants de la patrie, vous vengerez ma mort ! »*

Hélas, Olympe n'aura pas plus de chance avec la postérité qu'elle n'en a eu avec les républicains. Pour les femmes, la récréation est finie. Robespierre, puis Napoléon, annuleront en quelques années toutes les libertés que leur avaient octroyées les Lumières. Le XIXe siècle bourgeois et misogyne ne retiendra d'Olympe que ce qu'en a dit le Tribunal révolutionnaire : une *« femme galante à l'ego démesuré »*, égarée dans la politique, une hystérique prête à tout pour faire parler d'elle. *« Héroïque et folle »*, écrivent les Goncourt. Un médecin, Alfred Guillois, dans une étude *« scientifique »* sur les femmes de la Révolution, démontre sérieusement qu'elle souffrait de *« paranoïa reformatoria »*, c'est-à-dire *« à idées réformatrices »*...

Il faut attendre 1901 pour qu'elle cesse d'apparaître comme un épouvantail. Récupérée par le mouvement féministe qui s'organise, elle sera alors caricaturée, mais dans l'autre sens. On en fera une idole militante, niant tous les autres aspects de son combat : contre l'esclavage, le racisme, la dictature, la peine de mort, etc., et lui refusant le statut d'écrivain, alors qu'elle a laissé un nombre incalculable d'écrits. Depuis quelques années, elle a été redécouverte, surtout aux Etats-Unis, où elle a inspiré nombre d'études universitaires centrées sur les femmes. *« Elle est de plus en plus connue et de plus en plus mal »*, regrette son principal biographe, Olivier Blanc. Pour son malheur, Olympe de Gouges avait pris à la lettre la liberté de la Révolution, elle n'a pas fini de le payer. ●

Véronique Maurus,
Le Monde daté du 25.07.2003

GRAMMAIRE

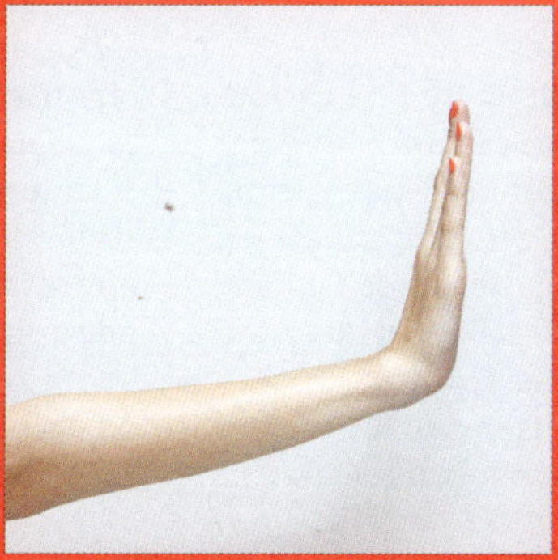

L'interrogation

L'interrogation est l'un des types de phrase. Elle sert en règle générale à demander une information ou à exprimer un questionnement. Selon le contexte, elle peut être plus ou moins contraignante pour le destinataire, jusqu'à avoir valeur d'ordre (par exemple quand un enquêteur demande : « Où étiez-vous au moment du crime ? »). Elle peut également exprimer la surprise, ou avoir un rôle argumentatif.

Les constructions

L'interrogation directe

Elle se caractérise à l'écrit par une ponctuation distinctive (le point d'interrogation) ; à l'oral, c'est l'intonation qui permet de la reconnaître.

a. Inversions

À l'écrit, elle implique une inversion des places traditionnelles du sujet et du verbe, si le sujet est un pronom personnel (ex. : Sais-tu où sont mes clefs ?). Cette caractéristique est plus rare à l'oral.

Si le sujet est un nom propre, ou un groupe nominal, il reste en première position mais est repris après le verbe par un pronom (ex. : Marc peut-il me remplacer ?).

b. Tournures interrogatives

Il existe plusieurs tournures interrogatives :

– la tournure *est-ce que*, derrière laquelle l'ordre traditionnel de la phrase ne change pas ;

– les pronoms interrogatifs *qui, que, quoi, lequel, laquelle*, etc. qui sont placés au début de la phrase. La question porte alors sur une personne ou un objet (ex. : Lequel de ces livres préfères-tu ?) ;

– le déterminant interrogatif *quel* (ex. : Quel chemin me conseilles-tu ?) ;

– certains adverbes, comme *comment, où, pourquoi, quand, combien*, qui font porter la question sur les circonstances (ex. : Combien de jours as-tu pour préparer ton examen ?).

L'interrogation indirecte

L'interrogation peut également être formulée dans une subordonnée et annoncée par un verbe introducteur dont le sens exprime l'idée d'interrogation, ou d'un savoir en suspens, tels que : *je (me) demande, j'ignore, j'étudie, je ne sais pas*. Il n'y a alors ni inversion ni ponctuation spécifique.

On ne peut alors utiliser que les formes simples des pronoms interrogatifs. *Qui est-ce qui* devient *ce qui* ; *qu'est-ce qui* devient *ce qui* ; *qu'est-ce que* devient *ce que*. Par exemple, « Qu'est-ce qui s'est passé ? » devient « Dis-moi ce qui s'est passé ».

Les types d'interrogation

On distingue deux types d'interrogation :

– l'interrogation partielle, qui appelle l'apport d'une information manquante. L'intonation est descendante ; le terme interrogatif initial est mis en relief (ex : Qui a téléphoné tout à l'heure ?) ;

– l'interrogation totale, qui appelle une réponse par « oui » ou « non ». L'intonation est montante (ex. : Es-tu là ?).

– La question rhétorique est un effet de style particulier, qui sert à souligner une information. On peut la considérer comme une affirmation implicite : le destinataire est invité à constater par lui-même l'importance du point mis en valeur par la question (ex. : Faut-il rappeler nos efforts passés ?).

L'INTERROGATION DANS UN TEXTE LITTÉRAIRE

TEXTE

Phèdre

Oui, prince, je languis, je brûle pour Thésée :
[...] Il avait votre port, vos yeux, votre langage ;
Cette noble pudeur colorait son visage,
Lorsque de notre Crête il traversa les flots,
Digne sujet des vœux des filles de Minos.
Que faisiez-vous alors ? Pourquoi, sans Hippolyte,
Des héros de la Grèce assembla-t-il l'élite ?
Pourquoi, trop jeune encor, ne pûtes-vous alors
Entrer dans le vaisseau qui le mit sur nos bords ?
Par vous aurait péri le monstre de la Crête,
Malgré tous les détours de sa vaste retraite :
Pour en développer l'embarras incertain,
Ma sœur du fil fatal eût armé votre main.
Mais non : dans ce dessein je l'aurais devancée ;
L'amour m'en eût d'abord inspiré la pensée.
C'est moi, prince, c'est moi, dont l'utile secours
Vous eût du labyrinthe enseigné les détours [...].

Hippolyte

Dieux ! qu'est-ce que j'entends ? Madame, oubliez-vous
Que Thésée est mon père, et qu'il est votre époux ?

Phèdre

Et sur quoi jugez-vous que j'en perds la mémoire,
Prince ? Aurais-je perdu tout le soin de ma gloire ?

(Jean Racince, *Phèdre*, II, 5)

QUESTIONS

1. « Pourquoi, trop jeune encor, ne pûtes-vous alors / Entrer dans le vaisseau qui le mit sur nos bords ? » Comment analysez-vous cette question ? Dans quelle mesure est-elle paradoxale ? Qu'exprime-t-elle des émotions de Phèdre et du problème profond qu'elle rencontre ?

2. « Qu'est-ce que j'entends ? » Analysez cette question. Que révèle-t-elle de la réaction d'Hippolyte ?

CORRIGÉ

1. C'est une question rhétorique puisque la réponse est donnée dans l'incise. Elle est donc paradoxale puisque Phèdre connait parfaitement la réponse objective : le jeune âge d'Hippolyte. Cette jeunesse est le cœur du problème, puisqu'il y existe un décalage entre les générations : la belle mère est amoureuse du beau-fils.

2. Il s'agit d'une nouvelle question rhétorique. Elle montre qu'Hippolyte a compris les sentiments que Phèdre exprime à son égard. Cette question est un cri de surprise, mais aussi une impossibilité à formuler ce qu'il entend, qui est trop indécent pour être dit.

La négation

Le principe de la négation est d'inverser l'information contenue dans une phrase ou proposition. Elle peut servir soit à décrire une réalité, soit à contester une affirmation antérieure venant d'une autre personne.

I. Construction

La négation lexicale

La négation peut être lexicale, c'est-à-dire que l'opposition est exprimée directement par les termes utilisés. C'est le cas avec les antonymes (*grand* / *petit*, *lent* / *rapide*) ou les termes formés par dérivation (*volontaire* / *involontaire*).

La négation grammaticale

La négation peut aussi être grammaticale ; la syntaxe de la phrase utilise alors des termes négatifs de plusieurs catégories :
- pronom (*rien*, *personne*) ;
- déterminant (*aucun*) ;
- adverbes (*ne... pas*).

II. Les types de négation

La **négation totale**, exprimée avec *ne... pas*, ou *ne... point*, inverse tout le sens de la phrase, ou conteste la phrase positive correspondante. Par exemple, « Je ne le savais pas » est le contraire de « Je le savais », ou une affirmation qui sous-entend : « Il serait faux de dire que je le savais ».

La **négation partielle** ne porte que sur un point de la proposition : *ne* est alors associé soit à un pronom (« Je n'en sais rien »), soit à un déterminant négatif (« Je ne connais aucun des invités »), soit à un complément circonstanciel de lieu (« Je ne trouve mes clefs nulle part ») ou de temps (« Je ne sais jamais quoi lui dire »).

La **négation restrictive**, malgré son nom et sa tournure, n'est pas réellement une négation, puisqu'elle vise le seul cas positif. On la forme avec *ne... que*, ou *rien... sinon*, *rien... sauf* (ex. : Il n'aime que les pâtes). On peut ajouter *pas* dans une tournure restrictive pour en inverser le sens : « Le féminisme ne concerne pas que les femmes ».

LA NÉGATION DANS UN TEXTE LITTÉRAIRE

TEXTE

LE COMTE *(prend la main de sa femme)* — Mais quelle peau fine et douce, et **qu'il s'en faut que** la comtesse ait la main aussi belle !
LA COMTESSE *(à part)* — Oh ! la prévention !
LE COMTE — A-t-elle ce bras ferme et rondelet ! ces jolis doigts pleins de grâce et d'espièglerie ?
LA COMTESSE *(de la voix de Suzanne)* — Ainsi l'amour...
LE COMTE — L'amour... **n'est que** le roman du cœur : c'est le plaisir qui en est l'histoire ; il m'amène à tes genoux.
LA COMTESSE — Vous **ne l'aimez plus** ?
LE COMTE — Je l'aime beaucoup ; mais trois ans d'union rendent l'hymen si respectable !
LA COMTESSE — Que vouliez-vous en elle ?
LE COMTE *(la caressant)* — Ce que je trouve en toi, ma beauté...
LA COMTESSE — Mais dites donc.
LE COMTE — ... **Je ne sais** : moins d'uniformité peut-être, plus de piquant dans les manières, un je ne sais quoi qui fait le charme ; quelquefois un refus : que sais-je ? Nos femmes croient tout accomplir en nous aimant : cela dit une fois, elles nous aiment, nous aiment (quand elles nous aiment) et sont si complaisantes et si constamment obligeantes, et toujours, et sans relâche, qu'on est tout surpris, un beau soir, de trouver la satiété où l'on recherchait le bonheur.
LA COMTESSE *(à part)* — Ah ! quelle leçon !
LE COMTE — En vérité, Suzon, j'ai pensé mille fois que si nous poursuivons ailleurs ce plaisir qui nous fuit chez elles, c'est **qu'elles n'étudient pas assez** l'art de soutenir notre goût, de se renouveler à l'amour, de ranimer, pour ainsi dire, le charme de leur possession par celui de la variété.
LA COMTESSE *(piquée)* — Donc elles doivent tout ?...
LE COMTE *(riant)* — Et l'homme **rien** ? Changerons-nous la marche de la nature ? Notre tâche, à nous, fut de les obtenir ; la leur...
LA COMTESSE — La leur ?...
LE COMTE — Est de nous retenir : on l'oublie trop.
LA COMTESSE — Ce **ne sera pas** moi.
LE COMTE — **Ni moi**.
FIGARO *(à part)* — **Ni moi**.
SUZANNE *(à part)* — **Ni moi**.
(Pierre Caron de Beaumarchais, *Le Mariage de Figaro*, V, 8)

QUESTIONS

1. « Qu'il s'en faut que la comtesse ait la main aussi belle ! »
Montrez que cette phrase contient une négation.
2. Trouvez une négation restrictive et une négation partielle dans ce dialogue. Expliquez ces formules en fonction de l'état d'âme des personnages.
3. « LA COMTESSE (piquée) - Donc elles doivent tout ?
LE COMTE (riant) - Et l'homme rien ? »
Étudiez cet échange de répliques en montrant le rôle de la négation et de l'implicite.

CORRIGÉ

1. La phrase contient une négation lexicale portée par la tournure « qu'il s'en faut que ». Cela équivaut approximativement à la phrase : « la comtesse n'a pas la main aussi belle ».
2. Négation restrictive : « l'amour n'est que le roman du cœur ». La phrase redéfinit l'amour en lui assignant des limites : il est illusoire et sans lien avec la réalité. Cela exprime le point de vue désabusé du Comte après trois ans de mariage.
Négation partielle : « Vous ne l'aimez plus ? ». La phrase exprime l'inquiétude de la Comtesse, qui piège son mari pour savoir à quoi s'en tenir.
3. La phrase comporte une antithèse entre tout et rien. Il y a une ellipse du verbe dans la deuxième réplique. Cela souligne le côté cavalier du Comte, qui assume l'injustice de la situation telle qu'il la décrit, et que la Comtesse pointait implicitement, attendant sans doute un démenti.

Les propositions subordonnées conjonctives compléments circonstanciels

La proposition subordonnée conjonctive complément circonstanciel est une proposition subordonnée, c'est-à-dire qu'elle dépend d'une proposition principale dont elle complète le sens. On l'appelle conjonctive, parce qu'elle est introduite par une conjonction de subordination, ou une locution conjonctive. On l'appelle circonstancielle parce qu'elle sert à préciser les circonstances de l'action verbale. Dans une certaine mesure, elle peut être comparée à un complément circonstanciel dans une phrase simple.

Les constructions

Le subordonnant peut être de deux types :
– une conjonction simple (ex. : *que, si, quand, comme*) ;
– une locution conjonctive faite de plusieurs mots, et dans laquelle apparaît *que*. Elle peut être composée d'un adverbe suivi de *que* (*bien que, alors que*...) ou d'une préposition suivie de *que* (*dès que, pour que*...) ; il peut s'agir de formes complexes (*vu que, en attendant que, pourvu que*...).

Comme le complément circonstanciel dans la phrase simple, ces propositions peuvent généralement être supprimées ou déplacées dans la phrase.

Les types de propositions

L'expression du temps

Ces subordonnées sont introduites par *quand / lorsque, pendant que, après que, depuis que, comme*... *Quand* et *lorsque* sont synonymes (*lorsque* a une valeur plus littéraire).

L'aspect temporel exprimé peut être, selon les temps verbaux utilisés, soit la simultanéité, soit la succession.

Rappel : une conjonctive complément circonstanciel avec *avant que* se construit avec le subjonctif ; une conjonctive complément circonstanciel avec *après que* se construit à l'indicatif.

L'expression de la cause

Ces subordonnées sont introduites par *puisque, parce que, vu que, étant donné que*... Dans le cas de *puisque*, la proposition subordonnée sert à justifier la principale (ex. : Je reviendrai puisque tu me le demandes).

L'expression du but

Ces subordonnées sont introduites par *afin que, pour que*... (ex. : Je travaille afin que mes résultats s'améliorent).

L'expression de l'intensité

Ces subordonnées sont introduites par *si... que, tellement... que, à tel point que*... (ex. : Je suis si fatiguée que j'ai dû renoncer à ce tournoi).

L'expression de l'opposition

Ces subordonnées sont introduites par *alors que, tandis que*... (ex. : Tandis qu'il multiplie les efforts, son frère n'en fait aucun).

L'expression de la concession

Ces subordonnées sont introduites par *bien que, même si*... (ex. : Bien que je sois la plus jeune du groupe, j'ai vite été acceptée par tous).

Les conjonctives commençant par *si*

Elles peuvent exprimer une hypothèse, une récurrence ou une opposition (ex. : Si ses compliments sont sincères, ils sont rares).

C'est le type de conjonctive ayant fonction de complément circonstanciel le plus complexe ; la subordonnée ne peut pas être supprimée.

LA CONJONCTIVE UTILISÉE EN FONCTION DE COMPLÉMENT CIRCONSTANCIEL DANS UN TEXTE LITTÉRAIRE

TEXTE

ROXANE À USBEK
À Paris

Oui, je t'ai trompé ; j'ai séduit tes eunuques ; je me suis jouée de ta jalousie ; et j'ai su de ton affreux sérail faire un lieu de délices et de plaisirs.

Je vais mourir ; le poison va couler dans mes veines : car que ferais-je ici, puisque le seul homme qui me retenait à la vie n'est plus ? Je meurs ; mais mon ombre s'envole bien accompagnée : je viens d'envoyer devant moi ces gardiens sacrilèges, qui ont répandu le plus beau sang du monde.

Comment as-tu pensé que je fusse assez crédule, pour m'imaginer que je ne fusse dans le monde que pour adorer tes caprices ? que, pendant que tu te permets tout, tu eusses le droit d'affliger tous mes désirs ? Non : j'ai pu vivre dans la servitude ; mais j'ai toujours été libre : j'ai réformé tes lois sur celles de la nature ; et mon esprit s'est toujours tenu dans l'indépendance. [ ]

Tu étais étonné de ne point trouver en moi les transports de l'amour : si tu m'avais bien connue, tu y aurais trouvé toute la violence de la haine.
(Montesquieu, *Lettres persanes*, lettre CLXI)

QUESTIONS

1. Retrouvez dans cet extrait une subordonnée conjonctive complément circonstanciel de sens temporel. Quel est son verbe principal ? En quoi cet ajout permet-il d'illustrer la relation entre les personnages ?
2. Repérez dans le texte une subordonnée conjonctive complément circonstanciel servant à Roxane à justifier le choix qu'elle explique ici. Quelle information cette subordonnée apporte-t-elle ?

CORRIGÉ

1. La subordonnée est : « pendant que tu te permets tout ». Le verbe de la proposition principale est : « eusses le droit ». Cet ajout permet de montrer la domination écrasante d'Usbek, qui est soulignée par le polyptote qui joint « tout » et « tous ».
2. La subordonnée est : « puisque le seul homme [...] plus ». Le personnage meurt donc en partie par amour : la proposition précise les expressions « bien accompagnée » et « plus beau sang du monde », sinon difficilement compréhensibles.

Le lexique

Le lexique correspond à l'ensemble des mots d'une langue. Ces mots peuvent être formés de différentes façons, dont nous allons voir les principales.

La formation des mots

L'étymologie

L'étymologie est l'étude de la formation des mots à partir de ceux d'une autre langue. On appelle le mot source la racine. Le lexique français vient en large partie du latin et du grec.

Le français appartenant au groupe des langues latines, on trouve beaucoup de racines latines pour les termes de la langue courante. Par exemple, *chef* vient de *caput*, qui veut dire « tête » en latin. Le chef est en effet la tête d'un groupe. Le mot *chapeau* vient de la même racine, puisqu'un chapeau se porte sur la tête. Les racines latines peuvent aussi donner des mots savants, comme *apiculture*.

Le grec fournit des racines pour un lexique souvent technique ou abstrait. On en trouve notamment dans le vocabulaire médical (par exemple *hystérie*, qui vient du mot grec qui signifie « utérus ») ou dans le lexique des figures de style (une *métaphore*, étymologiquement, « porte le sens plus loin »). Il a aussi servi à créer des mots pour de nouveaux objets, comme le *téléphone* (étymologiquement : « la voix au loin »).

Les mots français peuvent provenir d'autres lexiques. Certains mots sont d'origine :
- gauloise : *berceau, caillou, charpente, gaillard*...
- allemande : *boulevard, calèche, foudre, hisser*...
- espagnole : *adjuvant, bourrique, carapace*...
- italienne : *masque, cavalier, concert, lavande*...

La dérivation

La dérivation consiste à créer de nouveaux mots par les jeux des affixes (préfixes et suffixes). Le mot est alors composé de plusieurs morphèmes : le radical, et le ou les affixes. Par exemple, *incroyable* contient deux morphèmes (préfixe *in-* et radical *croyable*). Incroyablement contient trois morphèmes (préfixe *in-*, radical *croyable*, suffixe *-ment*).

La dérivation permet de créer des antonymes (*juste / injuste*), de changer de catégorie grammaticale (*ferme*, adjectif ; *fermement*, adverbe) ou de jouer sur les connotations (*jaune* n'est pas identique à *jaunâtre*).

Les néologismes

Un néologisme est un mot nouveau qui s'ajoute au lexique de la langue. On peut forger des mots qui n'existaient pas avant, comme *courriel* (pour *courrier électronique*) ou *pourriel* (pour courrier électronique non désiré, « pourri » ; on l'appelle aussi *spam*).

Parfois, il est pris dans une langue étrangère, tel quel (comme *hacker*) ou avec une transformation minime (par exemple l'ajout de la terminaison en *-er* dans *spoiler*).

Un mot peut aussi prendre un nouveau sens, alors qu'il existait déjà : c'est le cas de *virus*, dans un contexte informatique, ou de *tablette* et *stylet*. On parle alors de « néosémie ».

L'analyse des mots

La polysémie

La polysémie est le fait qu'un même mot cumule plusieurs sens. Contrairement à l'homonymie, on considère qu'il s'agit bien du même mot, qui reçoit selon le contexte des nuances de sens parfois importantes. Pour parler de polysémie, il faut qu'un lien puisse exister entre les différents sens du mot.

Exemples :
- *Assiette* (plat pour manger, ou source de revenus) ;
- *Vivre* (être en vie ; habiter quelque part).

Sens propre, sens figuré

Un même mot peut également avoir un sens propre et un sens figuré. Le premier est le sens d'origine, en général un sens concret. On parle aussi de sens littéral. Le second prend une dimension imagée, métaphorique. Là aussi, l'évolution du sens peut aisément être perçue.

Exemples :
- *Plume* : au sens propre, elle recouvre le corps de l'oiseau ; elle peut être utilisée pour écrire. Au sens figuré, elle désigne le style d'un auteur, sa manière de s'exprimer ;
- *Tissu* : au sens propre, c'est une étoffe. Au sens figuré, c'est un ensemble d'éléments entrecroisés, comme dans *tissu urbain*, *tissu musculaire*, ou encore *tissu de mensonges*.

Les connotations

Les connotations sont des associations d'idées : certains sens s'ajoutent au sens premier d'un mot (ce qu'on appelle le sens dénoté). Selon qu'elles sont valorisantes ou non, on parlera de connotations mélioratives ou péjoratives.

Exemples :
– Le mot *rose* sert à désigner une fleur ; il est associé à des connotations mélioratives : le parfum, la beauté ;
– Le mot *rat* sert à désigner un rongeur ; il est associé à des connotations péjoratives : la saleté, la maladie, la peste.

L'analyse du lexique

Les antonymes

Les antonymes sont des mots de sens contraire : ils s'opposent par définition (ex. : *lent / rapide* ; *petit / grand* ; *jeune / vieux*).

On peut former des couples d'antonymes par dérivation (ex. : *heureux / malheureux* ; *cohérent / incohérent*).

Les synonymes

Les synonymes sont des mots de sens voisin. Les distinctions entre eux sont des nuances soit de sens, soit de connotations, soit encore de niveau de langue. Il est recommandé, pour alléger le style, d'éviter les répétitions d'un même mot en utilisant plutôt des synonymes (ex. : *maison, résidence, demeure, habitat, logis, foyer*...).

Pour varier davantage le style, on peut également recourir à la périphrase (ex. : *la bien-aimée, la dulcinée, l'amie, la compagne, celle qui est tendrement aimée*...).

Les homonymes, homophones, homographes et paronymes

Les homonymes sont des mots qui peuvent être confondus, parce que leur forme écrite est identique, et qu'ils se prononcent de la même manière. Pourtant, leurs sens sont totalement sans rapport : on considère qu'il y a bien deux mots différents (ex. : un *bateau* qui navigue, et un *bateau* devant un portail de voiture).

Les homophones sont distincts à l'écrit mais identiques à l'oral. Ils sont nombreux en français (ex. : *mère, maire, mer*).

Les homographes, plus rares, s'écrivent de la même manière mais sont distingués à l'oral, comme des *fils* (enfants de ses parents) et des *fils* (pour la couture).

Il existe enfin des paronymes, mots de forme proche que l'on peut confondre par erreur, comme allocution et allocation.

LE LEXIQUE DANS UN TEXTE LITTÉRAIRE

TEXTE

Hadrien écrit à Marc qu'il se sait malade et que son médecin, Hermogène, l'a examiné le matin même.

Mais je ne compte plus, comme Hermogène prétend encore le faire, sur les **vertus** merveilleuses des plantes, le dosage exact de sels minéraux qu'il est allé chercher en Orient. Cet homme pourtant si **fin** m'a **débité** de vagues formules de réconfort, trop banales pour tromper personne ; il sait combien je hais ce genre d'imposture, mais on n'a pas **impunément** exercé la médecine pendant plus de trente ans. Je pardonne à ce bon serviteur cette tentative pour me cacher ma mort. Hermogène est savant ; il est même sage ; sa probité est bien supérieure à celle d'un vulgaire médecin de cour. J'aurai pour **lot** d'être le plus soigné des malades. Mais nul ne peut dépasser les limites **prescrites** ; mes jambes enflées ne me soutiennent plus pendant les longues cérémonies romaines ; je suffoque ; et j'ai soixante ans.

Ne t'y trompe pas : je ne suis pas encore assez **faible** pour céder aux imaginations de la peur, presque aussi absurdes que celles de l'espérance, et assurément beaucoup plus pénibles. S'il fallait m'abuser, j'aimerais mieux que ce fût dans le sens de la confiance ; je n'y perdrai pas plus, et j'en souffrirai moins. Ce terme si voisin n'est pas nécessairement immédiat ; je me couche encore chaque nuit avec l'espoir d'atteindre au matin. À l'intérieur des limites **infranchissables** dont je parlais tout à l'heure, je puis défendre ma position pied à pied, et même regagner quelques pouces du terrain perdu. Je n'en suis pas moins arrivé à l'âge où la vie, pour chaque homme, est une défaite acceptée. Dire que mes jours sont comptés ne signifie rien ; il en fut toujours ainsi ; il en est ainsi pour nous tous. Mais **l'incertitude** du lieu, du temps, et du mode, qui nous empêche de bien distinguer ce but vers lequel nous avançons sans trêve, diminue pour moi à mesure que progresse ma maladie mortelle. Le premier venu peut mourir tout à l'heure, mais le malade sait qu'il ne vivra plus dans dix ans. Ma marge d'hésitation ne s'étend plus sur des années, mais sur des mois.

(Marguerite Yourcenar, *Les Mémoires d'Hadrien* © Éditions Gallimard)

QUESTIONS

1. Cherchez l'étymologie du mot « vertu ». Faites le lien avec le contexte.

2. Décomposez les termes « impunément » et « infranchissable ». Que mettez-vous en lumière pour trouver le sens du mot ? Comment s'appelle cette manière de construire le lexique ? Trouvez un autre terme dans l'extrait construit de cette même manière.

3. Donnez un synonyme pour le verbe « débiter » utilisé dans l'extrait. Faut-il comprendre « débité » au sens propre ou au sens figuré ? Quelle nuance de sens apporte ce verbe ? Comment appelle-t-on ce phénomène ?

4. « Cet homme pourtant si fin ».
Dans quel sens faut-il prendre « fin » ici ? Comment appelle-t-on ce type d'usage ?
« J'aurai pour lot d'être soigné ».
Dans quel sens faut-il prendre « lot » ici ? Donnez un synonyme.

5. « Nul ne peut dépasser les limites prescrites ». Reformulez cette phrase en remplaçant « prescrites » par un synonyme ou une paraphrase. Que pouvez-vous dire sur le sens de ce mot ? En quoi le choix de ce terme est-il pertinent par rapport au contexte que décrit Hadrien ?

6. « Je ne suis pas encore assez faible ».
Dans quel sens faut-il comprendre le mot « faible » ? En quoi est-il pertinent par rapport au contexte ?

7. Trouvez un couple d'antonymes dans les trois dernières phrases de l'extrait.

CORRIGÉ

1. « Vertu » vient de *virtus* : la force. Il s'agit d'une qualité masculine en latin, tant physique que morale. Ici, c'est le pouvoir des plantes qui est désigné. Mais cela entre en résonance avec la perte de force d'Hadrien, qui va de pair avec une autre vertu : la sagesse.

2. « im-puné-ment », « in-franchi-ssable ». Il s'agit de deux dérivations avec ajouts d'affixes (suffixes et préfixes). Autres exemples : *imposture*, *assurément*, *incertitude*.

3. Synonyme : « récité ». Il s'agit donc du sens figuré. Le terme dévalorise la parole concernée, qui ici est mensongère. Il a une connotation péjorative.

4. Le mot « fin » signifie « intelligent », « subtil ». Il s'agit ici du sens figuré. Il faut prendre le mot « lot » dans le sens figuré. Le mot « sort » en est un synonyme.

5. « Nul ne peut dépasser les limites tracées par le sort ». Le sens d'origine appartient au registre médical. C'est le médecin qui prescrit un traitement. Ici, cela entre en résonance avec le contexte, puisque Hadrien se plaint du zèle de son médecin qui refuse de laisser faire la nature.

6. Le mot « faible » est à comprendre sans doute dans le sens moral. Il s'agit d'une dégradation du corps mais pas de l'esprit. Cela montre la prévalence et la stabilité du second.

7. « Diminue » / « progresse ».

LE GUIDE PRATIQUE

Méthodologie et conseils

La dissertation

Chacun des quatre parcours associés comporte au moins trois extraits d'œuvres différentes de celles du programme. À cela s'ajoute la lecture cursive d'au moins trois autres œuvres intégrales. Enfin, des textes complémentaires seront aussi étudiés tout au long de l'année. Vous disposez donc de plusieurs **exemples maîtrisés** par sujet de dissertation, afin de nourrir votre raisonnement d'arguments solides.

Analyser le sujet

Le sujet peut être une simple **question**, mais aussi une **consigne** à l'impératif (« discutez », « analysez », etc.), lesquelles peuvent inclure une **citation**.

Abordez le sujet sans idée préconçue. Il faut analyser les termes exacts de la question. S'il s'agit d'une citation, toute connaissance sur son auteur, voire sur l'œuvre dont elle est issue, s'avèrera utile. Arrêtez-vous sur chaque terme du sujet en vous demandant ce qu'il implique. Soyez attentif aux expressions employées : « Dans quelle mesure... », « Peut-on vraiment dire... ». S'agit-il de réfuter une thèse, de la discuter, de la soutenir ?

Dès la lecture du sujet, notez au brouillon les idées qui vous viennent immédiatement à l'esprit : vous en écarterez sûrement certaines, mais cela vous permettra de solliciter rapidement vos ressources.

Construire le plan

On distingue principalement deux types de plan. Il est conseillé de faire six ou neuf sous-parties, réparties en deux ou trois parties.

Le plan dialectique confronte différentes thèses, avant que ne soit donné un avis personnel. Il concerne les **questions fermées**, qui appellent une réponse par « oui » ou « non ». En général, on commence par soutenir une thèse en première partie avant de la nuancer en deuxième partie. Dans un troisième temps, on décale un petit peu les termes du sujet. Il faut être extrêmement attentif à ne pas vous contredire d'une partie à l'autre.

Le plan thématique (ou analytique) organise un raisonnement à l'appui d'une thèse, tentant d'en dégager tous les aspects de façon cohérente. Toutes les questions ouvertes se prêtent à ce type de plan. L'astuce consiste alors à trouver trois parties qui correspondent à des niveaux d'analyse différents. Le plan doit être construit selon une progression logique : on part toujours du plus simple pour aller vers le plus complexe. Le plan achevé, toutes vos idées doivent y avoir trouvé leur place.

Rédiger l'introduction et la conclusion

Pour **l'introduction**, procédez en plusieurs étapes : **amenez le sujet, dégagez la problématique, annoncez le plan**. Vous devez situer le sujet dans son contexte (histoire littéraire, événements historiques, etc.) en montrant qu'il a un intérêt. Les phrases trop vagues et générales sont à proscrire. Ensuite, reformulez ou citez la phrase du sujet : s'il s'agit d'une citation un peu longue, vous pouvez la tronquer en conservant les mots essentiels. Dégager la problématique revient à montrer en quoi la question posée par le sujet donne matière à réfléchir. Cette étape doit vous permettre d'indiquer dans quel sens va progresser votre argumentation. On peut formuler la problématique sous forme d'une ou plusieurs questions. Enfin, il faut annoncer votre plan, en mettant l'accent sur les articulations logiques entre les parties.

La conclusion est peut-être la dernière étape de la dissertation, mais ce n'est pas la moins importante. C'est sur cette **note finale** que le correcteur restera. Il est conseillé de rédiger au brouillon la conclusion, avant même de commencer le développement. Vous saurez ainsi dès le départ où vous souhaitez aboutir. La conclusion a une double fonction : d'une part récapituler le chemin parcouru en mettant l'accent sur ce que vous avez démontré ; d'autre part, élargir le sujet,

L'ÉPREUVE ORALE

L'épreuve orale permet d'apprécier la qualité de l'expression orale du candidat ainsi que sa capacité à développer un propos et à dialoguer avec l'examinateur. Elle est précédée d'un temps de préparation de 30 minutes et composée de deux parties qui s'enchaînent : l'exposé (12 minutes) et la présentation d'une œuvre (8 minutes).

L'EXPOSÉ (10 POINTS)

Le passage que vous aurez à expliquer est tiré de la liste d'œuvres et de textes que vous avez étudiés au cours de l'année. Lisez attentivement le texte plusieurs fois en mobilisant vos connaissances sur l'auteur, le genre, la période, la forme, etc. Au fil de la lecture, n'hésitez pas à annoter le texte. Listez au brouillon les premières idées qui vous viennent.

Il faut dégager un axe de lecture, une perspective qui orientera votre explication et montrera l'intérêt du passage étudié. Pour déterminer cet axe, posez-vous des questions : Qui parle ? De quoi ? Quel est l'enjeu du texte ? Quel est son plan (les différents mouvements du passage) ? Quel registre et quelle tonalité sont employés ? En quoi ce passage est-il caractéristique d'un mouvement ou d'un genre ?

La lecture méthodique est structurée en quatre étapes :

- l'introduction situe le texte dans l'œuvre et dans l'histoire littéraire ;
- la lecture à haute voix doit montrer que vous comprenez le sens du texte et respectez son ton, sa forme, etc. (en poésie, faites attention en particulier au mètre du vers) ;
- l'analyse proprement dite développe votre axe de lecture ;
- la conclusion récapitule les points les plus importants et tente une ouverture vers d'autres problématiques ou d'autres textes.
- Pour développer votre axe de lecture, vous devez suivre l'ordre du texte.

par exemple en évoquant une autre œuvre du même auteur, un courant littéraire qui s'est opposé par la suite à celui dont vous avez parlé.

Rédiger le développement

L'organisation générale du développement doit montrer que votre dissertation est cohérente et progresse : chaque partie ou sous-partie s'achève sur une transition qui récapitule ce qui vient d'être dit et fait le lien avec la partie suivante. Il est important d'illustrer chaque idée par des **exemples**, qui doivent être concis et présentés uniquement en fonction de l'idée qu'ils servent. Si vous choisissez d'introduire des citations, veillez à bien leur attribuer un auteur, à les mettre entre guillemets, à les retranscrire à la lettre et à signaler par des crochets tout passage supprimé. Pensez à soigner la présentation en aérant votre devoir par des sauts de lignes.

Le commentaire de texte

Un commentaire de texte consiste à montrer **de façon développée, littéraire et riche** que l'on a compris le texte proposé et que l'on est capable de l'analyser logiquement. On est évalué non seulement sur son contenu, mais aussi sur sa structure.

Conseils pour le brouillon

Commencez par **résumer le texte** en une phrase, ou son thème principal : ce qui constitue le premier niveau de lecture. Cela vous aidera pour trouver la problématique et à présenter le texte dans l'introduction.

Ensuite, faites un relevé des procédés poétiques, romanesques, théâtraux ou argumentatifs et cherchez un plan.

Trois types de procédés peuvent être relevés :

– **les procédés grammaticaux** : temps verbaux, fonction, nature, ponctuation, etc. ;
– **les figures de style** : métaphores, hyperboles, comparaisons, énumération, anaphore, litote, etc. ;
– **les procédés liés au genre littéraire étudié** : procédés théâtraux, poétiques, romanesques ou argumentatifs.

Construire le plan

Idéalement, un plan de commentaire comporte six ou neuf sous-parties, réparties en deux ou trois parties. La première partie constitue le premier niveau d'analyse, la deuxième correspond à un niveau de lecture plus subtil, plus complexe. La troisième va encore plus loin.

La première ou deuxième partie peuvent prendre pour appui une **notion fondamentale** liée au genre étudié. Par exemple : le jeu sur les sonorités d'un poème. Pour la troisième partie, pensez aux grandes problématiques liées aux **genres littéraires** étudiés en classe.

Rédiger l'introduction et la conclusion

Pour **l'introduction**, les étapes à suivre sont les suivantes :

– commencez par une entrée en matière, dans laquelle vous pouvez faire une ou deux phrases sur le genre littéraire étudié (poésie, roman, théâtre, discours…). Essayez de relier cette entrée en matière avec le texte étudié ;
– présentez l'auteur et l'extrait, en résumant le texte de la façon la plus synthétique possible (deux ou trois phrases) ;
– présentez votre problématique, qui peut être introduite par « Ainsi, en quoi… ? », ou « Ainsi, dans quelle mesure… ? ». On peut aussi utiliser la forme indirecte : « Nous montrerons… » ;
– annoncez le plan, en rédigeant soit une phrase par partie annoncée, soit une seule phrase.

En **conclusion**, résumez les deux ou trois grandes parties de votre devoir en les reliant à la problématique, puis faites une ouverture sur un autre texte du même genre, en formulant bien le lien que celui-ci entretient avec le texte commenté.

Rédiger le développement

La première (et parfois deuxième) phrase de chaque sous-partie correspond au titre de celle-ci en lien avec le titre de la partie et avec la problématique. On y donne l'idée directrice de la sous-partie.

Ensuite, alternez (dans l'ordre que vous voulez) citation **courte** (ou plusieurs mots, comme des champs lexicaux) et **analyse de cette citation par un procédé littéraire ou grammatical, ou par une interprétation personnelle.** Chacune de vos citations doit être impérativement expliquée.

> ATTENTION !
>
> Dans la préparation de son cours, le professeur de la classe a lui-même le choix entre trois œuvres (et leur parcours associé) proposés par le programme national pour chacun des quatre objets d'étude (poésie, roman, théâtre et littérature d'idées). Ainsi, le jour du baccalauréat, vous aurez le choix entre trois sujets (chacun sur le même objet d'étude). Il s'agira évidemment de ne pas vous tromper et de choisir le sujet qui correspond au parcours étudié au cours de l'année.

LA QUESTION DE GRAMMAIRE (2 POINTS)

La question de grammaire porte sur un extrait du texte, souvent une phrase courte. Lisez-la attentivement et définissez le type de question posée (fonction ou nature d'un mot ou groupe de mots, construction d'une phrase, valeurs de temps verbaux).

LA PRÉSENTATION D'UNE ŒUVRE CHOISIE (8 POINTS)

La présentation de l'œuvre que vous avez choisie doit être méthodique.

Situation et analyse de l'œuvre

Rappelez-en l'auteur, le titre, la date, le genre, le mouvement littéraire et le contexte, dites de quoi elle parle, en suivant par exemple un schéma narratif ou actanciel, évoquez son intérêt et ses particularités. Par exemple, vous pouvez en souligner les significations majeures. Enfin, vous pouvez commenter le style, le genre, les tonalités, les registres, les images…

Raisons de son choix

Revenez sur vos impressions de lecture, vos émotions, l'éventuelle identification à un personnage ou à une situation. Vous devez souligner tout ce qui a résonné en vous. Tout en nuançant, vous pouvez exprimer un jugement sur l'œuvre, sans jamais tomber dans la caricature « positif / négatif ». Préférez distinguer ce qui vous a touché, par rapport à ce qui vous a laissé plus indifférent. Enfin, expliquez pourquoi cette œuvre peut encore plaire aux lecteurs d'aujourd'hui, voire les éclairer en vous inspirant si possible de l'actualité.

L'examinateur vous posera ensuite plusieurs questions, qui vérifieront votre bonne maîtrise de l'œuvre présentée. Écoutez-les attentivement et répondez-y à l'aide d'arguments précis. Tâchez d'approfondir et de toujours nuancer vos propos.

Français : la synthèse du programme

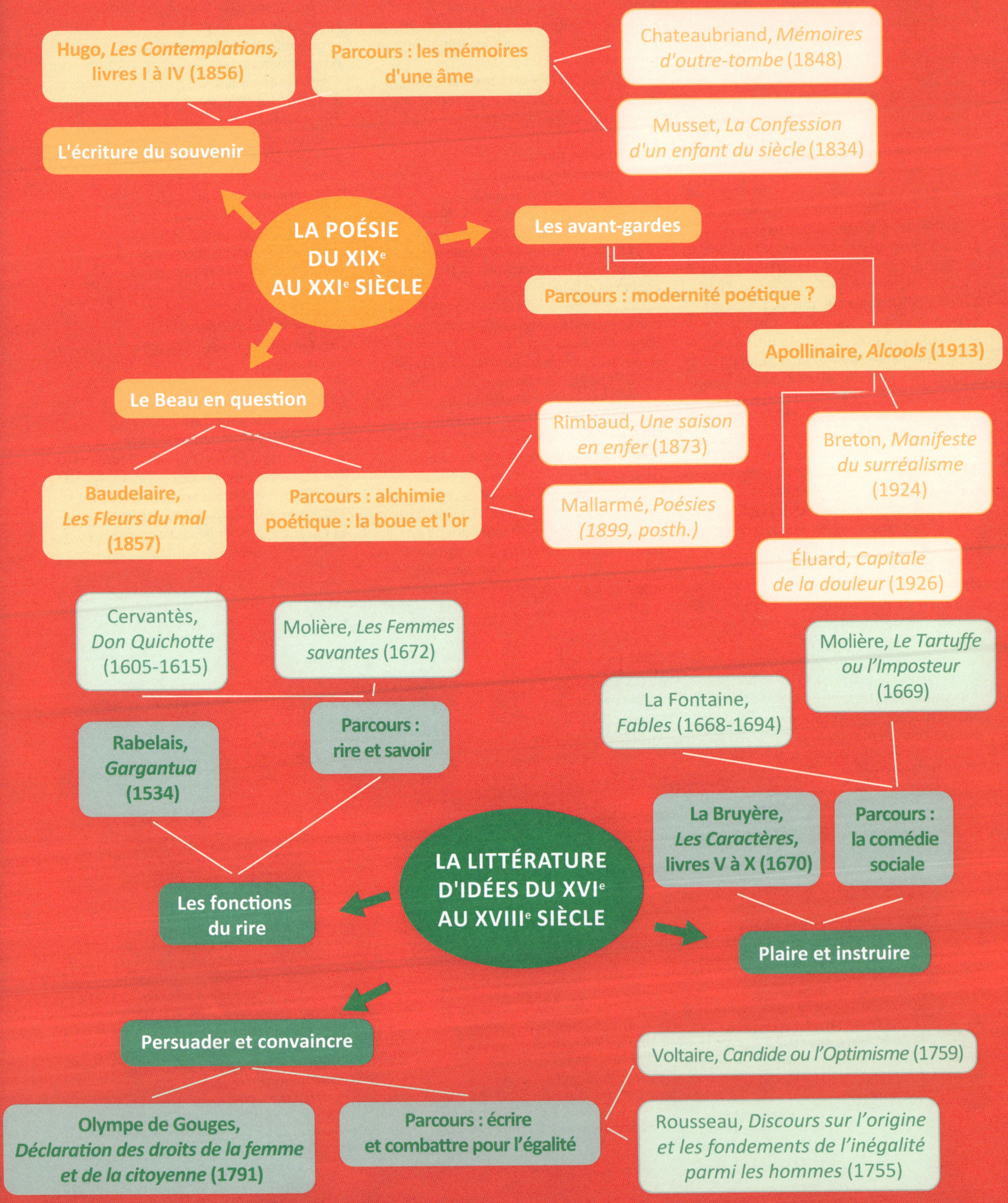

LE ROMAN ET LE RÉCIT DU MOYEN ÂGE AU XXIe SIÈCLE

- **Roman historique, roman d'histoire**
  - Yourcenar, *Mémoires d'Hadrien* (1951)
  - Parcours : soi-même comme un autre
    - Gracq, *Le Rivage des Syrtes* (1951)
    - Eco, *Le Nom de la rose* (1980)
- **Retranscrire la réalité**
  - Stendhal, *Le Rouge et le Noir* (1830)
  - Parcours : le personnage de roman, esthétiques et valeurs
    - Balzac, *Les Illusions perdues* (1837-1843)
    - Flaubert, *L'Éducation sentimentale* (1869)
- **Les salons littéraires**
  - Mme de Lafayette, *La Princesse de Clèves* (1678)
  - Parcours : individu, morale et société
    - Guilleragues, *Lettres de la religieuse portugaise* (1669)
    - Mme de Sévigné, *Lettres de l'année* 1671 (posth.)

LE THÉÂTRE DU XVIIe AU XXIe SIÈCLE

- **Jouer : comédiens et musiciens**
  - Molière, *Le Malade imaginaire* (1673)
  - Parcours : spectacle et comédie
    - Bizet, *Carmen* (1875)
    - Demy, *Les Parapluies de Cherbourg* (1964)
- **L'art du déguisement**
  - Marivaux, *Les Fausses Confidences* (1737)
  - Parcours : théâtre et stratagème
    - Shakespeare, *Comme il vous plaira* (1599)
    - Rostand, *Cyrano de Bergerac* (1897)
- **Histoires de famille**
  - Lagarce, *Juste la fin du monde* (1990)
  - Parcours : crise personnelle, crise familiale
    - Sophocle, *Œdipe roi*
    - García Lorca, *La Maison de Bernarda Alba* (1936)

Crédits iconographiques

Couverture

Rabelais, Gargantua, 1873 © Granger / Bridgeman Images

Le roman et le récit du Moyen Âge au XXIe siècle

p. 6 : Mme de Lafayette DR - p. 8 : Balzac, wikimedia commons
p. 10 : Portrait de Stendhal, 1836 (huile sur toile), Valeri, Silvestro (1814-1902)
©Musée Stendhal, Grenoble, France / Bridgeman Images -
p. 15 : Villa Hadrienne ©AZemdega/iStock - p. 16 : Rimbaud, wikimedia commons

Le théâtre du XVIIe siècle au XXIe siècle

p. 26 : *Portrait de Jean-Baptiste Poquelin, dit Molière*, par Pierre Mignard, wikimedia commons -
p. 29 : Gravure d'un médecin © wynnter/iStock - p. 30 : *Portrait de Pierre Carlet de Chambain de Marivaux*
par Louis-Michel von Loo, wikimedia commons - p. 32 : théâtre © aerogondo/iStock - p. 34 : Jean-Luc Lagarce
© DeepBlue98 - Own work, CC BY-SA 4/wikimedia commons - p. 37 : masque © Gldburger/iStock.

La poésie du XIXe siècle au XXIe siècle

p. 46 : Victor Hugo © iStock - p. 48 : Portrait d'Alphonse de Lamartine (1790-1869), 1830 (huile sur toile),
Decaisne, Henri (1799-1852) © Musée Lamartine, Macon, France / Bridgeman Images
p. 50 : Charles Baudelaire DR - p. 52 : Epitavi/iStock - p. 54 : Calligramme, wikimedia commons
p. 56 : *Le jeune Bacchus*, Caravage (1571-1610), c. 1589 (huile sur toile), / Galleria degli Uffizi,
Florence, Toscagne, Italie / Bridgeman Images

La littérature d'idées du XVIe au XVIIIe siècle

p. 68 à 78 : Wikimedia commons

Grammaire

p. 85 : © fstope123/iStock - © Mykola Sosiukin/iStock - © MediaProduction/iStock
© JazzIRT/iStock - p. 89 : © Image Source/iStock

Le guide pratique

p. 91 : FatCamera/iStock - PeopleImages/iStock
- Steve Debenport/iStock p. 92 : fizkes/iStock

EAN : 9782820812797

Éditions rue des écoles – 15 boulevard Bourdon - 75004 Paris
Achevé d'imprimer en Italie par Stige, en novembre 2021
Dépôt légal : décembre 2021